CITY CRIMES

ERLE STANLEY

GARDNER

Perry Mason und die amouröse Tante

ROMAN

SCHERZ

Einmalige Ausgabe 1998
Einzig berechtigte Übertragung aus dem Amerikanischen
von Renate Weigl
Titel des Originals: »The Case of the Amourous Aunt«

Umschlaggestaltung: Manfred Waller
Umschlagbild: The Image Press

1

Perry Masons Sekretärin Della Street kam in sein Büro und sagte: »Draußen sitzt ein Liebespärchen. Die beiden haben keinen Termin vereinbart, aber sie behaupten, es handele sich um eine Sache auf Leben und Tod.«

»Was dreht sich darum nicht?« antwortete Mason lächelnd. »Solange es Menschen gibt, haben sie den Wunsch, den Göttern gleich unsterblich zu sein, und vergessen dabei, daß das ungeheure, erschreckende Phänomen des Todes eine... Na ja, ich nehme an, daß diese Leute an meinen philosophischen Ideen nicht interessiert sind.«

»Da dürften Sie recht haben«, entgegnete Della Street. »Sie sind an nichts anderem interessiert, als an sich selbst, an dem Gezwitscher der Vögel, am blauen Himmel, Mondschein und am Nachtwind, der in den Bäumen rauscht, und das ist gut so.«

Mason lachte. »Es scheint ansteckend zu sein. Oder wie wollen Sie Ihre romantische, poetische Ader sonst erklären? Aber Spaß beiseite. Was, zum Teufel, können zwei Verliebte von einem Strafverteidiger wollen?«

Della lächelte verschmitzt. »Ich habe ihnen versprochen, daß Sie sie empfangen würden.«

»Mit anderen Worten«, meinte der Anwalt. »Sie sind neugierig geworden und haben beschlossen, mich ebenfalls neugierig zu machen. Haben die beiden Ihnen gesagt, um was es geht?«

»Um eine verwitwete Tante«, antwortete Della, »und um einen Blaubart.«

»Fein«, rief Mason und rieb sich die Hände. »Vielleicht können wir ein wenig Schicksal spielen. Also, auf in den Kampf!«

»Jetzt?« fragte Della erstaunt.

»Ja«, antwortete ihr Chef. »Wann ist unsere nächste Besprechung?«

»In einer Viertelstunde. Der Zeuge im Dowling-Prozeß ist angemeldet. Sie wissen schon, der, den Paul Drake aufgespürt hat.«

Mason runzelte die Stirn. »Ich möchte nicht Gefahr laufen«, meinte er, »daß er wieder verschwindet. Sagen Sie mir Bescheid, sowie er ankommt, Della. Und jetzt schicken Sie mir Ihr Liebespaar. Wie heißen die zwei?«

Della blickte auf ihren Notizblock. »George Latty und Linda Calhoun. Sie kommen aus einer Kleinstadt in Massachusetts. Es ist ihre erste Reise nach Kalifornien.«

»Herein mit ihnen«, sagte Mason.

Als Della wenige Sekunden später das junge Paar durch die Tür schob, schätzte Mason es mit einem Blick ab. Er erhob sich und lächelte zur Begrüßung.

Der Mann war drei- oder vierundzwanzig Jahre alt, groß und gutaussehend. Sein welliges dunkles Haar war gepflegt.

Die junge Dame, keinesfalls älter als zweiundzwanzig, hatte große blaue Augen, die ihr etwas Kindlich-Naives gaben.

Als sie vor Mason standen, suchte ihre kleine Hand unbewußt die ihres Begleiters. Das Mädchen lächelte; ihr Begleiter blickte selbstbewußt auf Mason.

»Sie sind George Latty?« fragte Mason.

Er nickte.

»Und Ihr Name ist, glaube ich, Linda Calhoun, nicht wahr?«

Das Mädchen nickte ebenfalls.

»Bitte, nehmen Sie Platz«, bot Mason an, »und erzählen Sie mir, wo Sie der Schuh drückt.«

Die beiden setzten sich. Linda warf dem jungen Mann einen bittenden Blick zu, als wolle sie sagen: mach du den Anfang. Aber Latty starrte geradeaus.

»Nun?« forschte Mason.

»Sag du es ihm, George«, bat das Mädchen.

Latty lehnte sich vor, stützte sich mit den Ellenbogen auf den Schreibtisch des Anwalts und begann stockend: »Es handelt sich um ihre Tante.«

»Was ist mit ihr«, erkundigte sich Mason.

»Sie wird ermordet werden.«

»Haben Sie auch eine Ahnung, von wem?«

»Natürlich. Er heißt Montrose Dewitt.«

»Und was wissen Sie sonst noch über diesen Dewitt, außer, daß er möglicherweise zum Mörder wird?« wollte Mason wissen.

Diesmal antwortete Linda Calhoun: »Nichts. Deshalb sind wir ja hier.«

»Sie kommen aus Massachusetts, nicht wahr?«

»Stimmt«, antwortete Latty.

»Sie kennen sich schon ziemlich lange, wie?«

»Ja.«

»Darf ich fragen, ob Sie offiziell verlobt sind?«

»Jawohl, das sind wir.«

»Entschuldigen Sie bitte«, bohrte Mason weiter, »wenn meine

Fragen indiskret scheinen. Aber wenn ich mich um einen solchen Fall kümmern soll, möchte ich genau informiert sein. Steht Ihr Hochzeitstermin schon fest?«

»Nein«, antwortete das Mädchen. »George studiert noch Jura, und ich...« Sie wurde rot. »Ich helfe ihm beim Studium.«

»Ich verstehe«, meinte Mason. »Arbeiten Sie?«

»Ja.«

Mason hob fragend die Augenbrauen.

»Ich bin Sekretärin in einer Anwaltskanzlei«, erklärte sie. »Ich habe um einen vierwöchigen unbezahlten Urlaub gebeten und ihn bewilligt bekommen. Bevor ich wegfuhr, bat ich meinen Chef, mir den Namen des besten Anwalts von Kalifornien zu geben, und er riet mir, mich an Sie zu wenden, wenn es ernst werden sollte.«

»Dann muß ich also annehmen, daß es ernst geworden ist?«

»Es wird es werden.«

Mason blickte Latty an. »Wie sind Sie hergekommen? Ich meine, sind Sie geflogen oder mit...«

Linda Calhoun schaltete sich ein: »George ist geflogen, und ich bin mit Tante Lorraine zusammen im Wagen gekommen. Ich habe George dann angerufen, daß er auch kommen soll.«

»Wann?«

»Gestern abend. Er ist erst heute früh angekommen. Dann haben wir Kriegsrat gehalten und beschlossen, zu Ihnen zu gehen.«

»Also gut«, meinte Mason. »Jetzt kenne ich die Vorgeschichte. Und nun erzählen Sie mir bitte von Ihrer Tante Lorraine. Wie heißt sie mit Familiennamen?«

»Elmore. E-l-m-o-r-e.«

»Miss oder Mrs.?«

»Mrs. Sie ist Witwe, und sie ist... nun, sie ist in einem gefährlichen Alter.«

»Was verstehen Sie denn unter einem gefährlichen Alter?« fragte Mason lächelnd.

»Sie wird achtundvierzig.«

»Und was hat sie getan, was auf Gefahr schließen läßt?«

»Sie hat sich Hals über Kopf verknallt«, antwortete Latty.

Mason sah ihn fragend an.

»Sie hat sich verliebt«, erklärte Linda.

»Ich schließe also aus Ihren Worten«, meinte Mason und konnte sich ein Lächeln nicht verkneifen, »daß es zwar völlig normal ist, sich mit zwanzig zu verlieben, daß es jedoch dumm und einfältig wirkt, wenn einem dieses Gefühl in reiferen Jahren zu schaffen macht?«

Linda wurde rot.

»Nun, in diesem Alter!« rief Latty aus. »Also wirklich, in dem Alter noch...«

Mason mußte lachen. »Diese Jugend«, sagte er. »Vielleicht ist es das einzige, was man ihr zugute halten kann. – Sagen Sie, wann starb der Mann Ihrer Tante, Miss Calhoun?«

»Vor fünf Jahren«, antwortete Linda. »Aber bitte, Mr. Mason, lachen Sie uns nicht aus. Die Sache ist wirklich ernst.«

»Ich würde sagen, daß Ihre Tante selbst das Recht hat zu entscheiden, ob sie sich verlieben will oder nicht.«

»Aber die Art und Weise, wie sie es macht«, protestierte Linda.

»Irgend so ein Abenteurer wird ihr das ganze Geld aus der Tasche ziehen«, ergänzte Latty.

Mason trommelte mit den Fingern auf die Schreibtischplatte. »Sind Sie die einzige Verwandte?« fragte er.

»Ja.«

»Dann werden Sie wahrscheinlich ihre Universalerbin, nicht wahr?«

Wieder überzog sich Lindas Gesicht mit einer Röte.

Mason wartete auf Antwort.

»Ja, das nehme ich an«, sagte Linda schließlich.

»Ist Ihre Tante reich?«

»Sie hat...nun, sie ist ziemlich wohlhabend.«

»Und in den letzten Wochen hat sich ihr Benehmen völlig verändert«, berichtete Latty. »Sie war immer sehr lieb zu Linda, aber jetzt hat sie nur noch für diesen Kerl Zeit und Augen. Gestern hatten Linda und Mrs. Elmore einen Streit miteinander. Tante Lorraine ließ Linda einfach stehen und bat sie, zurück nach Massachusetts zu fahren und aufzuhören, sich um ihre persönlichen Angelegenheiten zu kümmern.«

»Weshalb sind Sie eigentlich an der ganzen Sache interessiert, Mr. Latty?« wollte Mason wissen.

»Nun, ich...ich bin doch...«

»Sie lieben Linda und wollen Sie heiraten, nicht wahr?«

»Genau.«

»Und Sie haben vielleicht auch ein bißchen mit der Erbschaft gerechnet, wie?«

»Ganz sicher nicht!« protestierte er. »Das muß ich zurückweisen!«

»Ich frage ja nur«, beruhigte ihn Mason. »Sehen Sie, wenn wir irgend etwas unternehmen, werden andere Leute dieselbe Frage an Sie richten. Ich hielt es für besser, Sie darauf vorzubereiten.«

»Wenn mir das jemand öffentlich vorwirft, schlage ich ihn nieder!« rief Latty aufgebracht.

»Es wäre viel vernünftiger, wenn Sie Ihr Temperament ein bißchen zügeln würden, junger Mann«, belehrte ihn Mason. »Und jetzt, Miss Calhoun, möchte ich gern die Tatsachen hören. Bitte, fangen Sie von vorn an und erzählen Sie mir, wie das alles begonnen hat.«

»Tante Lorraine war sehr einsam«, begann sie. »Das weiß ich, und sie tat mir leid. Ich bin der einzige Mensch, den sie hat. Ich habe auch immer versucht, es ihr leichter zu machen.«

»Hat sie denn keine Freunde?« erkundigte sich Mason.

»Schon, aber keine wirklichen.«

»Und Sie haben sich um sie gekümmert?«

»Ich habe ihr jede freie Minute geopfert, Mr. Mason, aber...nun ja, schließlich bin ich berufstätig. Dann habe ich meine Hausarbeit zu machen und muß einkaufen. Aber Tante Lorraine wollte mich ständig um sich haben.«

»Nun ja, und Sie haben ja auch noch George Latty, nicht wahr?«

»Ja.«

»Und das gefiel Ihrer Tante wohl nicht?«

»Ich glaube, sie kann ihn nicht leiden.«

»Gut, also was ist mit diesem Montrose Dewitt?«

»Sie hat ihn durch einen Briefwechsel kennengelernt.«

»Heiratsannonce?«

»Nein, nein. So dumm ist sie nun auch wieder nicht. Es kam über eine Leserzuschrift, die sie einsandte und die von der Zeitung veröffentlicht wurde. Dewitt schrieb daraufhin an Tante Lorraine einen Brief, daß er ihren Leserbrief gelesen habe und ganz ihrer Meinung wäre. Kurz und gut, die beiden begannen eine Korrespondenz.«

»Und dann?«

»Nun ja, dann vernarrte sich meine Tante in diesen Mann. Sie gab es natürlich nicht zu, aber ich habe es sofort gemerkt. Sie schickte ihm ein Foto, und zwar eines, das schon ein paar Jahre alt war.«

»Hat er ihr auch eines geschickt?«

»Nein. Er schrieb, daß er eine Augenklappe tragen müsse und sich deshalb geniere.«

»Weiter!« drängte Mason mit einem Blick auf die Uhr.

»Dann reichte es ihnen nicht mehr, sich zu schreiben. Sie begannen zu telefonieren. Manchmal zwei- bis dreimal in der Woche.«

»Und?«

»Eines Tages erzählte mir meine Tante, sie wolle in Urlaub fahren. Ich wußte natürlich sofort, wohin, aber ich konnte nichts dagegen tun. Der Mann hatte sie bereits völlig hypnotisiert.«

»Also beschlossen Sie, mitzufahren?«

»Ja.«

»Sie kamen also zusammen hierher. Was geschah dann?«

»Wir stiegen in einem Hotel ab. Tante Lorraine meinte, sie wolle sich ein bißchen hinlegen, und ich ging ein paar Besorgungen machen. Als ich wiederkam, war sie fort. Auf dem Tisch lag eine Nachricht für mich, sie käme erst sehr spät wieder. Als sie dann kam, warf ich ihr vor, daß sie sich mit diesem Dewitt getroffen habe. Sie wurde sehr ärgerlich und schrie, sie ließe sich von mir nicht bevormunden. Sie wüßte selbst, was sie tue.«

»Das kann ich sehr gut verstehen«, meinte Mason.

»Nun ja«, gab Linda Calhoun zu, »das allein wäre ja auch nicht so schlimm.«

»Es gibt also noch etwas?«

»Ja. Sie hat das Aufgebot bestellt und einige ihrer Werte zu Bargeld gemacht. Darüber hinaus hat sie Aktien und Pfandbriefe verkauft. Sie hat ungefähr fünfunddreißigtausend Dollar bei sich.«

»Alles in bar?« fragte Mason erstaunt.

»Jawohl, Mr. Mason, ein Bündel Banknoten, das man in einer Damenhandtasche nicht unterbringen kann.«

»Weshalb hat sie das wohl getan?«

»Das können Sie sich sicher genausogut denken wie ich, Mr. Mason«, antwortete Linda. »Ich bin überzeugt, daß ihr Liebhaber dahintersteckt.«

»Dieser Dewitt scheint eine dunkle Existenz zu sein. Was wissen Sie über seine Vergangenheit?« fragte Mason.

»Nichts. Absolut nichts. Sie hat kein Wort darüber verlauten lassen.«

»Wann stritten Sie mit Ihrer Tante? Gestern abend?«

»Nein, gestern vormittag. Die Nacht, wo sie so lange wegblieb, war schon vorgestern. Und gestern meinte sie dann, sie würde den ganzen Tag unterwegs sein, und ich könne tun, was ich wolle. Ich war besorgt und habe ihr gesagt, daß ich von dem Geld wüßte.«

»Und?«

»Daraufhin wurde sie furchtbar wütend. Sie schrie, sie hätte immer gemeint, daß ich sie gern habe. Jetzt jedoch sei sie davon überzeugt, daß es mir nur um ihr Geld ginge. Und dann sagte sie noch Dinge über George, die ich mir einfach nicht gefallenlassen kann.«

»Zum Beispiel?« fragte Mason interessiert.

»Ich möchte es lieber nicht wiederholen.«

»Weiß es George?«

»In ungefähr«, antwortete Latty.

»Aber nicht alles«, wandte Linda ein.

»Hat Ihre Tante behauptet, er würde Sie nur ausnutzen?«

»Damit hat sie angefangen. Sie meinte, in ihrer Jugend sei es nicht üblich gewesen, daß ein Mann sich nicht selbst ernährt. George würde sich von einer Frau ernähren lassen. Da sei Montrose Dewitt schon ein ganz anderer Mann. Sie... ach, Mr. Mason, es war einfach ekelhaft.«

»Daraufhin bat Ihre Tante Sie also, wieder nach Hause zu fahren?«

»Bitten kann man das nicht mehr nennen. Sie zählte mir das Geld für den Rückflug auf den Tisch und verkniff sich die Bemerkung nicht, daß es erster Klasse wäre.«

»Wie reagierten Sie?«

»Ich warf die Scheine auf die Erde, rief George an und bat ihn, sofort herzufliegen. Das notwendige Fluggeld habe ich ihm telegrafisch angewiesen.«

»Von Ihrem eigenen Geld?«

»Ja, von meinen Ersparnissen.«

»Das ist alles?«

»Ja«, antwortete Linda Calhoun.

»Jetzt hören Sie mir einmal gut zu«, sagte Mason. »Ihre Tante ist eine erwachsene Frau. Wenn sie...«

»Ich weiß schon, was Sie sagen wollen«, unterbrach ihn Linda. »Aber ich habe nicht vor, mich in ihre Angelegenheiten zu mischen. Alles, was ich will, ist, etwas über diesen Dewitt herauszubekommen. Ich möchte sie vor diesem Mann schützen.«

»Das wird Geld kosten«, meinte Mason.

»Wieviel?«

»Nun, eine wirklich gute Detektivagentur, nur eine solche hätte einen Zweck, dürfte fünfzig Dollar pro Tag von Ihnen nehmen. Dazu kommen natürlich die Spesen.«

»Wie lange würde es dauern?«

»Das kommt drauf an«, antwortete Mason. »Manchmal klappt es innerhalb von ein paar Stunden. Es kann aber auch einen Tag, eine Woche oder noch länger dauern.«

»So lange kann ich mir keinen Detektiv leisten«, meinte Linda. »Ich hoffte, daß es vielleicht mit zweihundert Dollar zu machen sei. Aber nun kommt auch noch Ihre Gebühr dazu, nicht wahr, Mr. Mason?«

»Mich brauchen Sie dabei nicht. In dieser Situation gibt es nichts, wozu Sie einen juristischen Rat brauchen. Oder wollen Sie Ihre Tante als unzurechnungsfähig erklären lassen?«

»Nein, natürlich nicht. Sie ist nur in einem gefährlichen Alter, und sie ist verliebt.«

»Immer, wenn sich jemand verliebt, ist es ein gefährliches Alter«, erwiderte Mason lächelnd. »Also wollen Sie nun einen Privatdetektiv oder nicht?«

»Ja. Könnten Sie mir helfen, einen zu finden? Es gibt doch auch solche, die für ihr Honorar nicht viel tun.«

»Sie möchten den besten, ja?«

»Natürlich.«

Mason gab Della Street ein Zeichen. »Rufen Sie die Drake-Detektivagentur an und bitten Sie Paul, einen Moment herüberzukommen«, sagte er. Dann wandte er sich wieder an seine Besucher und erklärte: »Drake hat sein Büro im selben Stockwerk wie ich. Er arbeitet seit Jahren für mich, und ich kann ihn als zuverlässig und tüchtig empfehlen.«

Als einen Moment später Drakes Klopfzeichen an der Tür ertönte, ließ Della ihn herein und stellte ihn vor.

Paul Drake war groß und schlaksig. Er betrachtete die jungen Leute mit prüfendem Blick und setzte sich.

»Ich werde es kurz machen, Paul«, begann Mason. »Linda Calhoun und George Latty sind verlobt. Linda hat eine Tante, eine Mrs. Lorraine Elmore, siebenundvierzig Jahre alt und verwitwet. Sie begann einen Briefwechsel mit einem gewissen Montrose Dewitt und scheint inzwischen ziemlich unter seinem Einfluß zu stehen. Sie hat bereits das Aufgebot bestellt. Linda und ihre Tante sind nach Kalifornien gekommen, um angeblich Urlaub zu machen. Ihre Tante trägt ungefähr fünfunddreißigtausend Dollar Bargeld mit sich herum. Sie und Linda hatten Krach miteinander. Mrs. Elmore wollte Linda nach Hause schicken, statt dessen hat Linda ihrem Verlobten telegrafisch Geld geschickt und ihn gebeten, herzufliegen. Sie wollen Mrs. Elmore vor dem Schlimmsten bewahren. Sie kommen aus Massachusetts. Insbesondere wollen sie alles über Montrose Dewitts Vergangenheit herausbekommen. Wieviel wird das kosten?«

»Das kann ich auf Anhieb nicht sagen«, antwortete Paul Drake. »Meine Gebühren betragen fünfzig Dollar pro Tag.« Er wandte sich an Linda Calhoun. »Haben Sie seine Adresse?«

»Ja. Er wohnt in den Bella Vista Apartments in Van Nuys.«

»Foto?«

»Nein.«

»Vielleicht sollten Sie sich die Sache noch einmal in Ruhe überlegen, ob sie Ihnen auch wichtig genug erscheint«, meinte Drake. »Fünfzig Dollar pro Tag sind eine Menge Geld.«

»Betrachten Sie einen Mord als wichtig genug, Mr. Drake?«

Der Detektiv lächelte. »Kann man wohl sagen.«

»Ich mache mir Sorgen. Ich möchte das Schlimmste verhindern«, sagte Linda Calhoun.

»Das hört sich so an, als wären Sie eine eifrige Leserin der sogenannten wahren Kriminalgeschichten«, meinte Drake.

»Halten Sie es nicht auch für außerordentlich verdächtig, daß meine Tante so viel Bargeld bei sich hat?«

»Ich glaube eher, daß sie dabei ist, vielleicht eine Dummheit zu machen. Verliebte tun so etwas manchmal.«

»Sie ist in einen für sie völlig fremden Menschen verliebt.«

»Na gut«, meinte Drake. »Sie haben gewonnen. Ich soll meine Arbeit also aufnehmen?«

»Ja, bitte. Wenigstens für ... sagen wir einmal für zwei Tage, ja?«

»In Ordnung.«

Sie wandte sich an Mason. »Glauben Sie, ich sollte die Polizei benachrichtigen?«

»Um Himmels willen, nein!« rief Mason aus. »Damit würden Sie wirklich in ein Wespennest stechen. Nein, warten Sie zuerst einmal ab, was Paul herausfindet. Und mich müßten Sie jetzt bitte entschuldigen, ich habe eine wichtige Verabredung.«

»Wieviel schulden wir Ihnen, Mr. Mason?«

Der Anwalt lächelte. »Bis jetzt noch gar nichts. Aber bleiben Sie mit mir in Verbindung. Ich werde mich bei Mr. Drake melden. Er gibt seine Berichte direkt an Sie.«

»Kommen Sie bitte mit hinüber in mein Büro«, bat der Detektiv das junge Paar. »Sie müssen mir alles, was Sie wissen, erzählen, auch Nebensächlichkeiten. Ich möchte mir von Ihrer Tante und diesem Dewitt ein Bild machen können.«

2

Kurz vor zwölf legte Della Street den Telefonhörer auf die Gabel und wandte sich an ihren Chef: »In dem Fall der amourösen Tante gibt es eine neue Entwicklung.«

Mason sah sie verständnislos an.

»Ein Mann namens Howland Brent möchte Sie möglichst sofort sprechen. Es handele sich um etwas sehr Wichtiges im Zusammenhang mit Lorraine Elmores Geschäften.«

»Wieso kommt der Mann gerade zu mir?« wollte Mason wissen.

»Wahrscheinlich hat Miss Calhoun ihm gesagt, daß Sie sie vertreten.«

Mason verzog das Gesicht. »Ich habe ihr doch extra gesagt, daß sie keinen Anwalt braucht. Sie ist ja bei Paul bestens aufgehoben.«

»Soll ich Mr. Brent an Paul verweisen?« erkundigte sich Della. »Oder soll ich ... ?«

Mason sah auf die Uhr. »Ich habe vor meiner Verabredung zum Mittagessen noch eine Viertelstunde Zeit. Bitte, Della, gehen Sie hinaus und sehen Sie sich den Mann an. Wenn es sich um eine Routinegeschichte handelt, schicken Sie ihn zu Paul. Wenn Sie aber den Eindruck haben, es lohnt sich, werde ich ihm meine freie Viertelstunde opfern.«

Della Street nickte und verschwand im Vorzimmer. Nach ungefähr fünf Minuten war sie wieder zurück und sagte: »Ich glaube, Sie sollten mit ihm sprechen, Chef.«

»Wieso?«

»Er ist eigens aus Boston hierher geflogen. Er ist Mrs. Elmores Finanzberater, für alle ihre Investitionen verantwortlich, und macht sich Sorgen.«

»Sorgen?«

»Ja.«

»Die Leute scheinen diese Geschichte alle viel ernster zu nehmen als ich«, meinte Mason unwillig. »Wie sieht er aus, Della?«

»Warten Sie mal, ungefähr Ende Vierzig, groß, hager, schmalschultrig, knochiges Gesicht und einen kleinen Schnurrbart. Er trägt einen Filzhut mit schmaler Krempe, einen Tweedanzug und Schuhe mit dicken Gummisohlen. Außerdem benutzt er einen Stock.«

»Kurz gesagt«, erwiderte Mason, »genau so, wie man sich einen Finanzberater vorstellt, nicht wahr?«

Della lächelte. »Werden Sie ihn empfangen?«

»Aber selbstverständlich«, antwortete Mason übertrieben eifrig.

Als sie ein paar Sekunden später wieder ins Büro zurückkam, stellte Della Street den Besucher vor. »Dies ist Mr. Howland Brent aus Boston, Mr. Mason.«

Brent hängte die Krücke seines Stocks über seinen Arm und kam mit ausgestreckter Hand auf Mason zu.

»Guten Tag, Mr. Mason.«

»Bitte, nehmen Sie Platz«, bat der Anwalt. »Ich habe leider nur ein paar Minuten Zeit. Meine Sekretärin sagt mir, es handele sich um Lorraine Elmore?«

»Ja, und ich werde mich so kurz wie möglich fassen.«

Mason fing einen Blick von Della Street auf.

»Bitte, fangen Sie an«, bat Mason.

»Jawohl. Also ich bin Finanzberater und Vermögensverwalter. Ich habe mehrere Klienten, die mir hinsichtlich ihrer finanziellen Situation völliges Vertrauen schenken. Ich besorge für sie Investitionen und erspare ihnen alle finanziellen Details. Von Zeit zu Zeit erstatte ich dann selbstverständlich meine Berichte. Wenn meine Klienten

Geld benötigen, wenden sie sich an mich. Einmal monatlich erhalten sie von mir eine detaillierte Aufstellung über ihre Investitionen. Selbstverständlich bleibt die letzte Entscheidung darüber, wie das Geld angelegt wird, bei meinen Klienten. Wenn sie wünschen, daß etwas veräußert wird, verkaufe ich es für sie. Wollen sie kaufen, besorge ich auch das. Ohne mir selbst schmeicheln zu wollen, Mr. Mason, darf ich mit Recht behaupten, daß ich im Laufe der Jahre durch geschickte Dispositionen die Vermögen meiner Klienten wesentlich vergrößern konnte. Mein Klientenkreis ist ein sehr ausgewählter. Ich fasse auch meine eigenen Entschlüsse, obgleich diese natürlich auf detaillierte, von Experten angefertigte Analysen des Wirtschaftsmarktes basieren.«

Mason nickte.

»Ich darf das Vertrauen meiner Klienten nicht mißbrauchen, Mr. Mason, wenn es sich nicht um eine Angelegenheit handelt, die vielleicht Leben oder Tod bedeutet. Und ich habe das Gefühl, daß diese Sache eine solche werden kann.«

»Sie haben sich mit Linda Calhoun unterhalten, nicht wahr?« fragte Mason.

»Ja, ich habe mit ihr gesprochen. Aber ich möchte betonen, Mr. Mason, daß mein Verdacht nicht das Resultat dieser Unterhaltung ist. Er ist dadurch nur noch verstärkt worden.«

Mason nickte wieder.

»Sehen Sie«, fuhr Brent fort, »durch mein Verhältnis zu meinen Klienten, das, wie gesagt, auf absolutem Vertrauen aufgebaut ist, habe ich dieselbe Macht über diese Leute wie, sagen wir einmal, ein Rechtsanwalt. Ich bin ständig über ihre finanziellen Dispositionen informiert.

Das geht so vor sich: Wenn das Konto auf einen gewissen Betrag verringert wird, benachrichtigt mich die Bank automatisch, und ich veranlasse dann, daß eine entsprechende Summe wieder eingezahlt wird, um den Mindestbetrag eines Kontos zu gewährleisten. Diese Situation kommt zwar selten vor, aber es ist auch schon passiert, daß ich Beträge hierfür aufbringen mußte, wenn Klienten von mir verreist waren.

Ohne das Vertrauen Mrs. Elmores zu verletzen, darf ich sagen, daß sie in dieser Hinsicht etwas sorglos ist. Sie hebt Gelder ab, ohne sich darum zu kümmern, daß ihr Konto wieder entsprechend aufgefüllt wird.«

Mason nickte.

»Als Mrs. Elmores Anruf kam, daß sie in Urlaub fahren würde, habe ich einfach einen Routinevermerk gemacht. Kurz vor ihrer Abreise bat sie mich, eine ziemlich hohe Summe Bargeld auf ihr Bankkonto zu überweisen. Ich möchte keine Beträge nennen, sondern nur so viel sagen, daß mir diese Summe unangemessen hoch erschien und ich sie darauf hinwies, daß ihr durch derartige Manipulationen Zinsen verlorengehen würden. Können Sie mir folgen, Mr. Mason?«

»Nicht nur das«, antwortete der Anwalt, »ich bin sogar schon ein Stückchen weiter. Mrs. Elmore hob dann eine erhebliche Summe Bargeld ab, ohne Sie davon in Kenntnis zu setzen, nicht wahr?«

Brents Ausdruck zeigte Erstaunen. »Es ist bemerkenswert, wie Sie folgern können«, meinte er verwundert.

»Ist es so?«

»Ja.«

»Und weshalb kommen Sie nun zu mir?« erkundigte sich Mason und blickte verstohlen auf seine Armbanduhr.

»Ich bin hergeflogen, um Mrs. Elmore zu konsultieren. Vor zwei Stunden kam ich am Flugplatz an und telefonierte mit dem Hotel, in dem sie abgestiegen ist. Sie war nicht da, und man verwies mich an Miss Calhoun. Selbstverständlich möchte ich die Nichte meiner Klientin nicht ins Vertrauen ziehen, aber ich ließ durchblicken, daß ich Mrs. Elmore in einer sehr dringenden Angelegenheit sprechen müßte. Erst daraufhin hat sich Miss Calhoun mir anvertraut.«

»Montrose Dewitt?«

»Genau.«

»Was ich für Sie tun kann, ist mir leider immer noch nicht klar, Mr. Brent«, sagte Mason.

»Es geht mir um eine Auskunft, die ich glaubte, bei Ihnen bekommen zu können. Ich möchte nochmals betonen, Mr. Mason, daß ich die ganze Situation für äußerst gefährlich halte, und deshalb würde ich Sie bitten, mir alles, was Sie über meine Klientin und Mr. Dewitt in Erfahrung bringen, mitzuteilen.«

Mason schüttelte den Kopf.

»Nein?« fragte Brent.

»Nein«, antwortete Mason.

»Heißt das: es ist unmöglich?«

»Das heißt: es ist nicht ratsam«, entgegnete Mason. »Erstens vertrete ich in diesem Fall offiziell überhaupt niemand. Ich habe lediglich einen guten Detektiv empfohlen. Ich nehme an, daß Sie die gewünschten Informationen am besten von Miss Calhoun zu bekommen versuchen.«

Brent erhob sich von seinem Stuhl. »Ich verstehe«, sagte er knapp. »Vielen Dank und auf Wiedersehen.«

»Auf Wiedersehen.«

Würdevoll stolzierte Brent zu der Tür, durch die er gekommen war.

»Sie können gleich hier hinausgehen, wenn Sie wollen, Mr. Brent«, sagte Mason.

Brent drehte sich um und ging durch die Seitentür zum Korridor hinaus. Bereits auf dem Flur, drehte er sich nochmals um, nahm seinen Hut ab, verbeugte sich und meinte: »Es hat mich sehr gefreut, Mr. Mason.« Dann schloß er leise die Tür hinter sich zu.

Mason sah Della Street an und grinste.

Sie blickte auf die Uhr. »Sie haben gerade noch Zeit für Ihre Verabredung.«

Mason schüttelte den Kopf. »Ich warte lieber noch dreißig Sekunden, sonst muß ich mit Howland Brent im selben Fahrstuhl hinunterfahren. Und ich hasse nichts mehr als Unterhaltungen im Fahrstuhl.«

3

Gegen drei Uhr am gleichen Nachmittag ertönte Paul Drakes vertrautes Klopfzeichen an der Tür zu Masons Privatbüro.

Mason nickte Della zu, worauf sie öffnete.

»Danke, schönes Kind«, begrüßte Drake sie lächelnd.

»Was gibt's Neues?« erkundigte sich der Anwalt. »Bist du mit unserem Blaubart schon weitergekommen?«

Drake machte ein ernstes Gesicht. »Es besteht die Möglichkeit, Perry«, antwortete er, »daß diese Leute tatsächlich recht haben.«

»Wieso?«

»Dewitt hatte ein Bankkonto mit ungefähr fünfzehntausend Dollar. Er hat das Geld abgehoben und das Konto aufgelöst. Der Hausverwalterin hat er die Miete für zwei Monate im voraus bezahlt und erzählt, er würde vier bis sechs Wochen verreisen. Dann hat er sein Auto verkauft und sofort Bargeld dafür bekommen. Danach ist er mit einem anderen Wagen, zusammen mit einer ziemlich gutaussehenden Frau weggefahren. Die beiden haben sich wie die Turteltauben benommen. Der ganze Wagen war voller Gepäck. Er hatte Nummernschilder aus Massachusetts.«

»Hast du die Nummer aufgeschrieben?«

»Nein, leider nicht.«

»Was hast du bezüglich seiner Vergangenheit festgestellt?«

»Er wohnt seit ungefähr vierzehn Monaten in diesem Apartmenthaus Bella Vista draußen in Van Nuys, trägt ständig eine Augenklappe, hat jedoch bisher noch niemandem erzählt, warum. Er lebt scheinbar überhaupt äußerst zurückgezogen. Niemand weiß genau, was er eigentlich tut, aber man munkelt, daß er eine Art Reisender ist. Eine feste Freundin hat er auch nicht, was zum Beispiel der Hausverwalterin gar nicht recht ist. Sie haßt die Typen von Männern, die zu viele Weiber haben, aber auch die, welche gar keinen Damenbesuch bekommen. Ich kann sie schon verstehen. Wenn ein Mieter, ein Junggeselle, überhaupt keine Freundin hat, macht man sich Gedanken, ob … na ja, du verstehst schon.«

»Ja, ja, ich verstehe«, sagte Mason. »Hast du eine Ahnung, wohin er gefahren ist, Paul?«

»Bis jetzt noch nicht, aber das ist nur eine Frage der Zeit. Meine Leute arbeiten bereits daran.«

»Du hast gesagt, er wäre mit einer gutaussehenden Frau weggefahren?«

»Nun ja«, meinte Drake, »sie sieht nicht billig aus. Sie ist noch zu jung, um völlig auf Eis gelegt zu werden, und seit Jahren Witwe. Jetzt lernt sie einen Mann kennen, an dem sie interessiert ist und der sich auch für sie interessiert. So eine Frau beginnt natürlich, sich zu pflegen und herauszuputzen. Es ist wie ein zweiter Frühling.«

Mason runzelte die Stirn.

»Ich bin nur rasch vorbeigekommen«, fuhr Drake fort, »um dir zu sagen, daß an Linda Calhouns Verdacht vielleicht wirklich etwas dran ist.«

»Du meinst wohl, an George Lattys«, versetzte Mason lächelnd.

»Glaubst du, daß er dahintersteckt?«

»Ich will es mal so formulieren«, antwortete Mason, »ich glaube, daß er die treibende Kraft ist.«

»Weißt du, Perry, ich habe Lindas Geld ungern genommen, aber ich habe mir gedacht, wenn ich den Job nicht übernommen hätte, wäre sie zu einer anderen Agentur gegangen. Ich werde die Geschichte so billig und so schnell wie möglich für sie erledigen. Vielleicht sollte ich diesem Dewitt auch andeuten, daß Erkundigungen über ihn eingezogen werden. Du weißt, wie solche Burschen sind. Wenn sie wissen, daß ihnen auf die Finger gesehen wird, machen sie meistens einen Rückzieher. Heiratsschwindler fürchten Nachforschungen über sich mehr als alle anderen Gauner.«

Mason nickte.

»Ich habe einen meiner Männer in Dewitts Wohnung geschickt«, erzählte Drake weiter. »Drei Stunden hat er nach Fingerabdrücken gesucht, und stell dir vor, er hat nicht einen gefunden.«

»Was?« rief Mason aus, »nicht einen einzigen Abdruck?«

»Nein.«

»Aber es muß doch welche geben«, meinte Mason, »lieber Gott...«

»Genau«, meinte Drake trocken, als Mason abbrach. »Das war Absicht. Irgend jemand hat einen Lederlappen genommen und sämtliche Stellen, wo man normalerweise Fingerabdrücke hinterläßt, abgewischt. Im Bad zum Beispiel den Spiegel, den Wandschrank, die Kücheneinrichtung, Kühlschrank – du, der Kühlschrank war selbst innen abgewischt.«

Mason überlegte.

»Es blieb mir nur eine Chance«, fuhr Drake fort, »um Fingerabdrücke von ihm zu finden, nämlich sein Wagen. Er hat ihn, wie ich dir sagte, verkauft. Das Auto ist fünf Jahre alt, aber noch sehr gut in Schuß. Dewitt bekam vom Händler achthundertundfünfzig Dollar dafür. Mein Mitarbeiter hat dem Autohändler erzählt, wir suchen die Fingerabdrücke eines Mannes, den Dewitt einmal im Auto mitgenommen hat. Daraufhin bekam er die Erlaubnis, den Schlitten zu untersuchen. Und jetzt halte dich fest: auch im Auto gab's keinen einzigen Abdruck.«

»Nicht mal hinter dem Rückspiegel?«, fragte Mason ungläubig.

»Nein, und du kannst mir glauben, meine Leute verstehen ihr Geschäft. Alles, was sie herausfanden, ist, daß Dewitt Handschuhe trug, als er den Wagen verkaufte. Also mußte ich mir einen anderen Ausgangspunkt suchen«, berichtete der Detektiv weiter, »und erfuhr, daß er diesen Wagen vor ungefähr einem Jahr, als er nach Van Nuys zog, schon gebraucht gekauft hatte.«

»Recht viel weiter wird uns das nicht bringen«, meinte Mason.

»Ich wollte auf alle Fälle nichts unversucht lassen«, antwortete Drake. »Ich bin alle Möglichkeiten durchgegangen und dabei auf etwas sehr Eigentümliches gestoßen. Sieh mal, Dewitt hat angeblich einen Job, bei dem er viel reisen muß. Er hatte den Wagen über ein Jahr und brachte nicht einmal zweitausend Kilometer zusammen. Der Gebrauchtwagenhändler, von dem er ihn hatte, konnte mir den damaligen Kilometerstand genau sagen, weil sich danach seine Garantie richtet, verstehst du?«

Mason runzelte die Stirn. »Reisender, sagst du, soll er sein?«

»Ja.«

»Das ergibt keinen Sinn. Bist du hinsichtlich des Kilometerstandes sicher, Paul?«

»Hundertprozentig. Als Dewitt den Wagen kaufte, hatte er rund dreißigtausend drauf. Und als er ihn wieder verkaufte, waren es 31876 Kilometer.«

»Vielleicht hat er inzwischen einen neuen Motor einbauen lassen«, gab Mason zu bedenken.

»Nein, im solchen Fall wird das Zählwerk wieder auf Null gestellt.«

»Oder hat er den Tacho frisiert, damit sich der Wagen später besser verkaufen läßt?«

»Auch das nicht. Ich habe mich bei dem Mechaniker genau erkundigt. Er meinte, die Plombe sei völlig unbeschädigt.«

»Ich nehme an, daß du auch beim Standesamt nach dem Namen Dewitt gesucht hast«, sagte Mason.

»Natürlich. Vor ungefähr zwei Jahren wurde ein Aufgebot für einen Montrose Dewitt und eine Miss Belle Freeman bestellt. Aber scheinbar hatten die beiden es sich wieder anders überlegt, denn die Trauung fand nie statt.«

Mason blickte erwartungsvoll auf Drake.

»Ja, ja, ich habe mir die Adresse und Telefonnummer dieser Miss Freeman besorgt und versucht, sie zu erreichen. Sie scheint nicht zu Hause zu sein. Jedenfalls habe ich diese Information an Linda Calhoun weitergegeben, und sie versucht nun laufend, Miss Freeman an die Strippe zu bekommen. Natürlich bedeutet ein Aufgebot noch gar nichts. Das heißt, man kann dem Mann keine Bigamie vorwerfen.«

Mason faßte plötzlich einen Entschluß. »Paul«, sagte er, »die Sache beginnt mich zu interessieren. Dewitt muß gefunden werden. Such das Auto mit den Massachusetts-Kennzeichen. Das dürfte nicht allzu schwierig sein. Nimm so viele Leute, wie du brauchst; die Rechnung zahle ich.«

»Und Miss Calhoun?« fragte Drake.

»Sie soll die zwei Tage bezahlen, die sie zahlen wollte. Sage ihr nichts davon, daß ich mich eingeschaltet habe. Ich finde jetzt, ich habe die Geschichte ein bißchen zu sehr auf die leichte Schulter genommen. Ich möchte nicht an einem Unglück schuld sein. Zuerst dachte ich, die Grünschnäbel würden sich nur aus Gewinnsucht um das Privatleben von Lorraine Elmore kümmern. Es freute mich sogar, daß sie als Strafe dafür zweihundert Dollar hinblättern müssen. Aber ich habe meine Meinung geändert.«

»Natürlich kann das alles nur Zufall sein«, meinte Drake, »aber es sieht verdächtig danach aus, als ob ...«

»Zum Teufel mit den Zufällen«, unterbrach ihn Mason. »In unserem Geschäft darf man sich darauf nicht verlassen. Ich brauche Konkretes. Los, Paul, setze Männer ein, die alle Motels überprüfen. Du mußt sie finden und ...«

»Hör auf, Perry. Wie ich das mache, mußt du schon mir überlassen. Du stellst dich an wie ein Amateur. Alle Motels zu überprüfen, würde ein Vermögen kosten, nur um einen großen, verchromten Wagen aus Massachusetts zu finden.«

»Aber wie willst du es sonst anstellen?«

Drake grinste. »Man muß sich zuerst mit der menschlichen Natur vertraut machen.« Er wandte sich an Della Street: »Was würden Sie tun, Della, wenn Sie an Mrs. Elmores Stelle wären?«

»Ich würde meine Abreise in jedem Fall so lange hinausschieben, bis ich beim Friseur und bei der Kosmetikerin war«, antwortete Della prompt.

»Na bitte. Da hast du die Antwort, Perry. Kosmetiksalons sind wahre Fundgruben, glaube mir. Eine frischverliebte Frau brennt darauf, es erzählen zu können. Wenn sie stundenlang in so einem Salon sitzt, wird sie die Katze aus dem Sack lassen. Du würdest staunen, was die Mädchen dort alles zu hören bekommen. Und den Rest reimen sie sich dann selbst zusammen.«

»Na dann los«, sagte Mason, »stürz dich auf die Schönheitssalons.«

»Schon passiert«, antwortete Drake. »Es war nicht schwierig, den zu finden, in dem sie war. Ich warte jeden Moment auf Nachricht.«

Mason stieß seinen Drehstuhl zurück, sprang auf und lief im Zimmer hin und her. »Was mich so wütend macht«, gab er zu, »ist, daß ich die Gefährlichkeit der Situation nicht sofort erkannt habe. Um ehrlich zu sein: mich hat dieser Latty gestört. Der Bursche läßt sich von einem Mädchen sein Studium finanzieren. Als sie ihn anrief und ihm sagte, sie habe mit ihrer Tante Krach gehabt, setzt er sich sofort ins nächste Flugzeug und kommt her, anstatt zu sagen, hör mal zu, das ist deine Tante und deine Familienangelegenheit.«

Das Telefon läutete. »Das ist die Geheimnummer«, meinte Della. »Wahrscheinlich ist es für Sie, Paul.«

Drake nahm den Hörer ab, lauschte einen Augenblick, dann sagte er: »Fein. Gute Arbeit. Ich kümmere mich weiter darum. Wahrscheinlich rufe ich dich zurück. Wo bist du jetzt? Okay, bleib dort, bis du was von mir hörst. Ich rufe in jedem Fall zurück.«

Er legte auf und wandte sich an Perry Mason. »Mrs. Elmore hat mit der Friseuse geplaudert. Sie begann zu reden und wollte gar nicht mehr aufhören. Vor lauter Aufregung war sie ganz außer sich. Sie berichtete, daß sie mit Dewitt nach Yuma fahren und dort heiraten würde. Und die Flitterwochen wollen sie am Grand Canyon verbringen.«

Mason blickte auf die Uhr. »Du sagst, er hat sein Geld abgehoben und das Konto aufgelöst, Paul?«

»Stimmt.«

»Und für zwei Monate Miete im voraus bezahlt?«

»Ja.«

»Durch Scheck?«

»Das weiß ich nicht.«
»Hast du mit der Verwalterin selber gesprochen?«
»Ja, kurz vor Mittag.«
»War sie zugänglich?«
»Ja.«
»Ruf sie an, Paul. Sieh zu, ob es ein Scheck war. Wenn ja, erkundige dich, ob er gedeckt ist. Vielleicht hat er hier einen Schnitzer gemacht.«

Drake rief die Nummer in Van Nuys an, sprach ein paar Minuten, dann deckte er die Muschel mit der Hand zu und wandte sich an Mason: »Sie hat den Scheck vor einer Stunde zur Bank gegeben, aber er wurde nicht eingelöst. Das Konto bestehe nicht mehr.«

In Mason arbeitete es wie in einem elektrischen Schaltwerk. »Fahr zu ihr hinaus, Paul«, sagte er. »Besorge dir den Scheck. Du mußt sie dazu bringen, daß sie gegen Dewitt vorgeht.«

»Sie will ihn nicht belangen«, unterbrach Drake, immer noch die Muschel zuhaltend. »Sie meint, es wäre sicher ein Irrtum, und er würde das schon erledigen.«

»Verflixt nochmal, Paul,« schimpfte Mason, »laß dich nicht abwimmeln. Ich brauche den Scheck. Kauf ihn ihr ab, wenn es sein muß. Wir treffen uns am Flughafen. Ich werde eine Chartermaschine besorgen. – Della, rufen Sie unseren Charterdienst an«, sagte er zu seiner Sekretärin. »Ich brauche eine zweimotorige Maschine, die uns nach Yuma bringt.«

Inzwischen redete Paul Drake auf die Hausverwalterin ein. »Ich muß Sie sprechen, Mrs. Ostrander. Würden Sie bitte auf mich warten? Ich komme sofort hinaus.«

Als Drake den Hörer auflegte, zog Della den Apparat zu sich heran.

»Wir treffen uns auf dem Flughafen«, wiederholte Mason, als der Detektiv zur Tür ging. »Beeil dich und komm mir nicht ohne den Scheck zurück.«

4

Die schachbrettartigen Felder und Wiesen des Imperial Valley sahen erfrischend grün aus. Dann kam der Hochlandkanal, der sich wie eine Riesenschlange unter dem Flugzeug wand. Ganz plötzlich und ohne Übergang begann die Wüste.

Auf der einen Seite des Kanals hatte das Wasser die Wüste zu einem reichen, fruchtbaren Land gemacht. Die andere Seite hatte nichts als Sand und das lange, betonierte Band der Autobahn.

Mason blickte hinunter auf die Autos, die wie winzige, langsam vorwärtskriechende Punkte wirkten, und meinte: »Irgendwo da unten fährt unser Pärchen.«

Della sah nachdenklich aus. »Eine gräßliche Situation«, sagte sie. »Da fährt nun eine Frau, die in einem Alter ist, wo die Liebe so viel für sie bedeutet, und die glaubt, den wunderbarsten Mann der Welt gefunden zu haben. Ich kann mich richtig in diese Frau hineinversetzen. Für sie sieht die Welt rosarot aus, und der Mann, der neben ihr am Steuer sitzt, plant die Details eines Mordes oder macht sich Gedanken darüber, wo er unterschlüpfen wird.«

Paul Drake, der neben Perry Mason saß, drehte sich um: »Bedauern Sie die Frau nicht zu sehr, Della. Sehen Sie, diese Art Frauen ermöglichen Typen wie Dewitt ja ihre Existenz. Sie hätte sich erkundigen sollen.«

»Vielleicht haben Sie recht«, antwortete Della. »Aber mir tut sie trotzdem leid.«

»Nun ja«, mischte sich Mason ein, »wir haben gut zwei Stunden Vorsprung. Wir werden in Yuma landen und uns diesen Dewitt ganz genau unter die Lupe nehmen.«

»Wie, glauben Sie, wird er reagieren?« fragte Della.

»Nun, er wird zwar nicht gerade erfreut sein, aber er wird eine ganze Menge Fragen zu beantworten haben«, sagte Mason und schwenkte ein rechteckiges Stückchen Papier in der Hand. »Ein Scheck, der auf Mrs. Millicent Ostrander ausgestellt ist, über einhundertundfünfzig Dollar lautet und nicht gedeckt ist. Wir werden ihm Gelegenheit geben, einiges klarzustellen.«

»Vergiß bloß nicht«, warnte Drake, »daß die Ostrander Dewitt nicht belangen will. Ich hatte genug Schwierigkeiten, ihr den Scheck herauszukitzeln. Aber sie will keinen Prozeß.«

»Hat sie dich autorisiert, das Geld für sie einzutreiben oder nicht?«

»Ja, das hat sie.«

»Na also.«

Als das Flugzeug zur Landung ansetzte, warfen die langen Wellen der Sanddünen bereits große Schatten in den Spätnachmittag. Der Colorado River, einst ein ungebändigter Strom, bildete jetzt eine durch Dämme regulierte Kette von Seen.

Die Sonne war gerade im Untergehen, als die Maschine auf dem Flugfeld aufsetzte. Ein Mann wartete schon auf sie und machte Paul Drake ein Zeichen.

»Das ist meine Korrespondenz-Agentur«, erklärte Drake. »Wir arbeiten oft zusammen, Perry.«

Der Mann stellte sich vor und gab Mason die Hand.

»Ist alles in Ordnung?« erkundigte sich Drake.

»Ja«, antwortete der Mann. »Mein Kollege wartet an der Autobahnausfahrt. Bisher sind zwei Wagen aus Massachusetts durchgekommen, aber in keinem waren die Leute, die Sie suchen.«

»Ich bin sicher, daß wir lange vor ihnen hier sind«, wandte Mason sein. Dann sagte er zu dem Piloten: »Lassen Sie bitte Ihre Maschine warten und bleiben Sie mit dieser Detektivagentur in Verbindung. Wir geben Ihnen Bescheid, wenn wir soweit sind. Dürfen Sie auch nachts starten?«

Der Mann nickte. »Ich kann Sie jederzeit zurückbringen.«

Mason schnippte mit den Fingern. »Also, auf in den Kampf«, meinte er.

An der Autobahnausfahrt trafen sie den anderen Mitarbeiter Drakes. Er versicherte ihnen, daß der gesuchte Wagen die Grenze noch nicht passiert hatte.

»Ausgezeichnet«, sagte Mason, »dann werden wir auf ihn warten. Es besteht kein Grund, daß Sie auch hier warten«, wandte er sich an Della Street. »Sie können ja in die Stadt fahren, sich umschauen und einen Ladenbummel machen. Lederwaren sind hier sehr günstig zu bekommen. Wie wär's, wenn Sie ...«

»Nein, ich warte lieber«, unterbrach ihn Della mit einem Kopfschütteln. »Ich glaube, daß Mrs. Elmore froh sein wird, sich mit einer Frau aussprechen zu können. Ihr Männer seid so gefühlskalt. Keiner von Ihnen macht mir den Eindruck, als könne sich eine enttäuschte Frau an Ihrer Schulter ausweinen.«

»Also gut«, antwortete Mason.

Mit einem Fernglas betrachtete Drake die Nummernschilder der ankommenden Fahrzeuge. Nach einer Stunde meldete er einen Wagen aus Massachusetts.

Mason sprang auf die Beine.

»Blinder Alarm«, verkündete Drake, streckte sich und gähnte. »Wie geht's euch allen?«

»Gut«, antwortete Della lächelnd.

Drake grinste. »Langweilig, was? Im Kino sind Detektive immer sofort am Drücker. Von der Warterei, die ein großer Bestandteil unseres Berufes ist, wird nichts erzählt. Setzen wir uns in den Wagen.«

Es war jetzt fast ohne Übergang dunkel geworden. Mason wandte sich an Paul Drake: »Hältst du es für möglich«, fragte er, »daß die beiden heute abend gar nicht mehr kommen?«

Drake zuckte die Achseln.

»Tante Lorraine macht so etwas nicht. Sie ist eine anständige Frau«, meinte Della.

Mason lehnte sich in seinem Sitz zurück. »Die Hand würde ich dafür trotzdem nicht ins Feuer legen. Oft täuscht man sich gerade bei diesem Typ.«

»Ganz schön heiß«, bemerkte Drake, ohne auf das Thema einzugehen. »Man merkt gar nicht, daß man transpiriert, denn sobald der Schweiß an die Hautoberfläche kommt, verdunstet er schon wieder. Hier verliert man tatsächlich pro Stunde einen Liter Wasser. Ich hätte Lust auf eine Limonade.«

»Fahr und hole uns welche«, bat Mason. »Ich behalte die Autos im Auge und ...«

»Augenblick mal!« rief Drake. »Wir bekommen Besuch.«

»Ein Nummernschild aus Kalifornien?« fragte Mason.

»Ja«, antwortete der Detektiv und hielt das Fernglas noch fester an die Augen. »Es ist ein Mietwagen, und kein anderer, als unser Freund George Latty, sitzt am Steuer.«

»Das gibt's ja gar nicht!« rief Mason aus.

»Laß mich mit ihm reden«, bat Drake. »Und wenn ich dir ein Zeichen gebe, kommst du auch hinüber, Perry.«

»Was kann der hier wollen?« fragte Della.

»Weiß ich auch nicht, aber wir werden es ja gleich erfahren.«

Der Detektiv ging mit langen Schritten zu dem Wagen hinüber.

Mason sah das verdutzte Gesicht des jungen Mannes, als dieser Drake bemerkte. Unauffällig gab Drake ein wenig später ein Zeichen.

Mason riß die Wagentür auf.

»Moment, Chef. Ich bin auch noch da«, erinnerte ihn Della.

Gerade noch rechtzeitig konnte Mason den Wagenschlag aufhalten, als Della vom Sitz hinunterrutschte und hinaussprang. Ihre Hand klammerte sich an seinen Arm. »Ich möchte das um keinen Preis verpassen«, sagte sie.

Latty sprach ernsthaft auf Drake ein, und als er das herankommende Paar bemerkte, blieb ihm der Mund offenstehen. »Du meine Güte!« stotterte er.

»Was ist denn los?« erkundigte sich Mason.

»Ich ... ich hatte keine Ahnung, daß Sie ... Sie versetzen mich wahrhaftig in Erstaunen.«

»Was ist so erstaunlich daran?« fragte Mason.

»Nun, daß Sie auch hier sind. Ich dachte ... ich glaubte Sie mindestens dreihundert Kilometer weit entfernt.«

»Irrtum«, belehrte ihn Mason. »Ich schlage vor, Sie steuern Ihren Wagen von der Straße herunter. Sie haben uns doch sicher einiges zu erzählen?«

Latty schluckte und fuhr langsam auf die Seite.

»Sehen Sie sich sein Gesicht an«, flüsterte Mason Della zu. »Er denkt verzweifelt nach.«

»Ich weiß«, antwortete sie. »Sicher haben Sie ihm absichtlich soviel Zeit gegeben.«

Latty stoppte.

»Kommen Sie«, sagte Mason, der neben ihm her gelaufen war. »Steigen Sie aus. Wir wollen mal sehen, was das alles zu bedeuten hat.«

»Ich kann mir einfach nicht erklären, was Sie hier tun«, sagte Latty.

»Und ich verstehe nicht, was Sie hier machen«, konterte Mason.

Latty lachte gekünstelt. »Sozusagen eine gegenseitige Überraschung, nicht wahr? Eine ...«

»Hören Sie auf mit dem Quatsch«, unterbrach Mason ihn. »Je mehr Sie herumreden, desto verdächtiger machen Sie sich. Und jetzt packen Sie aus. Wo ist Linda?«

»In Los Angeles.«

»Woher haben Sie diesen Wagen?«

»Gemietet.«

»Hat sie Ihnen das Geld dazu gegeben?«

»Nein.«

»Woher haben Sie es dann?«

»Das geht Sie gar nichts an.«

»Ich glaube, doch. Also, woher stammt das Geld?«

»Na schön«, meinte Latty, »wenn Sie es unbedingt wissen müssen: ich habe mir etwas gespart.«

»Wovon denn?«

»Von meinem Taschengeld«, antwortete Latty aufgebracht.

»Weiß Linda davon?«

»Nein.«

»Also gut. Sie mieteten den Wagen. Das kostet für diese Strecke eine ganze Menge Geld. Scheinbar konnten Sie sich ziemlich viel zusammensparen. Was tun Sie hier? Arbeiten Sie mit Dewitt zusammen?«

Das Entsetzen auf Lattys Gesicht schien echt zu sein. »Zusammenarbeiten!« rief er aus. »Ich? Mit diesem Heiratsschwindler! Nein, ganz gewiß nicht. Ich versuche einen Mord zu verhindern, jawohl, und deshalb bin ich hier.«

»Wieso kommen Sie gerade nach Yuma?«

»Weil ich Tante Lorraines Wagen verfolgt habe, und zwar ungefähr bis zwanzig Kilometer vor der Ausfahrt. Und was das Geld betrifft, ich hatte nicht damit gerechnet, soweit hinter ihr her fahren zu müssen. Ich mietete den Wagen und dachte, ich werde die beiden mal im Auge behalten. Vielleicht sind sie längst nach Massachusetts zurückgefahren oder ...«

»Sie werden nach Arizona kommen und heiraten«, unterbrach ihn Mason. »Hier in Yuma werden die kalifornischen Papiere anerkannt.«

»Ach so«, meinte Latty. »Ich verstehe.«

»Wußten Sie das nicht?«

Latty schüttelte den Kopf.

»Also weiter«, forschte Mason. »Sie verfolgten die beiden bis ungefähr zwanzig Kilometern vor der Ausfahrt, und dann?«

»Ich habe sie verloren.«

»Was heißt das, verloren?«

»Als es dunkel wurde, saß ich in der Patsche«, berichtete Latty. »Bei Tageslicht konnte ich sie verfolgen, ohne daß sie es merkten. Ich blieb mal etwas weiter zurück, dann fuhr ich wieder näher heran.«

»Und doch haben Sie Mrs. Elmore und Dewitt aus den Augen verloren?«

»Die verdammten Scheinwerfer sind schuld daran«, antwortete Latty. »Dewitt hat nicht oft in den Rückspiegel gesehen. Am Tage hat er nichts gemerkt, aber als ich ihn dauernd im Rückspiegel blendete, wurde er aufmerksam. Ich glaube, ich habe mich ziemlich dumm angestellt. Zuerst fuhr Dewitt langsamer, damit ich überholen konnte. Mir blieb nichts anderes übrig, als vorbeizufahren. Dann hielt ich bei einer Tankstelle und tat so, als ob ich tanken wollte. Als er vorbeikam, heftete ich mich wieder an seine Schlußlichter. Aber er bemerkte mich sofort und fuhr wieder so langsam, daß ich überholen mußte. Nach einigen Kilometern versuchte ich den Trick mit dem Tanken noch einmal. Aber ich wartete umsonst. Er kam nicht. Ja, das ist alles.«

»Was taten Sie dann?«

»Ich fuhr zurück und suchte sie. Aber ich mußte bald einsehen, daß es keinen Zweck hatte. Die Scheinwerfer der entgegenkommenden Fahrzeuge blendeten mich und... ehrlich gesagt, vielleicht sind sie auch an mir vorbeigefahren, und ich habe es nicht bemerkt. Ich glaube es zwar nicht, aber ich habe es aufgegeben und wollte nach Yuma fahren, um mit Linda zu telefonieren.«

»Sie haben die ganze Sache verdorben«, schimpfte Mason. »Wir wußten, daß die beiden kommen würden, um hier zu heiraten. Wir haben auf sie gewartet und wollten uns Dewitt vorknöpfen. Jetzt sind wir dank Ihrer Einmischung genauso schlau wie vorher. Verfolgen ist ein Job für Professionelle. Wenn ein Amateur versucht, Detektiv zu spielen, verdirbt er nur alles.«

»Es tut mir leid«, meinte Latty zerknirscht.

Der Rechtsanwalt wandte sich an Drake: »Was hältst du davon, Paul?«

Drake zuckte die Achseln. »Sie können alles mögliche gemacht haben. Die Wahrscheinlichkeiten sind, daß sie entweder nach Holtville, Brawley oder vielleicht nach Calexico zurückgefahren sind. Dort werden sie übernachten und morgen früh herfahren, um zu heiraten. Vielleicht wollten sie aber auch nur zu Abend essen und kommen später noch. Wer weiß?«

»Ich muß Linda anrufen«, sagte Latty. »Sie wird außer sich sein.«

»Was werden Sie ihr sagen?«

»Ich möchte ihr erzählen, was passiert ist.«

»Und dann wollen Sie zurückfahren?« erkundigte sich Mason.

»Ich muß zurück, und ich... sie muß mir Geld schicken. Das wird eine Weile dauern. Es tut mir so leid, Mr. Mason, daß ich alles verdorben habe.«

»Haben Sie sich Dewitt genau angesehen?« wollte Mason wissen.

»Ja, ein paarmal sah ich ihn sehr deutlich.«

»Hatten Sie denn seine Wohnung beobachtet?«

»Nein, ich habe nur Tante Lorraines Auto im Auge behalten.«

Mason warf Drake einen bedeutungsvollen Blick zu.

»Also gut, Latty«, sagte er schließlich. »Sie haben schon genug Schaden angerichtet. Hier sind zwanzig Dollar. Fahren Sie nach Yuma ins Bisnaga Motel. Tragen Sie sich dort unter Ihrem eigenen Namen ein. Nachdem Sie schon mal hier sind, können wir Sie vielleicht sogar gebrauchen. Essen Sie eine Kleinigkeit und warten Sie auf meinen Anruf. Wir haben dort Zimmer reserviert und werden später auch hinkommen. Wollen Sie uns helfen?«

»Selbstverständlich, gern.« Dann fügte er hinzu: »Ich tue alles, was Sie wollen, Mr. Mason.«

»Also gut«, meinte der Anwalt. »Bisher haben Sie die Dinge verdorben. Versuchen Sie also, sich von jetzt an nur an unsere Anweisungen zu halten und nicht noch mehr Unheil anzurichten.«

»Ich will ja nicht versuchen, Vorschläge zu machen«, meinte Latty kleinlaut, »aber sollten Sie die beiden nicht noch heute abend suchen?«

»Ich will Mrs. Elmores Leben, nicht ihre Unschuld retten«, versetzte Mason kurz angebunden. »Wenn die beiden wissen, daß sie verfolgt werden, sind sie vorsichtig geworden.«

»Aber wenn er die Nerven verliert«, gab Latty zu bedenken.

»Das hätten Sie sich überlegen sollen, bevor Sie aus Los Angeles wegfuhren«, schnauzte ihn Mason an. »Los, machen Sie jetzt, daß Sie in das Motel kommen, und warten Sie dort auf meinen Anruf.«

Latty wurde rot. »Sie behandeln mich wie ein Kind, Mason«, schrie er. »Ich möchte Ihnen nur sagen, daß ich es war, mein Einfluß, meine

Initiative und meine Entscheidung, die Linda dazu brachten, überhaupt zu Ihnen zu gehen.«

»Ich möchte mich mit Ihnen darüber nicht streiten«, antwortete Mason ruhig, »weil es mir völlig gleichgültig ist. Das einzige, was ich jetzt will, ist, daß Sie mitsamt Ihrer Initiative, Ihrem Einfluß und Ihrem Entscheidungsvermögen jetzt ins Bisnaga Motel fahren.«

Drake deutete mit dem Daumen die Straße hinunter und sagte: »Dort entlang, mein junger Freund.«

»Na gut«, rief Latty. »Aber vergessen Sie nicht, daß Sie von jetzt an die volle Verantwortung für alles tragen.«

Er trat aufs Gas, daß die Hinterräder leer durchdrehten, und brauste los.

»Was tun wir jetzt?« fragte Drake.

»Was essen gehen«, antwortete Mason. »Wir lassen die beiden Männer der hiesigen Detektei hier. Wenn der Wagen auftaucht, sollen sie uns benachrichtigen.«

»Angenommen, die Tante und ihr Freund lassen ihren Wagen in Holtville, Brawley oder El Centro stehen und mieten sich dort ein Auto?«

»Dann sind wir erledigt«, meinte Mason, »zumal wir ja weder Tante Lorraine noch Montrose Dewitt kennen. Der Wagen mit der Nummer aus Massachusetts war unser einziger Anhaltspunkt. Die Tatsache, daß Dewitt eine Augenklappe trägt, nützt uns jetzt, wo die beiden gewarnt sind, auch nicht mehr viel. Wer weiß, vielleicht nehmen sie sogar morgen früh den ersten Bus. Trotzdem, Paul, sag den Leuten, sie sollen auf jeden Wagen aus Massachusetts und auf Männer mit Augenklappen aufpassen. Sie sollen uns sofort benachrichtigen, wenn sie was entdecken. Wenn wir ihn haben, möchte ich die Sache selbst in die Hand nehmen. Wir müssen nämlich äußerst vorsichtig sein, um ihm keine Handhabe für einen Schadenersatzprozeß oder eine Beleidigungsklage zu geben.«

Drake grinste. »Okay«, meinte er.

Nachdem Drake mit den Arizona-Detektiven gesprochen und sie instruiert hatte, telefonierte er nach einem Taxi.

Der Wagen, der kurz darauf ankam, brachte sie in ein Restaurant, das die Detektive ihm empfohlen hatten.

Kaum angekommen, wandte sich Drake an den Geschäftsführer: »Mein Name ist Paul Drake, dieser Herr heißt Perry Mason. Wir erwarten einen Anruf. Würden Sie bitte so nett sein und uns sofort benachrichtigen, wenn wir am Telefon verlangt werden?«

»Selbstverständlich«, versprach der Geschäftsführer. »Drake und Mason sagten Sie?«

»Stimmt.«

»In Ordnung. Vielleicht nehmen Sie gleich hier in der Ecke Platz. Wenn Ihr Gespräch kommt, kann ich an diesen Tisch ein Telefon bringen.«

»Ich habe einen Bärenhunger«, meinte Paul Drake, als er für Della den Stuhl zurechtgerückt und sich gesetzt hatte. »Aber wenn ich mir ein Steak bestelle, dauert es zwanzig Minuten, und bei meinem Glück müssen wir bestimmt vorher wieder weg.«

»Bestell dir nur ein Steak«, tröstete ihn Mason. »Wir sagen den beiden Männern einfach, sie sollen den Wagen verfolgen. Wenn sie in ein Motel fahren, haben wir immer noch Zeit. Wenn sie natürlich gleich zum Friedensrichter zur Trauung wollen, sieht es wieder anders aus.«

Als die Bedienung kam, bestellte Mason drei Hummercocktails, Oliven und Selleriesalat als Vorspeise. »Danach bringen Sie uns die drei besten Steaks, die die Küche hat, alle drei englisch. Hinterher viel Kaffee, und außerdem haben wir's eilig«, fügte er lächelnd hinzu.

Das Mädchen nickte und verschwand.

»Na, das wird eine Überraschung für meinen Magen«, schwärmte Drake. »Vorausgesetzt natürlich, daß er es auch bekommt. Ich weiß nicht, ich habe ein schlechtes Gefühl.«

»Hier sind schon die Hummercocktails«, meinte Mason. »Ganz enttäuscht wird dein Magen also nicht.«

Schweigend löffelten sie ihre Cocktails und aßen Oliven dazu. Plötzlich blickte Drake auf die Tür zur Küche und rief: »Die Steaks sind in Sicht. Na los, du liebes Telefon, klingle schon.«

Die Kellnerin stellte die Teller auf einem Serviertisch zurecht, nahm mit einer Serviette den Deckel von der silbernen Anrichteplatte hoch, und der Duft der Steaks und der gebackenen Petersilienkartoffeln erfüllte die Luft.

In diesem Augenblick kam der Geschäftsführer hinter Drake zum Vorschein und meldete: »Mr. Drake, Ihr Anruf.«

Mit einem Seufzer der Verzweiflung nahm Drake den Hörer ab und meldete sich: »Hallo? Ja, hier spricht Drake.«

»Entschuldigen Sie, meine Herren«, mischte sich Della leise ein, »ich fange an, damit nicht alles verlorengeht.«

»Soll ich dem Herrn vorlegen oder wartet er, bis das Gespräch zu Ende ist?« erkundigte sich die Kellnerin.

»Nein, jetzt«, rief Mason.

Drake hatte das Telefon schon auf den Schoß genommen, um Platz für seinen Teller zu machen. »Sie sind nicht sicher? Sonst nichts Neues? Keine Spur von den beiden?«

Er lauschte einen Moment, dann meinte er: »Wir sind in ungefähr zwanzig Minuten dort.«

Ohne ein weiteres Wort legte er den Hörer auf die Gabel, stellte den Apparat auf die Erde und begann, sich über sein Steak herzumachen.

»Nun?« fragte Mason.

Drake schwieg. Erst als er den ersten Bissen hinuntergeschluckt hatte, murmelte er: »Nichts Wichtiges. Hat alles Zeit.«

»Wie lange denn?«

»Bis wir gegessen haben. Die Leute werden denken, ich habe drei Tage gehungert. Aber das ist mir egal.«

»Wir sind ja nicht bei einem Galadiner«, tröstete ihn Della.

Schweigend aßen die drei. Mit einem Schluck Wasser beendete Drake seine Mahlzeit. »So eine Überraschung«, meinte er. »Wirklich, ich hätte nie gehofft, daß es klappt.«

Fragend hob Mason die Augenbrauen.

»Es waren unsere Leute, Perry«, berichtete der Detektiv. »Sie glauben, George Latty gesehen zu haben, wie er nach Kalifornien zurückfuhr. Sie wollten wissen, ob einer von ihnen Latty verfolgen soll, oder ob sie weiterhin beide an der Ausfahrt auf Mrs. Elmore und Dewitt warten sollten. Ich habe gesagt, sie sollen warten.«

Mason runzelte die Stirn. »Du sagst, sie waren nicht sicher?«

»Nein.«

»Und von dem Wagen aus Massachusetts keine Spur?«

»Nein.«

»Sie haben sich auch zwei Autobusse flüchtig angesehen, konnten aber keinen Mann mit Augenklappe entdecken.«

Mason schob seinen Teller zurück und bat um eine Verbindung mit dem Bisnaga Motel.

Kurz darauf klingelte das Telefon, und Mason nahm den Hörer ab. »Bisnaga Motel?« fragte er.

»Jawohl«, antwortete eine Männerstimme.

»Bitte, wohnt bei Ihnen ein Mr. George Latty? Er müßte sich innerhalb der letzten Stunde eingetragen haben.«

»Würden Sie bitte buchstabieren?«

»L-a-t-t-y.«

»Einen Moment, ich sehe nach... nein, leider nicht.«

»Hat er auch telefonisch kein Zimmer bestellt?«

»Nein.«

»Vielen Dank«, sagte Mason. »Bitte, entschuldigen Sie die Störung.«

»Keine Ursache«, sagte der Mann am anderen Ende der Leitung. »Dafür sitze ich ja hier.«

»Nichts?« fragte Drake, als Mason wieder aufgelegt hatte.

»Nein.«

»Was kann das bedeuten, Perry?«

»Das weiß ich auch nicht. Mir tut nur leid, daß ich ihm zwanzig Dollar gegeben habe.«

»Wahrscheinlich hat er Linda angerufen«, meinte Paul Drake, »und sie wollte, daß er ihr die Händchen hält. Ich glaube, so wird's sein.«

»Möglich«, antwortete Mason. »Der Bursche hat wirklich einen Nerv. Von ihrem Geld hat er sich etwas gespart! Wenn der nicht bald anfängt, auf eigenen Füßen zu stehen, wird er mal ein toller Anwalt!«

»Vorausgesetzt, daß er sein Examen überhaupt besteht«, ergänzte Della.

Ein paar Minuten später verließen sie das Restaurant, nahmen ein Taxi und fuhren zur Autobahnausfahrt zurück.

»Kein Glück gehabt?« fragte Drake die beiden Männer.

»Nichts. Wie lange sollen wir hierbleiben?«

»Wie lange können Sie?« erkundigte sich Mason.

»Wenn Sie wollen, die ganze Nacht.«

»Fein«, meinte Mason. »Wir fahren ins Bisnaga Motel. Jedes Zimmer hat ein Telefon. Rufen Sie bitte Paul oder mich an, wenn Sie etwas gefunden haben. Am besten wird sein, wenn Sie sich noch einen Wagen herbestellen, damit einer von Ihnen die beiden verfolgen und der andere uns aus dem Motel abholen kann. Aber rufen Sie bitte zuerst an. Wir werden uns nicht ausziehen, um gleich bereit zu sein, wenn Sie uns benachrichtigen.« Einen Augenblick überlegte Mason, dann fragte er: »Kann man hier auch nachts getraut werden?«

»Wenn Sie genug Geld dafür ausgeben wollen, um unter die Haube zu kommen«, antwortete einer der Arizona-Detektive, »traut man Sie Tag und Nacht.«

»Geld haben die beiden«, sagte Mason grimmig.

»Ich verstehe das nicht ganz«, meinte der zweite Detektiv. »Die Leute sind doch nicht minderjährig, oder?«

»Ganz und gar nicht«, antwortete Mason. »Sagen Sie, hier in Arizona gibt es doch ein paar Statuten, die besagen, daß ein Mann, der getraut werden will, vereidigt werden kann, nicht wahr?«

»Ich glaube, ja.«

»Ich werde dafür sorgen, daß man den hoffnungsvollen Bräutigam auf den Zahn fühlt, und mit einem Zwanzigdollar-Trinkgeld nachhelfen, daß man ihn unter Eid wegen früherer Ehen befragt.«

Die beiden Detektive grinsten. »Sie können sich auf uns verlassen, Mr. Mason.«

Im Bisnaga Motel stellte Mason als erstes eine Verbindung mit Linda Calhoun her.

»Mr. Mason!« rief sie überrascht aus. »Wo sind Sie jetzt?«

»Im Moment in Yuma, Arizona. Wir kontrollieren ankommende Autos, um festzustellen, ob Ihre Tante hier heiraten wird.«

»Wie sind Sie dort hingekommen?«

»Mit dem Flugzeug.«

»Das muß doch schrecklich teuer sein. Ich habe doch nicht soviel...«

»Sie haben damit gar nichts zu tun«, unterbrach Mason sie. »Sie zahlen, wie abgemacht, einhundert Dollar für zwei Tage Detektivarbeit. Der Rest ist meine Sache.«

»Aber weshalb?«

»Als Buße für ein künftig besseres Urteilsvermögen. Machen Sie sich deshalb keine Gedanken, Linda. Haben Sie inzwischen etwas von Ihrer Tante gehört?«

»Nein. Aber ich habe Belle Freeman kennengelernt. Das ist das Mädchen, dem Dewitt die Ehe versprochen hat. Sie ist hier bei mir in der Wohnung.«

»Kann sie hören, was Sie sagen?« wollte Mason wissen.

»Ja.«

»Gut. Reden Sie nicht mehr als unbedingt nötig. Ich kann Fragen stellen, und Sie brauchen nur mit Ja oder Nein zu...«

»Aber sie ist in Ordnung«, unterbrach ihn Linda. »Sie hat Dewitt geliebt, aber sie ist darüber hinweg. Sie weiß jetzt, was für ein Mensch er ist. Er hat sie betrogen und ihr die ganzen Ersparnisse abgeluchst. Dann ist er verschwunden. Miss Freeman will nichts weiter, als ihr Geld zurückhaben.«

»Wieviel?« fragte Mason.

»Dreitausend Dollar.«

»Wundervoll!« rief Mason. »Wir werden sie Dewitt gegenüberstellen. Das wird Ihrer Tante die Augen öffnen. Sagen Sie, Linda, besteht die Möglichkeit, daß es nicht derselbe Dewitt ist?«

»Nein, nein. Es ist derselbe Mann. Er hatte bei einer Schießerei ein Auge verloren. Die Klappe, die er trug, verlieh ihm etwas Magisches. Die Frauen flogen nur so auf ihn.«

»Haben Sie Miss Freeman erzählt, weshalb Sie an ihm interessiert sind?« erkundigte sich Mason.

»Ja, das habe ich. Und sie will Ihnen helfen und alles tun, was Sie ihr sagen.«

»Wußten Sie, daß George Latty versucht hat, Ihrer Tante zu folgen?«

»George? Lieber Himmel, nein, das wußte ich nicht. Ich habe mich schon gewundert, wo er ist. Immerzu habe ich angerufen und...«

»Soll das heißen, daß Sie inzwischen nichts von ihm gehört haben?« unterbrach sie Mason.

»Nein, nichts.«

»Er hat versucht, auf eigene Faust Detektiv zu spielen«, berichtete der Anwalt. »Er wird Sie wahrscheinlich anrufen. Bleiben Sie zu Hause, ich melde mich später noch mal. Und wenn Sie uns brauchen, wir wohnen im Bisnaga Motel in Yuma.«

»Sie sagen immer wir, Mr. Mason. Wer ist denn noch dort?«

»Paul Drake und meine Sekretärin, Miss Street.«

»Um Himmels willen, was das alles kostet!«

»Ich habe Ihnen doch gesagt, daß Sie sich deshalb keine Sorgen machen sollen«, sagte Mason. »Wenn es etwas gibt, rufen Sie mich an, ja?«

Der Anwalt legte auf und informierte Della und Drake von dem Telefonat. »Wir haben wieder einen Hoffnungsschimmer«, meinte er. »Also ich ziehe mir jetzt die Schuhe aus. Ich glaube, wir werden wenig schlafen heute nacht.«

»Ich kann in zwei Minuten fertig sein, wenn du mich brauchst«, sagte Drake.

»Und ich brauche höchstens fünf«, versprach Della.

»Della, es ist wirklich nicht nötig, daß wir Sie auch wecken, wenn es soweit ist«, sagte Mason.

»Ich möchte aber auf jeden Fall dabei sein, Chef. Nur, wie gesagt, die fünf Minuten brauche ich.«

»In Ordnung«, sagte Mason.

»Glaubst du, daß wir den anderen soviel Vorsprung lassen können, Perry?« fragte Paul Drake.

»Sicher. Die werden sich nach der langen Reise vor der Trauung auch noch etwas frisch machen wollen.«

Sie gingen in ihre Zimmer. Mason zog seine Schuhe aus, legte sich aufs Bett, stopfte sich ein Kopfkissen unter den Kopf und rauchte eine Zigarette. Er war gerade eingeschlafen, als das Telefon schrillte.

Mason angelte sich den Hörer und meldete sich.

»Mr. Mason?«

»Ja.«

»Ein Ferngespräch aus Los Angeles für Sie. Darf ich verbinden?«

»Ja, bitte.«

Einen Augenblick später hörte er Linda Calhoun. »Ach, Mr. Mason«, meinte sie, »ich bin ja so froh, daß ich Sie erreicht habe. Ich... ich habe etwas von Tante Lorraine gehört.«

»Wo ist sie?« fragte Mason.

»In Calexico. Wissen Sie, wo das ist?«

»Ja, das ist die Grenzstadt an der mexikanischen Grenze. Der mexikanische Teil heißt Mexicali. Von wo aus rufen Sie mich an, Linda?«

»Aus meinem Hotel.«

»Sind Sie allein?«

»Nein, Belle Freeman ist noch immer bei mir. Wir trinken Kaffee und plaudern ein wenig.«

»Verstehe«, sagte Mason. »Ich wollte nur Bescheid wissen. Also weshalb hat Ihre Tante Sie angerufen? Wollte sie Ihnen sagen, daß sie geheiratet hat?«

»Aber nein. Sie wollte mir nur sagen, daß alles vergeben sei und daß sie sich wieder mit mir vertragen möchte.«

»Das bedeutet also«, sagte Mason grimmig, »daß sie schon verheiratet ist. Sicher sind sie über die Grenze nach Mexiko gefahren und haben sich dort trauen lassen.«

»Hoffentlich nicht, Mr. Mason!« rief Linda Calhoun. »Aber morgen werde ich es ja erfahren. Sie sagte, daß sie mich am Nachmittag treffen würde.«

»Nachmittags?«

»Ja.«

»Und wo?«

»Ich nehme an, hier im Hotel.«

»Sagte sie Ihnen, wo sie wohnt?«

»Ja, im Palm Court Motel.«

»Und über Dewitt? Hat sie ihn erwähnt?« forschte Mason.

»Nein, und ich habe sie auch nicht gefragt. Aber ich glaube nicht, daß sie... nun, ich meine, wenn sie geheiratet hätte, würde sie es mir doch bestimmt gesagt haben.«

»Da bin ich nicht so sicher«, meinte Mason. »Im Gegenteil, ihre Entschuldigung, überhaupt ihr ganzes Telefonat, deuten darauf hin, daß sie es doch getan hat. Hat sich George inzwischen gemeldet?«

»Ja«, antwortete sie kurz.

»Was wollte er?«

»Ich sollte ihm telegrafisch zwanzig Dollar schicken.«

»Wo war er?«

»In El Centro.«

»Hat er telegrafiert oder angerufen?«

»Er rief mit R-Gespräch an.«

»Haben Sie ihm das Geld geschickt?«

»Ich will es tun, aber dazu muß ich aus dem Haus gehen, und ich wollte Sie vorher verständigen.«

»Na gut«, meinte Mason, »machen Sie das, wie Sie wollen.«

Sie lachte. »Ich fürchte, Sie können George nicht besonders gut leiden, nicht wahr, Mr. Mason? Tante Lorraine kann ihn auch nicht ausstehen.«

»Ich sagte nur, daß es Ihr Freund und Ihr Geld ist. Rief er Sie an, bevor oder nachdem Sie mit Ihrer Tante gesprochen hatten?«

»Kurz darauf.«

»Dann haben Sie ihm also gesagt, wo Mrs. Elmore ist?«

»Selbstverständlich. Er wollte wissen, ob ich etwas von ihr gehört hätte, und da erzählte ich ihm von ihrem Anruf. Ich finde es auch nicht richtig von George, einfach so loszufahren. Ich hatte solche Sorgen um ihn; den ganzen Nachmittag habe ich bei ihm angerufen.«

»Ich glaube«, faßte Mason zusammen, »daß Ihre Tante entweder schon verheiratet ist oder vorhat, es morgen in aller Frühe zu tun. Dann wird sie sich in ein Flugzeug setzen und am Nachmittag bei Ihnen sein.«

»Daran habe ich noch gar nicht gedacht. Können wir ... ich meine, kann man etwas dagegen tun, Mr. Mason?«

»Weiß ich noch nicht. Ich werde es mir überlegen.«

»Es wäre eine Tragödie, wenn sie sich diesem Menschen anvertraute«, jammerte Linda.

»Ich kann mir vorstellen, wie Ihnen zumute ist«, sagte Mason. »Sie hören morgen wieder von mir.«

»Vielen, vielen Dank für alles, Mr. Mason. Gute Nacht.«

Mason ging hinüber zur Verbindungstür, die zu Drakes Zimmer führte. Er klopfte leise an und lauschte auf das friedliche Schnarchen des Detektivs. »Wach auf, Paul«, sagte er. »Wir haben neue Informationen, mit denen wir etwas anfangen müssen.«

Drake setzte sich im Bett auf, rieb sich die Augen und gähnte. »Was ist es denn?«

»Lorraine Elmore und höchstwahrscheinlich auch Montrose Dewitt sind im Palm Court Motel in Calexico«, berichtete Mason.

Drake verdaute diese Auskunft schweigend.

»Irgend etwas stimmt bei der Sache nicht«, fuhr Mason fort. »Mrs. Elmore rief vor ein paar Minuten Linda Calhoun an, versuchte, gut Wetter zu machen und versprach ihr, morgen nachmittag bei ihr im Hotel zu sein.«

»Sind die beiden schon verheiratet?« wollte Drake wissen.

»Ich fürchte, ja«, antwortete Mason, »es sei denn, sie haben beschlossen, bis morgen in Calexico zu bleiben, dann hinüberzufahren, um sich trauen zu lassen, und anschließend nach Los Angeles zurückzukehren. Das halte ich aber für unwahrscheinlich. Immerhin wußten sie, daß sie verfolgt werden. Diesen Latty sollte man ...«

»Also, was tun wir?« erkundigte sich der Detektiv.

»Du bleibst hier«, antwortete Mason, »und bleibst mit den Detektiven aus Arizona in Verbindung. Ich nehme mir einen Mietwagen und fahre nach Calexico. Dann werde ich das Pärchen aus den Betten treiben und mir Dewitt vorknöpfen.«

»Kannst du das machen?«

»Warum denn nicht? Die Sache mit Belle Freeman und der ungedeckte Scheck geben mir Grund genug für eine ganze Reihe von Fragen. Ich befürchte nur, daß der Anruf bei Linda ein Ablenkungsmanöver sein sollte. Vielleicht sind sie bereits auf dem Weg nach Yuma. Also, sollten sie die Ausfahrt passieren, wirst du sie stellen. Die Sache verlangt ein wenig Fingerspitzengefühl, aber das weißt du ja selber. Nagle ihn mit dem ungedeckten Scheck fest und laß dich nicht abschütteln. Er wird wahrscheinlich in die Tasche fassen und ihn sofort bar bezahlen. Daraufhin kannst du ihn fragen, ob er derselbe Montrose Dewitt ist, der mit Belle Freeman das Aufgebot bestellte, und wenn er sagt, ja, das wäre er, dann fragst du ihn, ob es wahr sei, daß er mit ihren dreitausend Dollar ein so tolles Geschäft auf die Beine stellen konnte, und was für ein Geschäft es denn wäre. Sei aber ganz vorsichtig und beschuldige ihn nicht direkt, Paul. Wenn du einen Schnitzer machst, hat er Handhabe, wegen Verleumdung, Geschäftsschädigung oder allem möglichen gegen uns vorzugehen.«

Drake war jetzt hellwach. »In Ordnung, Perry. Ich mach' das schon. Ich werde den Burschen in die Defensive treiben. Und das selbstverständlich in Gegenwart von Tante Lorraine.«

»Das habe ich nicht gesagt«, meinte Mason grinsend.

»Ich kann Gedanken lesen«, erwiderte Drake. »Was ist mit Della?«

»Sie muß mit mir kommen«, antwortete Mason. »Sollte ich die beiden aufspüren, ist es besser, wenn sie die Unterredung schriftlich festhält.«

Der Anwalt durchquerte das Zimmer und klopfte an Dellas Tür. »Sie haben fünf Minuten Zeit, Della«, rief er.

Von drinnen kam die schlaftrunkene Antwort: »In Ordnung, Chef, ich komme.«

5

Als die Lichter von Calexico auftauchten, rüttelte Mason Della Street. »Aufwachen, Della«, sagte er, »wir sind da.«

Sie streckte sich, schüttelte verschlafen den Kopf und meinte: »Ich fürchte, ich war keine sehr anregende Reisebegleitung, wie?«

»Es bestand kein Grund, weshalb wir beide wachbleiben sollten«, antwortete Mason.

»Was tun wir jetzt?«

»Wir fahren ins Palm Court Motel und holen Tante Lorraine und Montrose Dewitt aus dem Bett.«

»Aus demselben Bett?« fragte Della mokant.

»Das bleibt abzuwarten«, entgegnete Mason trocken.

»Und wie geht's dann weiter?«

»Dann werden wir ihm ein paar Fragen stellen.«

»Angenommen, er will sie nicht beantworten?«

»Ich habe nicht vor, lockerzulassen.«

»Hätte er das Recht, Sie gegebenenfalls hinauszuschmeißen?«

»Sicher.«

»Aber Sie würden es sich nicht gefallenlassen?«

»Ganz bestimmt nicht.«

»Mit anderen Worten, diese Begegnung kann in eine niedliche Schlägerei ausarten?«

»Kann sein«, gab Mason zu, »aber vergessen Sie nicht, daß Tante Lorraine diesen Burschen liebt. Alles, was wir tun, dient dem Zweck, ihr zu zeigen, was sie sich da eingehandelt hat. Meine Aufgabe ist es, jede unserer Handlungen und Fragen vernünftig und höflich wirken zu lassen. Darauf muß er zwangsläufig in derselben Weise reagieren, um sich nicht von vornherein in ein schlechtes Licht zu setzen.«

»Wissen Sie, wo das Palm Court Motel ist?« erkundigte sich Della.

»Wir werden es schon finden«, meinte Mason. »Die Stadt ist nicht so groß.«

»Und da drüben ist schon Mexiko?«

»Ja, der Drahtzaun ist die Grenze.«

»Dort können sie sich trauen lassen, nicht wahr?«

»Anzunehmen.«

»Hoffentlich kommen wir nicht zu spät. Sie müssen Mrs. Elmore die Augen öffnen. Es wird zwar weh tun, aber das ist besser, als wenn sie umgebracht wird. – Sagen Sie, Chef, glauben Sie wirklich, daß die Gefahr besteht?«

Mason nickte und bog in eine Querstraße ein. »Ich glaube, daß die Motels in dieser Richtung liegen. Wahrscheinlich sind sie um diese Zeit schon alle dunkel. Sie ... warten Sie mal, Della, was steht auf dem Schild da drüben?«

»Das ist es!« rief Della. »Ja, Palm Court Motel.«

»Fein, das bedeutet, daß noch Zimmer frei sind, sonst wäre die Lichtreklame ausgeschaltet. Ich halte es für das beste, wenn wir uns gleich anmelden.«

Auf sein Läuten wurde ihm von einer Frau Ende Vierzig geöffnet. Während sie den Gürtel ihres Morgenmantels zumachte, schätzte sie Mason und Della ab.

»Ein Zimmer?« fragte sie.

»Zwei«, antwortete Mason.

»Zwei?«

»Ja.«

»Hören Sie mal zu«, sagte sie, »ein Zimmer vermiete ich, ohne viele Fragen zu stellen. Ich will weder Ihre Ausweise noch einen Trauschein sehen. Aber wenn Sie zwei Zimmer verlangen, muß ich mich überzeugen, ob bei Ihnen alles stimmt.«

»Sie können beruhigt sein«, versicherte ihr Mason. »Bei uns stimmt alles. Sonst würden wir ja nicht zwei Zimmer verlangen, oder? Diese junge Dame ist meine Sekretärin. Ich bin Rechtsanwalt und zur Zeit auf einer Geschäftsreise.«

»Ach so. Das ist etwas anderes. Wollen Sie bitte hier unterschreiben?«

»Übrigens«, fuhr Mason fort, »ich erwarte ein paar Leute hier. Welche Zimmernummer haben die Dewitts?«

»Die Dewitts?«

»Ja.«

»Mr. und Mrs. ... ach, Sie meinen wohl Montrose Dewitt? Komisch, die haben auch zwei Zimmer genommen. In 14 wohnt ein Montrose Dewitt, und eine Mrs. Lorraine Elmore in 16. Aber die beiden kamen zusammen hier an.«

»Verstehe«, meinte Mason und füllte das Anmeldeformular aus. »Haben sie gesagt, wie lange sie bleiben werden?«

»Nur für diese Nacht.«

»Gut. Wieviel kosten die Zimmer?«

»Zwölf Dollar für beide.«

Mason reichte ihr das Geld, und sie übergab ihm die Schlüssel.

»Bitte, stellen Sie Ihren Wagen vor die Tür«, sagte sie. »Gott sei Dank, das waren meine beiden letzten Zimmer. Jetzt kann ich das Licht abschalten und schlafengehen.«

Mason parkte den Wagen, trug Dellas Köfferchen in ihren Raum und bat: »Seien Sie in fünf Minuten in meinem Zimmer, Della.« Dann nahm er sein eigenes Gepäck aus dem Auto, schaltete das Licht in seinem Zimmer ein, untersuchte die Verbindungstür und wartete, bis Della kam.

»Fertig?« fragte er.

»Ja.«

»Also los. Wir versuchen es zuerst bei Tante Lorraine, weil ich möchte, daß sie alles, was gesprochen wird, mit anhört. Sie hat Nummer 16.«

Als auf sein wiederholtes Klopfen alles ruhig blieb, flüsterte Della:

»Sie sind wahrscheinlich beide auf 14. Du meine Güte, das wird peinlich.«

Ohne Umschweife ging Mason zu Nummer 14 und klopfte dort.

»Ich weiß nicht«, flüsterte Della, »vielleicht sollten wir doch warten. Wir überraschen sie in einer höchst peinlichen Situation.«

»Das hat sie sich selber eingebrockt«, meinte Mason ungerührt und klopfte nochmals gegen die Tür.

Als auch jetzt alles still blieb, sagte er: »Haben Sie gesehen, Della, daß weder vor 14 noch vor 16 ein Wagen steht? Ich habe überhaupt kein Auto mit einer Nummer aus Massachusetts entdecken können.«

»Bedeutet das vielleicht, daß sie unterwegs zum Friedensrichter sind?«

»Anzunehmen. Die beiden wußten, daß sie verfolgt wurden, also haben sie hier zum Schein ein Zimmer genommen. Tante Lorraine rief Linda Calhoun an und wiegte sie in Sicherheit. Gar nicht dumm, dieser Plan. Wahrscheinlich sind sie inzwischen in Yuma, und Paul hat alle Hände voll zu tun.«

»Also, was tun wir?«

»Fürs erste werden wir Paul verständigen.«

An der Ecke war ein öffentlicher Fernsprecher, auch für Ferngespräche geeignet.

»Hallo, Paul«, sagte Mason, nachdem er gewählt hatte, »ich habe gar nicht angenommen, dich im Motel zu erreichen.«

»Warum denn nicht?« fragte Drake schlaftrunken. »Du hast doch gesagt, ich solle hierbleiben.«

»Unsere beiden Freunde haben Calexico verlassen. Ich dachte, daß sie inzwischen in Yuma angekommen sind.«

»Ich habe kein Wort gehört.«

»Vielleicht sind sie unbemerkt in die Stadt gekommen.«

»Das halte ich für ausgeschlossen. Auf keinen Fall mit einem Auto, das eine Nummer aus Massachusetts hat«, antwortete Drake.

»Das bedeutet also, daß sie nach Mexiko hinüber sind. Vielleicht sind sie längst getraut. Ich kenne die einschlägigen Gesetze von Mexiko nicht, aber ich glaube, mein Gefühl trügt mich nicht. Tut mir leid, daß ich dich geweckt habe, Paul. Wir sind im Palm Court Motel. Auch Dewitt und Mrs. Elmore haben sich hier eingetragen. Ich bezweifle jedoch, daß sie je hierher zurückkommen werden. Ich wohne Zimmer 9, Della Nummer 7. In beiden Zimmern ist Telefon. Falls sich also etwas ereignen sollte, rufe bitte an.«

»In Ordnung«, versprach Drake. »Und wenn ich nichts mehr höre, was tun wir dann?«

»Sag dem Piloten Bescheid, er soll morgen früh als erstes die Maschine nach Calexico bringen. Wenn wir Tante Lorraine wiedersehen, wird sie Mrs. Dewitt sein, und wir können sowieso nichts mehr machen.«

Mason legte auf und sagte zu Della: »Es hat keinen Zweck, die ganze Nacht aufzubleiben. Ich werde noch eine Weile wachzubleiben versuchen, um ja nichts zu versäumen, falls sie doch zurückkommen sollten, was ich zwar nicht glaube. Wenn die beiden nicht ...«

»Kommt gar nicht in Frage«, unterbrach ihn Della. »Ich habe immerhin ein paar Stunden geschlafen, aber Sie noch gar nicht. Also werde ich die Wache übernehmen.«

Er schüttelte den Kopf. »Ich muß ein bißchen nachdenken, Della. Ich könnte jetzt doch nicht gleich einschlafen. Machen Sie, daß Sie ins Bett kommen, ich werde Sie morgen früh wecken.«

Mason knipste das Licht in seinem Zimmer aus, setzte sich in einen Sessel, rauchte und wartete.

Als sich um halb vier noch nichts rührte, verschloß er die Tür und legte sich ins Bett. Fast augenblicklich schlief er ein.

Es war halb sieben Uhr morgens, als Della Street an Masons Tür klopfte. »Sind Sie schon wach?« fragte sie leise.

Mason öffnete. »Bin gerade mit dem Rasieren fertig«, antwortete er. »Wie lange sind Sie schon auf?«

»Eine halbe Stunde. Unser Liebespaar hat das Nest verlassen, nicht wahr?«

»Scheint so. Ich habe sofort, als ich aufstand, aus dem Fenster geschaut und die ... jetzt schlägt's dreizehn!«

»Was ist los?« fragte Della.

Mason nickte in Richtung der hinteren Räume. »Sehen Sie sich das an«, meinte er. »Dort, den Mann, der gerade die Wagentür öffnet.«

»Das ist doch George Latty!«

»Genau. Ich bin gespannt, was der mir zu sagen hat.«

Latty öffnete gerade das Handschuhfach seines Autos, als Mason von hinten an ihn herantrat. »Guten morgen, Latty.«

Latty wirbelte herum. In seinem Gesicht spiegelte sich größtes Erstaunen. »Was machen Sie denn hier?«

»Ach so«, meinte Mason, »fangen wir das gleiche Spiel an wie in Arizona? Auch gut. Also, was machen Sie denn hier?«

»Ich ... ich mußte schließlich irgendwo übernachten.«

»Wußten Sie, daß Tante Lorraine hier war?« fragte Mason.

»Psst!« zischte Latty. »Nicht so laut! Kommen Sie zu mir herein. Die beiden haben angrenzende Zimmer.«

»Und sie sind drinnen?«

»Natürlich.«

Mason gab Della ein Zeichen, dann betraten sie das Zimmer.

»Wie lange sind Sie schon hier?« erkundigte sich der Anwalt.

»Weiß ich nicht, ich habe nicht auf die Uhr gesehen.«

»Nun, die Zeit Ihrer Ankunft ist ja beim Empfang notiert worden«, sagte Mason.

»Also gut, ich kam kurz vor Mitternacht«, erwiderte Latty störrisch.

»Und seitdem sind Sie in Ihrem Zimmer gewesen?«

»Ich bin ausgegangen, um ... na ja, ich habe mich eben ein bißchen umgesehen. Ich wollte Mexiko kennenlernen.«

»Wie lange waren Sie aus?«

»Eine ganze Weile. Ich bin gerade erst ... ich weiß es nicht.«

»Sie sind ein miserabler Lügner«, tadelte Mason. »Los, sagen Sie mir, was Sie getan haben.«

»Das geht Sie überhaupt nichts an.«

»Jetzt passen Sie mal auf, Latty«, donnerte Mason. »Offenbar haben Sie wieder versucht, Detektiv zu spielen. Sie haben die ganze Sache bereits einmal verpfuscht; jetzt haben Sie es ein zweites Mal getan. Wie wär's, wenn Sie mir zur Abwechslung die Wahrheit sagen würden, hm? Stand, als Sie hier ankamen, Mrs. Elmores Wagen vor dem Motel?«

»Aber ja ... nein, warten Sie mal ... ich kann mich nicht erinnern, ihn gesehen zu haben.«

»Wußten Sie, daß Dewitt und Tante Lorraine hier waren?«

»Ja.«

»Sind Sie deshalb hergekommen?«

»Nun ...«

»Ich habe keine Zeit, mit Ihnen Katze und Maus zu spielen, Latty«, unterbrach ihn Mason. »Sie haben Linda aus El Centro angerufen. Sie haben um telegrafische Geldüberweisung gebeten. Sie hat Ihnen gesagt, daß Mrs. Elmore und Dewitt hier seien. Also, was taten Sie daraufhin?«

»Ich fuhr her, mietete mir das Zimmer neben Tante Lorraines.«

»Sie wohnen also genau nebenan, und die Wände sind ziemlich dünn?«

»Zu Ihrer Information, die beiden können jedes Wort hören, das wir hier reden«, antwortete Latty.

»Wenn sie da sind.«

»Sie sind da.«

»Aber nicht jetzt.«

»Sie waren aber drinnen.«

»Wann?«

»Als ich kam. Ich habe sie ja sprechen gehört.«

»Ich habe weder Zeit noch Lust, die Wahrheit Tropfen für Tropfen aus Ihnen herauszupressen, Latty«, schimpfte Mason. »Hören Sie endlich auf herumzureden, und beantworten Sie meine Fragen! Weshalb blieben Sie nicht in Yuma, wie ich es Ihnen aufgetragen habe?«

»Weil ich ... ich wollte eben nicht. Und ich werde auch Ihre Fragen nicht beantworten. Ihr Ton gefällt mir nämlich ganz und gar nicht. Ein für allemal, Mr. Mason, ich habe Sie engagiert, und Sie werden mir nicht vorschreiben, was ich zu tun habe.«

»Gut, das wollen wir gleich einmal klarstellen«, sagte Mason. »Sie engagieren mich überhaupt nicht. Sie engagieren niemand. In meinen Augen sind Sie ein Ballast, ein Parasit und ein Grünschnabel, der versucht, sich aufzuspielen. Und zu Ihrer Information verrate ich Ihnen jetzt etwas: Ich will mit der ganzen Geschichte nichts mehr zu tun haben, solange Sie auf der Bildfläche sind. Ich werde Linda verständigen und sie aufklären.«

Mason nickte seiner Sekretärin zu und ging hinaus.

Von der Telefonzelle aus rief er bei Paul Drake an. »Irgend etwas Neues bei dir, Paul?«

»Nichts.«

»Also gut, mach dem Piloten Beine und komm her. Wir fliegen nach Los Angeles zurück. Ich habe mit dem Fall nichts mehr zu tun.«

»Was ist denn passiert?« fragte Drake.

»Mir geht dieser Verlobte auf die Nerven«, antwortete Mason. »Außerdem ist das Fett schon im Feuer. Ich habe keine Zeit, die Wahrheit aus dem Jungen herauszuquetschen. Komm also her.«

Anschließend telefonierte Mason mit Linda Calhoun. »Ich will Ihnen nur Bericht erstatten, Linda«, sagte er. »Die Vögel sind ausgeflogen.«

»Was ist geschehen?«

»Ihr lieber Freund George hat offenbar wieder versucht Detektiv zu spielen und die Dinge total durcheinandergebracht.«

»Was hat er getan? Er ist doch in El Centro, das heißt, er war dort. Inzwischen ist er auf dem Weg nach Hause.«

»Leider nein«, berichtigte sie Mason. »Er ist hier im Palm Court Motel. Es ist ihm gelungen, gestern nacht hier ein Zimmer zu bekommen. Offenbar hat er ein bißchen den Lauscher an der Wand gespielt, denn er sagte mir, daß die Wände sehr dünn seien und man jedes Geräusch von nebenan mithören könne.«

»Ach du meine Güte!« rief Linda aus.

»Ich weiß nicht, was geschehen ist«, fuhr Mason fort, »aber die zwei Zimmer, die die beiden genommen haben, sind ...«

»Zwei Zimmer?« unterbrach ihn Linda.

»Richtig. 14 und 16. George hat Nummer 12. Offenbar sind die beiden ausgefahren, und George hat wieder versucht, ihnen zu folgen. Wahrscheinlich haben sie ihn entdeckt und beschlossen, auszuziehen. George ist mir gegenüber widerspenstig, und ich habe nicht die Zeit, mich mit ihm wie mit einem kleinen Kind zu befassen. Ich habe das Gefühl, irgend etwas stimmt nicht. Er lügt wie gedruckt. Ich werde in ein paar Stunden wieder in Los Angeles sein. Da wir jeden Kontakt mit Ihrer Tante verloren haben, ist es das beste, ich komme heute nachmittag zu Ihnen und warte auf Mrs. Elmore. Hoffentlich wird auch Dewitt mitkommen.«

»Aber was ist mit George?« fragte Linda.

»Das ist Ihr Problem«, antwortete der Anwalt. »Trotzdem würde es mich interessieren, ob Sie ihm ...«

Mason wurde durch einen hochgezogenen, schrillen Schrei unterbrochen.

»Was war denn das?« fragte Linda Calhoun, »es hörte sich an wie ein Schrei und ...«

Wieder wurde draußen geschrien. Mason öffnete die Tür.

Eine Frau, in der einen Hand einen Mop, in der anderen einen Wassereimer, rannte den Weg zum Parkplatz hinunter und kreischte aus vollem Halse. Mason sah, wie sie den Eimer fallen ließ. Ein paar Schritte weiter warf sie auch den Mop weg, als sei er glühend heiß. Sie rannte auf die Straße und schrie: »Mrs. Chester! Mrs. Chester! Mord!!!«

»Bleiben Sie am Apparat, Linda«, sagte Mason. »Ich sehe schnell nach. Die Frau kam aus Zimmer 14, und die Tür ist noch offen.«

Mason ließ die Glastür zur Telefonzelle halb geöffnet und rannte zusammen mit Della Street hinüber zu Zimmer 14.

Das Bett war unberührt, obgleich die Kopfkissen herausgenommen worden waren. Auf dem Boden lag, zum Teil auf dem Rücken, ein völlig angezogener Mann. Über einem Auge hatte er eine schwarze Augenklappe. Sein Gesicht hatte die wächserne Farbe eines Toten.

»Um Gottes willen!« rief Della. »Was ist in dem anderen Zimmer?«

»Das werden wir verdammt schnell herausfinden«, antwortete Mason über die Schulter hinweg. Er nahm den Schlüssel, den das Zimmermädchen liegengelassen hatte, und öffnete damit die Tür zu Nummer 16.

»Beeilen Sie sich. Die Frau vom Empfang und das Zimmermädchen kommen«, warnte Della.

Ohne Umstände riß Mason die Tür auf. In dem Zimmer herrschte ein heilloses Durcheinander. Teure Koffer lagen geöffnet herum. Es schien, als ob jemand eilig etwas gesucht hätte. Auch hier war das Bett nicht benutzt worden.

»Wer sind Sie?« fragte die Frau, als sie ins Zimmer getreten war.

»Perry Mason«, antwortete der Anwalt, »und das ist meine Sekretärin. Wir hörten es, als das Zimmermädchen rief.«

»Nicht hier«, sagte das Mädchen. »Es ist in Zimmer 14.«

»Ach, dann verzeihen Sie«, meinte Mason.

»Sind Sie von der Polizei?« erkundigte sich die Geschäftsführerin.

»Ich bin Anwalt«, antwortete Mason und trat zurück.

Die Geschäftsführerin blickte durch die Tür von Zimmer 14, dann trat sie in das Zimmer.

»Um Gottes willen«, tat Mason erstaunt. »Der Mann scheint tot zu sein. Aber nach Mord sieht es eigentlich nicht aus.«

Plötzlich öffnete sich die Tür von Zimmer 12, und George Latty trat heraus. Sein Gesicht war eingeseift, und er hatte einen Rasierapparat in der Hand. Er trug nur seine Hosen und ein Unterhemd.

»Was soll dieser Krach?« forschte er.

Mason ignorierte ihn und wandte sich an die Geschäftsführerin. »Mir scheint, der Mann ist eines natürlichen Todes gestorben. Trotzdem sollten Sie die Polizei rufen.«

Jetzt wurde auch eine andere Tür geöffnet, und ein Mann, immer noch im Pyjama, rief: »Was soll das Geschrei?«

»Das Zimmermädchen hat sich erschrocken«, antwortete die Geschäftsführerin lächelnd.

»Was bedeutet das alles, Mason?« wollte Latty wissen.

»Was bedeutet was?« fragte Mason und blickte ihn an.

»Das Geschrei.«

»Ach, Sie hörten Schreie?«

»Selbstverständlich. Es hat sich wie eine Lokomotivpfeife angehört.«

»Und daraufhin sind Sie, wie Sie waren, aus dem Zimmer gestürzt?«

»Sicher.«

»Haben Sie Ihr Gesicht vor oder nachdem Sie die Schreie hörten eingeseift?«

»Vorher, warum?«

»Dann haben Sie also einige Zeit gewartet, bevor Sie Ihre Tür öffneten?«

»Ich ... ich war nicht richtig angezogen.«

»Sie meinen, Sie haben sich umgezogen?« fragte Mason.

»Nein, das nicht, aber ich ... ich wußte nicht, was ich tun sollte.«

»Das sehe ich«, meinte Mason und drehte ihm den Rücken zu und lief rasch zur Telefonzelle zurück.

»Sind Sie noch da, Linda?«

»Ja. Was ist denn passiert?«

»Ich glaube, Montrose Dewitt ist tot«, berichtete Mason. »Ihre Tante ist nicht hier. Irgend jemand hat das Gepäck in beiden Zimmern sehr hastig durchsucht. Nachdem George im Zimmer neben Dewitt gewohnt hat, wird es unzweifelhaft Komplikationen geben.«

»Um Himmels willen! Soll das heißen, daß es einen Kampf gegeben hat? George würde nie ...«

»Ich glaube schon, daß George es nie tun würde«, fuhr Mason fort, als sie zögerte, »aber das Hauptproblem ist, wo Ihre Tante ... warten Sie mal, hat sie rötliches Haar?«

»Ja.«

»Ich glaube, daß die Frau, die gerade an mir vorbeieilte und zu Zimmer 16 läuft ... ich rufe Sie später wieder an. Auf Wiedersehen.«

Der Anwalt knallte den Hörer auf die Gabel und rannte über den Parkplatz.

George Latty hatte sich in sein Zimmer zurückgezogen und die Tür geschlossen. Die Geschäftsführerin und das Zimmermädchen waren im Büro und schienen die Polizei anzurufen.

Die Frau rüttelte an der Zimmertür von Nummer 16 und wollte gerade zu Nummer 14 hinüber, als Mason sie beim Arm ergriff. »Lorraine Elmore?« fragte er.

Sie wirbelte herum. Ihre Augen spiegelten eine maßlose Panik wider. »Ja, wer sind Sie?«

»Ich bin Rechtsanwalt«, sagte Mason, »und ich glaube, es wäre besser, wenn Sie mit mir reden, bevor Sie mit irgend jemand anderem sprechen.«

»Aber ich muß in mein Zimmer, zu meinem ... meinem Freund.«

»Haben Sie keinen Schlüssel?«

»Nein.«

»Wo ist er?«

»Er ist ... verschwunden.«

»Bitte, Mrs. Elmore, kommen Sie mit mir«, bat Mason. »Zu Ihrer Information, ich kenne Ihre Nichte Linda Calhoun.«

»Linda? Sie kennen sie?«

»Ja«, antwortete Mason und verstärkte den Druck auf ihrem Arm leicht. »Das hier ist meine Sekretärin, Miss Della Street. Wenn Sie für einen Augenblick mit uns kommen, werden wir Ihnen vielleicht helfen können, und ich glaube sicher, daß Sie Hilfe brauchen.«

6

Mason nickte Della Street zu, worauf sie Lorraine Elmore in einen Sessel drückte. Dann zog sie einen Stuhl heran und nahm neben ihr Platz.

Mason blieb noch einen Augenblick stehen, dann setzte er sich auf den Bettrand. »Können Sie es mir erzählen, Mrs. Elmore?«

»Sind Sie wirklich ein Freund von Linda?«

»Ja. Sie hat sich wegen einer anderen Sache mit mir in Verbindung gesetzt. Ich glaube, sie ist daran interessiert, daß ...«

»Mir reicht es, wenn Sie ein Freund von Linda sind. Das ist alles, was ich wissen muß. Man hat Montrose umgebracht.«

»Wer?« fragte Mason.

»Feinde«, antwortete sie.

»Wessen Feinde?«

»Seine«, antwortete sie und begann zu weinen.

Della Street berührte ihre Schulter. »Bitte, Mrs. Elmore«, bat sie leise, »erzählen Sie uns zuerst, was geschehen ist.«

»Nur die nackten Tatsachen«, ergänzte Mason.

Lorraine Elmore schluckte die Tränen hinunter und stammelte: »Und wir wären so glücklich geworden.«

»Bitte«, sagte Della, »bitte, versuchen Sie, Mr. Mason genau zu erzählen, was geschehen ist.«

»Es war schrecklich«, begann Mrs. Elmore. »Wir wollten gerade ein neues Leben beginnen, unser Glück aufbauen, miteinander glücklich sein und ...«

»Können Sie mir nicht sagen, was passiert ist?« unterbrach Mason sie. »Nur die Tatsachen.«

»Wir wurden verfolgt, und Montrose hatte schreckliche Angst. Es waren Leute, sagte er, die hinter ihm her seien und ...« Wieder begann sie zu schluchzen.

»Mrs. Elmore«, sagte Mason, »ich muß Ihnen Fragen stellen. Bitte beantworten Sie diese kurz und bündig. Wo ist Ihr Wagen?«

»Draußen.«

»Wo?«

»Auf dem Sandweg.«

»Wo?« wiederholte Mason.

»Weit weg.«

»Wie weit?«

»Ich weiß es nicht.«

»Wie lange waren Sie unterwegs, bevor Sie ihn stehenließen?«

»Zwanzig Minuten.«

»Um welche Zeit war das?«

»Ich weiß es nicht. Gegen Mitternacht.«

»Weshalb?«

»Dasselbe Auto, das uns verfolgt hatte, fuhr vor dem Motel vor. Montrose erkannte es sofort.«

»Wußte er, wer am Steuer saß?«

»Nein.«

»Aber das Fahrzeug war Ihnen gefolgt?«

»Ja.«

»Sind Sie sicher?«

»Natürlich. Der Mann hat bei einer Tankstelle gehalten, um uns vorbeizulassen. Wir fuhren langsamer, um ihn vor uns zu haben.«

»Erkannten Sie den Fahrer nicht?«

»Weshalb sollte ich ihn erkennen? Ich komme aus Massachusetts. Außerdem saß ich rechts, und er fuhr links vorbei.«

»Ich verstehe«, sagte Mason. »Montrose und Sie stiegen in Ihren Wagen. Wohin fuhren Sie?«

»Wir wollten etwas besprechen. Wir wollten Pläne schmieden. Wir hatten den Wunsch, allein zu sein, irgendwo hinauszufahren und ...«

»Aber wohin?« drängte Mason.

»Wir benutzten die Hauptstraße und bogen dann in einen Sandweg ein.«

»Wissen Sie, in welche Richtung Sie fuhren?«

»In Richtung Yuma, glaube ich.«

»Und was geschah dann?«

»Nun, wir kamen zu diesem Sandweg, fuhren hinein und parkten.«

»Wie weit?«

»Ich weiß es nicht, ein kleines Stück. Gerade weit genug, um von der Hauptstraße weg zu sein.«

»Und Sie gingen zu Fuß zurück«, forschte Mason.

»Das war ... das war danach.«

»Wonach?«

»Nachdem der Mann Montrose aus dem Auto holte.«

»Gut«, sagte Mason geduldig. »Also Sie hatten geparkt. Sie saßen im Auto und unterhielten sich. Was geschah dann?«

»Es war dieser Wagen. Er hatte keine Lichter an. Wir bemerkten ihn nicht, bis er genau hinter uns hielt. Montrose öffnete die Tür und wollte aussteigen, als plötzlich ein Mann mit einem Taschentuch vor dem Gesicht neben unserem Wagen stand. Er hielt Montrose eine Waffe vor und befahl ihm, auszusteigen.«

»Sie sahen die Waffe?«

»Ja, ja. Der Mond schien, und das Licht glitzerte auf dem blauen Stahl.«

»Und jetzt erzählen Sie mir, was geschah. Bitte beeilen Sie sich. Es ist sehr, sehr wichtig.«

»Der Mann befahl mir, im Wagen zu bleiben, während er mit Monty weiterging. Monty war ein paar Schritte gegangen, als er versuchte, dem anderen die Waffe wegzunehmen, aber der Mann war schneller und schlug ihn nieder. Er stand über Monty gebeugt und schlug und schlug und schlug auf ihn ein und ... es war entsetzlich, schrecklich, schrecklich ... ich ...«

»Hören Sie auf!« fuhr Mason dazwischen. »Sie werden hysterisch. Was geschah weiter? Nehmen Sie sich zusammen, wir müssen es wissen.«

»Der Mann ließ Monty einfach liegen. Er war tot. Ich wußte, daß mein Monty tot war. So etwas kann kein Mensch überstehen. Man konnte die Schläge hören ...«

»Also der Mann kam zu Ihrem Wagen zurück. Weiter!«

»Er setzte sich neben mich und suchte etwas in meinem Handschuhfach. Dann nahm er meine Handtasche und befahl mir, den Wagen geradeaus weiterzufahren.«

»Sie entfernten sich dabei immer mehr von der Hauptstraße, nicht wahr?« fragte Mason.

»Ja.«

»Sie waren immer noch auf dem Sandweg?«

»Ja.«

»Und der Mann? Saß er hinter Ihnen?«

»Nein. Er fuhr mit seinem Wagen hinter mir her.«

»Mit eingeschalteten Scheinwerfern?«

»Nein.«

»Hatte er das Taschentuch noch vor dem Gesicht?«

»Ja.«

»Weiter!«

»Ich fuhr, bis er auf die Hupe drückte und seine Scheinwerfer einschaltete. Als ich anhielt und ausstieg, sagte er: ›Los, Alte, fahr weiter, so weit du kannst!‹«

»Und?«

»Er wendete und fuhr den Weg zurück.«

»Und Sie?«

»Ich tat genau das, was er mir befohlen hatte. Ich hatte schreckliche Angst und wollte weg ... nur weg. Plötzlich war überall Sand. Ich muß die Nerven verloren haben und vom Weg abgekommen sein. Meine Hinterräder wühlten sich immer tiefer in den Sand. Schließlich würgte ich den Motor ab.«

»Weiter!«

»Ich versuchte alles, um den Wagen flottzumachen, aber es ging nicht. Ich saß hoffnungslos fest.«

»Was haben Sie dann getan?«

»Ich wartete eine Weile, dann ging ich zu Fuß zurück.«

»Den gleichen Weg? Hören Sie zu, Mrs. Elmore, das ist wichtig. Fanden Sie die Stelle wieder, wo Sie überfallen wurden?«

»Nein. Der Mann hatte Montrose mitgenommen.«

Mason überlegte einen Augenblick, dann fragte er weiter: »Sie hörten keinen Schuß?«

»Nein.«

»Wie ging es nun weiter?«

»Ich lief und lief, bis ich nicht mehr konnte und mich ausruhen mußte. Ich hatte die Schuhe voller Sand und Steine. Der Weg schien kein Ende zu nehmen. Ich mußte mich verlaufen haben. Endlich erreichte ich total erschöpft die Hauptstraße. Stunden schienen vergangen zu sein, bis mich endlich ein Mann im Auto mitnahm.«

»Zeigen Sie mir mal Ihre Füße«, bat Mason.

Sie gehorchte schweigend. Dann fuhr sie fort: »Ich mußte meine Strümpfe ausziehen, denn sie waren völlig zerrissen.«

Mason zog einen Schuh herunter und untersuchte ihren Fuß. Er war gerötet, voller Wasserblasen und an mehreren Stellen wundgerieben.

»Sie sahen genau, wie dieser Mann auf Montrose Dewitt eingeschlagen hat?«

»Natürlich. Ich sah ihn und hörte ihn. Es war entsetzlich. Er schlug und schlug, und als Monty längst bewußtlos am Boden lag, schlug er immer noch auf ihn ein.«

»Aber geschossen hat er nicht?« fragte Mason nochmals.

»Nein, ich habe wenigstens keinen Schuß gehört.«

»Bitte, bleiben Sie hier sitzen und ruhen Sie sich aus, Mrs. Elmore«, bat Mason. »Miss Street und ich kommen gleich zurück.

»Ich will ins Badezimmer«, jammerte sie und versuchte aufzustehen. Sie wäre hingefallen, hätte Mason sie nicht gestützt. »Oh, meine Füße, meine armen Füße.«

»Langsam«, warnte Mason und half ihr ins Badezimmer.

»Della, sie lügt«, flüsterte Mason, als von innen die Tür verschlossen wurde.

»Wieso?«

»Ich habe die Leiche gesehen«, antwortete Mason. »Keine einzige Beule im Gesicht, die darauf hindeutet, daß der Mann geschlagen wurde. Ich weiß nicht, wie er gestorben ist, aber wenn sie der Polizei diese Geschichte erzählt ... das darf sie einfach nicht tun.«

»Wie können wir sie daran hindern?« fragte Della.

»Ich glaube«, meinte Mason, »wir brauchen jetzt jemand, der die hiesigen Verhältnisse und Behörden kennt. Es gibt hier einen Anwalt, mit dem ich schon zusammengearbeitet habe. Er heißt Duncan Crowder und ist sehr tüchtig. Rufen Sie ihn bitte an, und bitten Sie ihn, sofort herzukommen. Sagen Sie ihm, es handele sich um einen Fall, den ich mit ihm zusammen übernehmen möchte. Er soll alles stehen und liegen lassen und sofort herkommen.«

Della nickte. »Und wenn er nicht da ist?«

»Dann sitzen wir in der Patsche. Ich kenne sonst niemanden, dem ich trauen könnte. Crowder ist ein gewiefter Bursche.«

Mason ging zum Fenster, schob den Vorhang beiseite und blickte hinaus.

Vor Zimmer 14 standen einige Wagen und ungefähr ein Dutzend Leute.

Als Della zurückkam, war Lorraine Elmore noch immer im Badezimmer.

»Haben Sie ihn erreicht«, fragte Mason.

»Jawohl. Er ist schon unterwegs hierher. Er wollte mir vorher noch etwas erklären, aber ich sagte, dazu wäre keine Zeit, er solle sich beeilen.«

»Sehr gut«, lobte Mason, »und jetzt ...«

Er brach ab, als die Badezimmertür geöffnet wurde und Lorraine Elmore, bleich und verstört, herausgehumpelt kam.

Della eilte auf sie zu. »Möchten Sie sich nicht ein bißchen hinlegen?« fragte sie.

»Ja. Ich habe gestern abend ein paar Tabletten genommen und dann ... ich glaube, ich habe geschlafen. Ach, ich will alles vergessen. Können Sie mir nicht etwas besorgen, was mich beruhigt?«

Della Street half ihr zum Bett hinüber. »Legen Sie sich ruhig hin«, sagte sie. »Ich werde Ihnen ein feuchtes Tuch bringen.«

Mrs. Elmore lächelte dankbar. »Ich muß... ich muß es der Polizei sagen«, murmelte sie.

»Dazu ist später noch Zeit«, sagte Mason. »Kümmern Sie sich um sie, Della.«

Er ging hinaus zur Telefonzelle und rief Linda Calhoun an.

»Linda, hier ist Perry Mason«, sagte er, als sie sich gemeldet hatte. »Hören Sie gut zu und passen Sie genau...«

»Mr. Mason, was ist denn nur passiert? Was ist mit Tante Lorraine?«

»Ruhe!« donnerte Mason. »Hören Sie zu. Montrose Dewitt ist tot. Ihre Tante hat Schreckliches erlebt. Wenn ihre Geschichte stimmt, hat man ihn vor ihren Augen zu Tode geprügelt. Etwas ist faul an der Sache. Die Story, die sie erzählt, ist einfach... nun, um ehrlich zu sein, sie klingt nicht überzeugend.«

»Tante Lorraine lügt nicht«, sagte Linda.

»Sind Sie sicher?«

»Nun ich... ziemlich sicher.«

»Lügt sie auch nicht, wenn jemand sie dazu veranlaßt?«

»Wenn sie den betreffenden liebt und...«

»Es gibt etwas, was ich nicht verstehe«, unterbrach sie Mason. »Wollen Sie, daß ich Ihre Tante vertrete? Sie braucht einen Anwalt, und zwar sofort.«

»Selbstverständlich möchte ich das. Das wollte ich die ganze Zeit, Mr. Mason. Ich wollte, daß Sie...«

»Einen Moment, Linda. Die Sache hat einen Haken. Wenn ich für Ihre Tante arbeite, kann ich weder Sie noch George vertreten.«

»Was hat denn George damit zu tun?«

»Weiß ich noch nicht. Wenn ich Ihre Tante vertrete, ist sie meine Klientin. Also, wollen Sie, daß ich es tue oder nicht?«

»Ja. Ja, bitte, Mr. Mason.«

»Also gut«, sagte Mason, »ich rufe Sie später wieder an und halte Sie auf dem laufenden. Bleiben Sie im Hotel.«

»Soll ich nicht hinkommen? Soll ich nicht...«

»Das wäre gut. Am besten chartern Sie sich eine Maschine, es sei denn, Sie kennen jemand, der Sie herfährt.«

Ein Mann, der vor der Telefonzelle stand, klopfte an das Glas und rief hinein: »Ich bin Reporter, Mister. Ich muß meine Story an die Redaktion durchgeben. Wie wär's, wenn Sie mir die Strippe auch mal überlassen würden?«

»Sofort«, versprach Mason. »Also Linda, ich rufe Sie später wieder an.«

Mason war noch halb in der Zelle, als sich der Reporter an ihm vorbeidrängte.

Als der Anwalt wieder ins Zimmer zurückkam, bedeutete ihm Della mit dem Zeigefinger auf den Lippen, leise zu sein. Mason nickte und ging zum Fenster. Er sah hinaus, als an die Tür geklopft wurde. Lorraine Elmore schreckte auf.

»Ganz ruhig«, sagte Della, »es ist schon gut.«

»Wer ist da?« fragte Mason.

»Hier ist Duncan Crowder«, antwortete eine Männerstimme. Perry Mason öffnete mit einem freundlichen Lächeln, das aber zur Maske erstarrte, als er den jungen Mann erblickte. Er war genauso groß wie Mason, hatte dunkles, gewelltes Haar und dunkle Augen.

»Sie sind nicht der Mann, den ich erwartet habe«, sagte Mason.

»Ich habe versucht, es Ihrer Sekretärin auseinanderzusetzen«, erklärte der Besucher. »Mein Vater ist im Krankenhaus. Ich vertrete ihn so gut ich kann. Sie gab mir keine Chance, irgend etwas zu erklären, sondern bat mich, sofort hierherzukommen. Danach legte sie auf.«

»Ich verstehe«, meinte Mason nachdenklich. »Das mit Ihrem Vater tut mir leid. Sind Sie beide Partner?«

»Ja. Die Firma heißt Crowder&Crowder. Mein Name ist Duncan Crowder jun.«

»Ist Ihr Zimmer frei, Della?« fragte Mason seine Sekretärin.

Sie nickte.

»Dann werden wir uns dort unterhalten«, bat Mason und nickte dem jungen Mann zu.

»Es tut mir leid«, sagte Crowder, »aber es hörte sich so an, als wenn es um eine heikle Sache ginge, die keinen Aufschub dulde.«

»Wie lange praktizieren Sie schon?« wollte Mason wissen.

»Ungefähr zwei Jahre, Mr. Mason. Mein Vater sprach sehr oft von Ihnen. Ich habe das Gefühl, als kenne ich Sie schon. Natürlich habe ich Ihre Fälle auch in der Presse verfolgt, aber wer tut das wohl nicht?«

»Also gut«, sagte Mason und ging voran in Dellas Zimmer. »Kommen Sie herein. Nehmen Sie Platz. Sie werden jetzt etwas hören, was mit Bücherweisheit nichts zu tun hat.«

»Dann werden Sie also mit mir zusammenarbeiten?« erkundigte sich der junge Mann eifrig.

Mason nickte.

»Worum handelt es sich?«

Mason zog seine Brieftasche hervor, nahm einen Dollar heraus und gab ihn Crowder. »Hier gebe ich Ihnen einen Dollar als Anzahlung auf Ihr Honorar. Natürlich werden Sie weitere Gebühren bekommen, aber ich weiß nicht, wieviel es sein werden. Sie sind soeben ordnungsgemäß angezahlt worden, so daß wir den Fall ganz offiziell zusammen übernehmen.«

Würdevoll steckte Crowder den Dollar ein und bat: »Erzählen Sie bitte weiter.«

»In Zimmer 14 liegt ein Toter«, begann Mason mit seinem Bericht. »Es besteht die Möglichkeit, daß er ermordet wurde. Ich weiß es noch nicht. Ich weiß lediglich, daß Lorraine Elmore, unsere Klientin, im höchsten Grade hysterisch ist. Es ist uns gelungen, sie vorläufig einigermaßen zu beruhigen. Sie glaubt, den Mord mit angesehen zu haben.«

»Im Motel?« erkundigte sich Crowder.

»Nein«, antwortete Mason, »das erschwert ja alles so sehr. Ihre Geschichte ist meiner Meinung nach eine Mischung aus Wahrheit und

Phantasie, die in ihrer augenblicklichen Fassung keiner intensiven Nachforschung standhält. Am liebsten wäre mir, wenn sie sie keinem erzählen würde. Andererseits ist sie in keiner besseren Position, wenn sie schweigt. Aus diesem Grunde können wir nur eines tun!«

Crowder blickte Mason einige Sekunden fest in die Augen, dachte nach und sagte: »Wir brauchen also einen guten Arzt, nicht wahr?«

»Junger Freund«, lobte Mason, »Sie haben ein bemerkenswert gutes juristisches Einfühlungsvermögen. Ganz der Vater.« Er lächelte, dann fuhr er fort: »Es gibt zwei Gründe, aus welchen ich einen hier ansässigen Anwalt für den Fall brauche. Erstens benötige ich einen Arzt, und zweitens brauche ich jemand, der die Reporter, die Polizei und die Mitarbeiter des Sheriffs kennt.«

»Was ist mit diesem Telefon?« erkundigte sich Crowder. »Ist das eine Amtsleitung?«

»Nein, Sie können nur über die Vermittlung des Motels sprechen«, erwiderte Mason. »Aber draußen ist ein öffentlicher Fernsprecher.«

Crowder nickte, trat hinaus, war aber kurz darauf wieder zurück und schüttelte den Kopf. »Es steht eine Schlange davor.«

»Okay«, meinte Mason, »dann benutzen Sie diesen Apparat, aber seien Sie vorsichtig mit dem, was Sie sagen.«

Crowder nahm den Hörer ab, wartete einen Moment, dann bat er: »Kann ich bitte ein Amt haben?... Ach so, ich verstehe. Wären Sie dann bitte so nett, mir eine Nummer im Telefonbuch zu suchen? Ich muß mit Dr. Kettle sprechen.«

Es dauerte eine ganze Weile, bis der Arzt sich meldete.

»Horace«, begann der junge Rechtsanwalt, »hier spricht Duncan Crowder jun. Ich bin im Palm Court Motel, Zimmer 7. Das ist, wenn Sie auf den Parkplatz fahren, auf der rechten Seite. Bitte, kommen Sie sofort her. Jawohl, sofort... Natürlich ist es ein dringender Fall. Danke.«

Crowder legte auf und wandte sich an Mason: »Er wird gleich hier sein. Dr. Kettle arbeitet oft mit meinem Vater bei Autopsien und so weiter zusammen.«

»Hauptsache, er ist zuverlässig.«

»Auf ihn ist hundertprozentig Verlaß. Er ist nicht nur ein Klient von uns, sondern auch Vaters Hausarzt.«

»Ihrer nicht?« tat Mason erstaunt.

Crowder lächelte. »Ich habe bisher Gott sei Dank noch keinen gebraucht.«

»Der Tote heißt Montrose Dewitt«, berichtete Mason weiter. »Unsere Klientin heißt, wie ich schon sagte, Lorraine Elmore. Sie ist Witwe und stammt aus Massachusetts. Es besteht jeder Grund zu der

Annahme, daß Dewitt ein Gauner war, einer von der Sorte, die Frauen ausnimmt und… nun ja, es kann sogar noch schlimmer sein.«

»Und sie hinterher noch umbringt?« fragte Crowder.

Mason nickte.

»Was ist also mit ihm passiert?«

»Er ist tot. Er wurde in Zimmer 14 auf dem Boden liegend gefunden. Unsere Klientin war in Nummer 16. Alles deutet darauf hin, daß sowohl ihr als auch sein Zimmer hastig durchsucht wurden. Wer immer das getan hat, ließ sich in Zimmer 14 mehr Zeit dazu als in Nummer 16. Der Koffer wurde zwar auch dort geöffnet, aber nichts herumgeworfen. In Mrs. Elmores Zimmer jedoch sieht es wüst aus. Ihre Wäsche liegt verstreut am Fußboden, alles ist durcheinandergeworfen. Unsere Klientin hatte eine große Summe Bargeld bei sich. Ich begann, mich für die Sache zu interessieren«, fuhr Mason fort, »als Mrs. Elmores Nichte, eine junge Dame namens Linda Calhoun, mich aufsuchte und bat, ihre Tante vor einem möglichen Mord zu schützen.«

»Und vor einer Heirat?« fragte Crowder.

»Je länger ich mit Ihnen spreche, desto mehr gelange ich zu der Überzeugung«, meinte Mason lächelnd, »daß wir zwei sehr gut miteinander auskommen werden. Also weiter: diese Linda Calhoun hat einen Freund, George Latty. Er wohnt seit gestern nacht hier im Motel, und zwar Tür an Tür mit Dewitt. Er sagte mir, die Wände seien so dünn, daß er ein Gespräch im Nebenzimmer mithören konnte. Die Zimmernummern auf dieser Seite sind ungerade, die geraden liegen auf der anderen Seite. Also, wenn Latty behauptet, ein Gespräch mit angehört zu haben, muß es entweder in Nummer 14 oder in Nummer 10 stattgefunden haben.«

»Hat er es nicht gesagt?« fragte Crowder erstaunt.

»Nein, und er wird es auch nicht tun«, entgegnete Mason. »Was er bisher angedeutet hat, ist ihm herausgerutscht. Ich bin davon überzeugt, daß er den Mund halten will.«

»Besteht die Möglichkeit, daß er etwas weiß?«

»Jawohl.«

»Was ist das für ein Bursche?«

»Er studiert Jura«, erklärte Mason, »aber es sieht so aus, als verbringe er die meiste Zeit damit, in den Spiegel zu schauen. Linda arbeitet und verdient offenbar recht gut. Von diesem Verdienst zweigt sie das Geld für sein Studium ab. Und jetzt kommt etwas, was meines Erachtens ein genaues Bild von Lattys Charakter gibt. Er hat mir erzählt, daß er sich eine kleine Summe gespart hat, und zwar von dem Taschengeld, stellen Sie sich vor, vom Taschengeld, das Linda ihm gibt. Linda weiß davon nichts.«

»Scheint ja ein nettes Früchtchen zu sein«, meinte Crowder. »Und die Aussage unserer Klientin deckt sich also nicht mit den Tatsachen, sagen Sie?«

»Drücken wir es einmal so aus: sie hat erhebliche Lücken. Sie behauptet, daß der Mann draußen in der Wüste zu Tode geprügelt worden sei. Ihr Auto, mit dem sie steckengeblieben ist, ließ sie einfach draußen stehen. Bestimmt wäre es sehr interessant, sich den Wagen näher anzusehen. Ich arbeite mit einem Detektiv zusammen, der jede Minute hier eintreffen wird. Wir verfügen über eine Chartermaschine. Mrs. Elmores Beschreibung des Ortes, wo der Wagen steckenblieb, ist ein bißchen ungenau, weil sie die Gegend nicht kennt. Aber wenn der Arzt hier war, werden wir einen kleinen Erkundungsflug unternehmen und...«

Ein Klopfen an der Tür unterbrach Mason.

Der Mann, der auf der Schwelle stand, war Mitte fünfzig, hager, mit einem undurchdringlichen Gesicht. Seine wachen Augen betrachteten Mason interessiert.

»Ist Crowder hier?« fragte er.

»Sind Sie Dr. Kettle?«

»Ja.«

»Mein Name ist Perry Mason.«

Crowder trat vor und streckte die Hand aus. »Guten Tag, Dr. Kettle. Kommen Sie herein.«

Kettle musterte den Strafverteidiger noch einmal und meinte: »So, so, Sie sind also der berühmte Perry Mason.«

Mason schmunzelte. »Ich muß eine gute Presse haben.«

»Haben Sie auch«, bestätigte der Arzt. »Also, was wollen Sie von mir?«

»Darf ich, Mr. Mason?« fragte Crowder.

»Natürlich. Fangen Sie an.«

»Wir haben im angrenzenden Zimmer eine Klientin, die ärztliche Pflege braucht. Ich werde mal ihre Symptome beschreiben.«

Dr. Kettle schüttelte den Kopf. »Ich stelle die Diagnose lieber selber.«

»Nein, ich beschreibe Ihnen die Symptome«, wiederholte Crowder.

»Kann ich die Patientin sprechen?« fragte der Arzt.

»Ja.«

»Dann untersuche ich sie selbst.«

»Die Symptome erfahren Sie von mir«, beharrte Crowder.

Plötzlich mußte Dr. Kettle lächeln. »Ich glaube, ich schalte heute morgen ein bißchen langsam. Schießen Sie los, Duncan.«

»Diese Frau«, begann Crowder, »ist möglicherweise Zeugin eines

Mordes gewesen. Sie hat Fürchterliches durchgemacht. Sie ist Ende der Vierzig, völlig durchgedreht und hysterisch. Natürlich wird sie später vor der Polizei aussagen müssen. Aber im Augenblick wäre es – jedenfalls meine ich das als Laie – sehr unratsam, dies zu tun.«

»Warum?« fragte der Arzt.

»Ihr Erinnerungsvermögen scheint unter der nervlichen Belastung gelitten zu haben. Es wäre deshalb unfair, diese Zeugin in ihrem augenblicklichen Zustand zu einer Vernehmung zuzulassen.«

»Ich werde mir die Dame mal ansehen«, sagte Dr. Kettle. »Aber schon aus der Beschreibung, die Sie mir soeben gaben, entnehme ich, daß die Dame sich in einem akuten Zustand der Hysterie befindet und absolute Ruhe braucht. Ich werde ihr ein starkes Beruhigungsmittel geben, sie in eine Klinik bringen und eine Schwester beauftragen, ihr alle Besucher vom Leibe zu halten. Kurz gesagt, ich werde dafür sorgen, daß sie in den nächsten vierundzwanzig Stunden in Ruhe gelassen wird. Nach diesem Zeitraum wird sie sich nicht mehr unter dem Einfluß von Medikamenten befinden. Erst dann kann ich entscheiden, ob es ratsam ist, ob sie irgendwelche Aussagen macht.«

»Ich glaube, Herr Doktor, es ist Zeit, daß Sie nach der Patientin sehen«, meinte Mason lächelnd.

»Das finde ich auch«, erwiderte der Arzt trocken.

»Werden Sie sie mit einer Ambulanz transportieren?« wollte Mason wissen.

Dr. Kettle schüttelte den Kopf. »Ambulanzen erregen nur unnötiges Aufsehen. Wenn sie laufen kann, nehme ich sie in meinem Wagen mit.«

»O ja, laufen kann sie«, meinte Mason, »wenngleich es ihr Schmerzen bereitet.«

»Wieso?«

»Sie hat einen langen Fußmarsch durch die Wüste hinter sich.«

»Verstehe.«

Zusammen traten die drei Männer hinaus, sahen sich nach beiden Seiten um und gingen dann in das angrenzende Zimmer hinüber.

»Dies ist meine Sekretärin, Miss Della Street... Dr. Kettle«, stellte Mason vor. »Mrs. Elmore«, wandte sich Mason leise an die Frau. »Ich habe einen Arzt mitgebracht, der versuchen wird, Ihnen zu helfen. Er wird sich Ihre Füße ansehen. Wir wollen nicht Gefahr laufen, daß Sie eine Infektion bekommen, nicht wahr?« Und zu Della sagte er: »Ich glaube, wir lassen Dr. Kettle am besten mit der Patientin allein.«

Dr. Kettle öffnete seine Tasche, nahm ein Gazepäckchen heraus, wickelte eine Spritze aus und fragte: »Sind Sie nervös, Mrs. Elmore?«

Lorraine Elmore wollte sich aufrichten.

»Langsam«, warnte der Arzt. »Ich höre, Sie hatten ein schreckliches Erlebnis?«

Lorraine Elmore nickte, versuchte zu sprechen, begann aber stattdessen zu schluchzen.

Dr. Kettle schüttete aus einer Flasche etwas auf die Gaze. Der Geruch von Alkohol erfüllte den Raum. »Bitte, geben Sie mir Ihren linken Arm, Mrs. Elmore.«

»Halt«, rief Mason dazwischen. »Nur eine Frage, Mrs. Elmore. Hatten Sie eine große Summe Bargeld bei sich?«

Sie schreckte auf. »Um Gottes willen, ja. Das habe ich ganz vergessen. Monty hatte auch viel Geld bei sich.«

»Wo ist es?«

»Ich... wir... es ist unter dem Sessel in seinem Zimmer. Wir hielten es für besser, das Geld zu verstecken, bevor wir wegfuhren.«

»Haben Sie das mit Mr. Dewitt besprochen?«

»Ja, wir beschlossen, das Geld unter das Sesselkissen zu stecken, damit es nicht... Au!«

»Schon vorbei«, meinte Dr. Kettle ungerührt und packte seine Spritze weg.

»Würden Sie das Geld bitte sicherstellen?« bat Mrs. Elmore matt.

»Wir werden unser Bestes tun«, versprach Mason.

Dr. Kettle deutete auf die Tür.

Mason, Duncan Crowder und Della gingen leise hinaus.

»Im Sessel«, murmelte Mason vor sich hin, als er die Tür geschlossen hatte.

»Sie meinen das Geld?« fragte Crowder.

Mason nickte.

»Wenn es Ihnen nichts ausmacht, Mr. Mason«, sagte Crowder und blickte zu Dewitts Zimmertür hinüber, »würde ich vorschlagen, daß Sie hier warten. Ihr Bild ist oft genug in den Zeitungen erschienen. Die Leute werden Sie erkennen und zu reden anfangen. Ich kenne den Polizeichef und seine Mitarbeiter. Wahrscheinlich werde ich nachsehen können, aber es wird mir kaum gelingen, etwas aus dem Zimmer herauszubekommen.«

»In Ordnung«, meinte Mason und faßte Della Street beim Arm. Sie blieben in der Tür zu Dellas Zimmer stehen und sahen Duncan Crowder nach, als er sich unter die Leute mischte, hier und dort jemand begrüßte, mit einem Mann sprach und dann mit einer Selbstverständlichkeit, als gehöre ihm das Haus, das Zimmer betrat.

Crowder war gut fünf Minuten drinnen, als er mit geschäftsmäßiger Miene wieder heraustrat. Diesmal blieb er nicht stehen, um sich mit jemand zu unterhalten, sondern ging in die Richtung, wo Mason und Della auf ihn warteten.

»Haben Sie es gefunden?« fragte Mason leise.

»Nichts«, antwortete Crowder.

»Haben Sie unter dem Polster nachgesehen?«

Crowder nickte.

»Läßt irgend etwas darauf schließen, daß das Polster weggenommen worden ist?«

Crowder schüttelte den Kopf. »Aber trotzdem ist etwas sehr auffallend«, meinte er.

»Was denn?«

»Zwischen dem Polster und der Sesselwand lag eine ganze Menge Kleingeld«, berichtete Crowder, »und zwar kann es jemandem aus der Tasche gefallen sein, der mit übergeschlagenen Beinen in diesem Sessel saß, oder es kann absichtlich dort hingelegt worden sein, um den Anschein zu erwecken, als sei das Polster nie in die Höhe gehoben worden.

Ich persönlich möchte zu Mrs. Elmores Gunsten annehmen, daß sie sich geirrt hat, aber wer ... na, sehen Sie sich das einmal an.«

Mason folgte seinem Blick.

»Ich meine diesen Burschen da. Die Leute sagen immer, wir würden mit unseren Hüten im Norden auffallen, aber den der da aufhat, also ...«

»Crowder«, unterbrach Mason seinen Redeschwall, »gehen Sie schnell hinüber! Das ist Howland Brent aus Boston. Er ist Lorraine Elmores Finanzmakler. Wahrscheinlich wohnt er in einem dieser Zimmer. Stellen Sie fest, wann er angekommen ist und unter welchem Namen er sich eingetragen hat. Lieber Gott! Das kompliziert die Situation noch mehr!«

»Bin schon unterwegs«, meinte Crowder. »Passen Sie auf, Mr. Mason, daß man Sie nicht sieht.«

Crowder ging zum Büro des Motels hinüber. Als er nach wenigen Minuten wieder erschien, konnte er berichten, daß der Name stimmt. »Howland Brent aus Massachusetts. Offenbar fährt er einen Mietwagen, denn sein Fahrzeug hat eine kalifornische Zulassung. Er kam gestern nacht kurz vor Ihnen hier an und wohnt in Zimmer 11. Das liegt neben Ihrem.«

Masons Augen zogen sich zu engen Schlitzen zusammen.

»Sie beginnen, die Aufmerksamkeit auf sich zu ziehen«, warnte Crowder. »Miss Street ist auch alles andere als unattraktiv. Ich habe die hungrigen Blicke der Männer aus unserer Stadt schon gesehen.«

»Ich auch«, antgegnete Della trocken, »obgleich ich so tue, als bemerkte ich es nicht.«

»Ich glaube, wir verschwinden lieber«, meinte Mason. »Mrs. Elmore ist ja in guten Händen.«

»Für die nächsten vierundzwanzig Stunden auf jeden Fall«, versicherte Crowder. »Alles, was sie sagt, bleibt bei Dr. Kettle.«

»Oder einer Krankenschwester«, ergänzte Mason. »Wir sollten gehen, obgleich ich auf Paul Drake warte.«

»Wer ist das?«

»Der Detektiv, mit dem ich zusammenarbeite. Er müßte jeden Augenblick kommen.«

»Also, für die nächsten vierundzwanzig Stunden kann nichts passieren. Was tun wir danach?« wollte Crowder wissen.

»Wenn ich das wüßte«, seufzte Mason.

»Vielleicht sollten Sie lieber mit Ihrem Wagen die Straße ein Stück hinunterfahren und dort auf Ihren Detektiv warten.«

»Moment«, mischte Della sich ein, »da kommt ein Taxi.«

»Das ist Paul«, sagte Mason. »Della, Sie nehmen den Leihwagen, und Mr. Crowder fährt mit Ihnen. Ich setze mich zu Paul ins Taxi.«

Mason eilte zur Straße hinaus, dem Taxi entgegen, das gerade stehenblieb.

»Laß das Geld stecken, Paul!« rief Mason ins offene Fenster hinein. Dann riß er den Wagenschlag auf, sprang hinein und sagte zu dem Chauffeur: »Zum Flugplatz, bitte.«

Der Fahrer wendete, dann meinte er: »Was ist denn hier los? Wo kommen denn die vielen Leute her?«

»Eine Schlägerei, glaube ich«, antwortete Mason. »Vielleicht ist auch jemand auf einen parkenden Wagen gefahren. Wie schnell können Sie uns zum Flugplatz bringen?«

»So schnell es geht. Sie, da verfolgt uns ein Wagen.«

»Das geht in Ordnung«, klärte Mason ihn auf. »Die Leute gehören zu uns.«

»Verstehe.«

Drake hob fragend die Augenbrauen.

Der Anwalt deutete ihm durch eine Geste an zu schweigen. »Ist die Maschine startklar, Paul?«

»Tank voll und fertig zum Abflug«, antwortete Drake.

»Na fein«, meinte Mason, »wir haben einen arbeitsreichen Tag vor uns.«

»Sieht mir auch ganz danach aus«, antwortete Drake trocken.

7

Der Wagen hatte kaum am Flugplatz gehalten, als Mason schon ausgestiegen war und zum Piloten hinüberlief. »Sind Sie startbereit?«

»Ja.«

»Genug Benzin?«

»Jawohl«, antwortete der Pilot.

Mason wandte sich an Crowder: »Ihr Büro hat einen ziemlich großen Klientenkreis hier im Imperial Valley, nicht wahr?«

»Bis hinunter zur Südspitze.«

»Und«, fuhr Mason fort, »zweifellos haben verschiedene Ihrer Klienten Grundbesitz zu verkaufen, oder?«

»Ganz sicher.«

»Kennen Sie jemand, der östlich von hier etwas abstoßen würde?«

»Ich glaube, ja«, antwortete Crowder, ohne eine Miene zu verziehen.

»Könnten Sie diesen Besitz von der Luft aus erkennen und mir zeigen?« erkundigte sich Mason.

»Ich kann es ja versuchen.«

»Ich hätte gern ein Stück Land hier im Tal«, erklärte Mason. »Es kann eine gute Kapitalanlage sein. Außer diesem Grund interessiert mich die Topographie dieser Gegend ganz besonders. Ich habe gehört, östlich und ein wenig nördlich von hier gäbe es viele Sandhügel. Bevor ich nach Los Angeles zurückfliege, möchte ich gern einen Inspektionsflug über dieses Gelände unternehmen.«

»Ich fliege mit«, erklärte Crowder. »Später werde ich Ihnen dann die Details über die Besitzungen zukommen lassen. Augenblicklich kann ich Ihnen nur allgemeine Informationen geben.«

»Das genügt mir auch«, meinte Mason. »Ich glaube, es wäre am besten, wenn wir nach Osten flögen und der Straße folgten, die nach Norden führt. Das ist die Gegend, an der ich ganz besonders interessiert bin. Wenn Sie also so nett wären, mich zu begleiten und mir ein paar Fragen zu beantworten, werde ich Sie nachher wieder hier am Flugplatz absetzen.«

»Natürlich, gern«, antwortete Crowder.

»Wir werden etwas niedriger fliegen müssen«, wandte sich Mason an den Pilot, »und es kann sogar sein, daß wir hinterher nach Los Angeles durchfliegen müssen, ohne nochmal aufzutanken.«

»Das geht in Ordnung«, versicherte der Pilot. »Innerhalb vernünftiger Grenzen bringe ich Sie überallhin.«

Sie kletterten in die Maschine und schnallten die Gurte fest. Der Pilot ließ die Motoren warmlaufen und startete. »Wohin?« erkundigte er sich.

Mason blickte fragend auf Duncan Crowder.

»Halten Sie sich ungefähr fünfzehn Kilometer östlich, dann fliegen Sie über Calexico und folgen der Autobahn nach Yuma.«

Der Pilot nickte und drückte die Maschine in eine sanfte Linkskurve. Als sie über dem Motel in Calexico waren, bemerkte Mason einen Leichenwagen.

Das Flugzeug flog im Kreis.

»Okay?« fragte der Pilot.

»Ja«, antwortete Crowder und deutete nach Osten.

Ein paar Minuten flogen sie über das helle Band der Autobahn. »Von hier an«, bat Mason, »achten Sie auf jede Straße, die nach Norden abzweigt.«

»Wie lange?«

»Bis zum Ende. Es sind nur ein paar Kilometer bis zur Fernstraße von El Centro nach Holtville. Wir möchten uns das Gebiet, das dazwischenliegt, ansehen.«

»Könnten Sie mir sagen, wonach Sie suchen«, fragte der Pilot interessiert.

»Grundbesitz!« antwortete Mason kurz.

Der Pilot verminderte die Flughöhe auf ungefähr dreihundert Meter hinunter.

»Das könnte es sein, was Sie suchen«, meinte er plötzlich und deutete nach vorn.

Mason antwortete: »Ich sehe nichts.«

»Doch, dort, das Auto. Scheint im Sand festzustecken«, sagte der Pilot und ging in einer Spirale noch etwas tiefer.

»Ach ja«, sagte Mason scheinbar uninteressiert, »Sie haben recht. Fliegen Sie noch ein paar Kilometer nach Norden, dann zurück zum Flugplatz. Ich habe noch etwas zu erledigen. Sie bleiben bitte bei der Maschine und halten sich startbereit.«

»In Ordnung«, versprach der Pilot, stieg höher und flog zurück.

»Können Sie die Nebenstraße wiederfinden?« fragte Mason Duncan Crowder leise.

Crowder nickte.

»Wir waren in der Nähe des Grundstücks, das Ihrem Klienten gehört, nicht wahr?«

»Genau darüber«, antwortete Crowder und kniff ein Auge zusammen.

»Ich hätte es mir gern noch genauer angesehen«, sagte Mason.

»Ich werde Sie hinausfahren«, versprach Crowder.

»So, das ging ja schnell«, murmelte der Pilot, mehr zu sich selber und setzte zur Landung an. Geschickt brachte er das Flugzeug fast neben dem wartenden Mietwagen zum Stehen.

Kaum, daß die Männer ausgestiegen und außer Hörweite des Piloten waren, sagte Mason zu Crowder. »Am besten, Sie setzen sich ans Steuer. Sie kennen das Land. Wissen Sie, wo diese Straße liegt?«

»Ja, unterhalb der bewässerten Zonen. Es ist eine Straße, die quer hinüber zur Holtville-Fernstraße führt. Zuerst besteht sie aus hartem Wüstensteinbelag, dann nur noch aus Sand.«

»Was ist ein harter Wüstensteinbelag?« wollte Mason wissen.

»Bei uns gibt es Windstürme«, erklärte Crowder. »Manchmal sogar sehr heftige. Im Laufe der Tausende von Jahren haben sich die Oberflächen wie mit einem Schmirgelpapier blankgefegt. Was übrigblieb, ist der harte Sandstein. Hört der Wind auf, liegt eine dünne Sandschicht darüber. Es gibt viele Gegensätze hier unten. Erdreich aus purem Schlamm, Sandhügel und dann wieder Boden mit kleinen Steinen, die der Sand glattpoliert hat und die im Sonnenschein wie Diamanten glitzern.«

»Ist es schwer, in dieser Art Boden Spuren zu finden?« fragte Mason.

»Einer Autospur kann man folgen, wenn sie frisch ist«, antwortete Crowder lächelnd. »Das meinen Sie doch, oder?«

»Genau das meine ich. Na, wir werden ja sehen. Fahren Sie, so schnell es geht. Wir kämpfen gegen die Zeit.«

Crowder nickte, trat aufs Gas und fuhr los. »Worüber ich mir nicht ganz klar bin«, meinte er nach einer Weile, »ist, was das Gesetz dazu sagt. Das überlasse ich völlig Ihnen, Mr. Mason.«

Mason lächelte. »Das Gesetz ist eine dehnbare Angelegenheit, nicht wahr? Wir tun im Augenblick nichts weiter, als physikalische Gegebenheiten in Augenschein zu nehmen.«

»Aber was tun wir damit? Werden wir ... nun, angenommen, daß das, was wir finden, sich später als Beweismaterial erweist?«

»Genau daran denke ich«, antwortete Mason. »Die Betonung liegt auf später.«

»Aber wenn es wichtiges Material ist, was machen wir dann?«

»Den Behörden davon Nachricht geben.«

»Glauben Sie, daß wir etwas finden?«

»Ich befürchte es.« Mason schwieg einen Augenblick nachdenklich. »Machen Sie sich keine unnötigen Gedanken«, fuhr er fort, »und vergessen Sie nie, daß ein Anwalt in erster Linie verpflichtet ist, die Interessen seiner Klienten zu vertreten. Es ist die erste und wichtigste Regel der Berufsethik.

Sehen Sie, Duncan, die Leute, die die Gesetzestexte formulieren, setzen voraus, daß ein Rechtsanwalt seinen Klienten beschützt. Also schaffen sie Regeln bezüglich der Ausübung des Rechtsberufes zu dem Zweck, daß ein Anwalt nicht zu weit geht. Aber das höchste Gebot für einen Anwalt ist und bleibt die Pflicht, das Beste für seinen Klienten zu tun.

Wir haben es mit einer Klientin zu tun, die hysterisch ist. Sie ist emotionell gestört. Sie hat mir eine Geschichte erzählt, die ich der Polizei gegenüber deshalb nicht wiederholen kann, weil sie sie mir in meiner Eigenschaft als ihr Anwalt anvertraut hat und ich folglich schweigepflichtig bin.

Wenn ich also der Polizei, ohne die Berufsvorschriften zu verletzen, nichts mitteilen darf, dann darf ich auch nichts unternehmen, wodurch ich die Schweigepflicht verletzen würde, nicht wahr?«

»Das verstehe ich nicht«, meinte Crowder.

»Falls die Behörden von unserem Vorhaben wüßten«, erklärte Mason, »würden sie selbstverständlich annehmen, daß wir Grund dazu hatten, hier hinauszufahren und daß Mrs. Elmore uns etwas anvertraute, was uns zu dieser Aktion bewog.«

»Ach so.«

»Deshalb«, fuhr Mason fort, »sehe ich keinen Grund, der Polizei davon Mitteilung zu machen.«

»Ich beginne zu verstehen«, meinte Crowder, »weshalb Sie vorher an dem Grundstück so sehr, an dem Auto jedoch gar nicht interessiert zu sein schienen.«

»Ich bin zwar überzeugt, daß unser Pilot absolut vertrauenswürdig ist. Trotzdem bleibt die Vorsicht die Mutter der Porzellankiste.«

»Und deshalb wollen Sie ihn auch so schnell wie möglich wieder in Los Angeles haben, wie?«

»Je eher er wegkommt, um so geringer wird die Chance, daß er von einem Mordfall hört und beginnt, sich Gedanken zu machen.«

»Eins zu null«, sagte Crowder lachend.

Dann schwiegen sie, bis er links abbog.

»Ist das der Weg?« fragte Mason.

Crowder nickte.

»Fahren Sie bitte langsam«, bat Mason, »ich möchte mir die Spuren ansehen.«

»Hier ist wenig Verkehr, und nur ein paar Jäger kommen ab und zu heraus.«

»Der Boden ist verdammt hart«, meinte Mason, »fast, als wäre irgendein Zementbinder dazwischen.«

»Kann schon sein«, antwortete Crowder. »Sehen Sie die Kiesel in der Sonne glitzern? Sie ...«

»Halt!« rief Mason dazwischen. »Fahren Sie noch langsamer. Das dort vorn dürfte der Wagen sein, den wir suchen. Ja, er hat eine

Nummer aus Massachusetts. Glauben Sie, wir müssen schon hier halten? Gehen Sie kein Risiko ein, Duncan. Wir können es uns nicht leisten, auch noch einzusinken.«

»Keine Angst«, beruhigte Crowder den Anwalt. »Ich bin hier aufgewachsen. Ich weiß, wie man auf solchen Wegen fahren muß. Der ganze Trick ist, den Wagen möglichst gleichmäßig mit Gefühl zu fahren und dem Steuer Raum zu lassen. Und wenn man wirklich festsitzt, kann man ein bißchen Luft aus den Reifen lassen und dann ...«

»Wunderbare Idee«, sagte Mason. »Halten Sie an. Das wollen wir gleich tun. Ich will nicht mehr Spuren hinterlassen, als unbedingt notwendig sind.«

»Sie werden sich wundern, Mr. Mason, welch einen Unterschied ein bißchen weniger Luft schon ausmacht.«

Sie hielten an. Crowder drückte mit einem Streichholz die Ventilnippel nieder und ließ aus jedem Reifen etwas Luft ab. »Zurück werden wir ziemlich langsam fahren müssen«, meinte er dabei, »bis wir zu einer Tankstelle kommen.«

»Das macht nichts«, entgegnete Mason.

»Wollen Sie, daß wir den anderen Wagen herausziehen?« fragte Crowder. »Das wäre nämlich zu machen.«

»Wir haben ja kein Abschleppseil«, gab Mason zu bedenken.

»Ach, ich finde hier schon irgendwo ein Stück Stacheldraht. Damit geht es ganz gut.«

»Nein, ich glaube, wir lassen den Wagen doch lieber, wo er ist«, entschied Mason. »Aber es besteht kein Grund, weshalb wir nicht ein bißchen näher an ihn heranfahren sollten.«

»Man sieht genau, wie das passiert ist«, sagte Crowder, als er nur wenige Meter von dem Fahrzeug entfernt anhielt. »Der Fahrer versuchte es mit Gewalt, offenbar auch im Rückwärtsgang, und viel zuviel Gas. Das Dümmste, was er machen konnte.«

Mason nickte Crowder zu. »Wir steigen beide aus«, sagte er. »Paul und Della bleiben sitzen. Ich möchte so wenig Spuren wie möglich hinterlassen.«

»Sehen Sie dort«, sagte Crowder und deutete auf den Boden. »Da sind schon Spuren. Es sieht aus, als wären hier Leute herumgelaufen. Irgend jemand ist auf der linken Seite des Wagens ausgestiegen und hat nicht einmal die Tür zugemacht. Das Licht im Wageninneren, das dabei automatisch angeht, brennt noch immer. Die Batterie dürfte bald leer sein. Glauben Sie, Mr. Mason, wir sollten die Tür schließen?«

»Lieber nicht«, antwortete Mason. »Am besten, wir lassen alles so, wie wir es vorfinden.«

Sie gingen auf den Wagen zu und sahen hinein.

»Suchen Sie Blut oder so etwas?« erkundigte sich Crowder.

»Oder so etwas«, antwortete Mason und lächelte.

Er wickelte sich ein Taschentuch um die Hand und öffnete den hinteren Schlag. Plötzlich richtete er sich auf.

»Was ist das?« fragte Crowder.

»Eine grüne Kapsel. Der Größe und dem Aussehen nach handelt es sich um ein Barbitursäure-Präparat.« »Das wird manchmal als Wahrheitsserum verwendet, habe ich gehört.«

»Ja, unter die Haut injiziert, kann man es dazu benutzen«, bestätigte Mason. »Ich frage mich nur, was es hier tut.«

»Vielleicht sollten wir es mitnehmen und testen lassen«, schlug Crowder vor.

»Nein, das werden wir nicht tun. Im Augenblick interessiert mich der Kofferraum.«

Mason zog den Zündschlüssel ab, ging um den Wagen herum und öffnete den Kofferraum.

»Nichts«, meinte Crowder, der ihm gefolgt war. »Haben Sie das erwartet?«

Mason schwieg. Man sah, daß er intensiv nachdachte. Unvermittelt schlug er den Deckel zu, steckte den Schlüssel wieder in das Zündschloß und nickte Crowder zu. Dann gingen sie zu ihrem Fahrzeug zurück.

»Das war alles?« fragte Crowder.

»Ja.«

»Was hast du gefunden?« erkundigte sich Paul Drake.

»Nichts. Bei einer so eiligen und oberflächlichen Untersuchung hätte es mich auch gewundert. Das heißt, ganz leer bin ich auch wieder nicht ausgegangen. Neben dem Fahrersitz lag eine grüne Kapsel. Vielleicht ist sie aus einer Damenhandtasche herausgefallen.«

»Und das ist alles?« fragte Drake erstaunt.

»Ja.«

»Du scheinst aber erleichtert zu sein, Perry.«

»Nun ja«, meinte Mason, »in einer Situation wie dieser weiß man nie, was man in einem Auto noch alles findet, nicht wahr?«

»Meinst du vielleicht eine zweite Leiche?«

»Ich sagte, man weiß nie, was man noch alles findet«, wiederholte Mason.

Während sich die beiden unterhielten, wendete Crowder den Wagen. Fahren konnte er, das mußte man ihm lassen. Ein paarmal glaubten die anderen, daß er steckenbleiben würde. Aber Crowder ließ sich nicht beirren und brachte den Wagen in einer breiten Schleife wieder auf den festen, harten Weg zurück.

Schweigend fuhren sie bis zur Hauptstraße.

Bei der nächsten Tankstelle blieb Crowder stehen, um die Reifen wieder aufpumpen zu lassen. Währenddessen gingMason zurTelefonzelle und rief das Büro des Sheriffs an.

»Ich bin Anwalt in Los Angeles«, sagte Mason. »Als ich mit meiner Chartermaschine einen Inspektionsflug unternahm, sah ich einen Wagen, der anscheinend im Sand steckengeblieben ist. Er steht auf einem Weg, der von der Calexico-Yuma-Autobahn nach Norden zur Holtville-Yuma-Autobahn führt. Die Abzweigung ist etwa zwanzig Kilometer von Calexico entfernt. Ich würde vorschlagen, einmal nachzusehen. Menschen scheinen nicht in Not zu sein; ich konnte wenigstens nichts bemerken. Auch dann nicht, als ich mit dem Wagen hinausfuhr, um mir das Gelände näher anzusehen. Trotzdem dachte ich mir, die Sache könnte Sie interessieren. Das Auto stammt übrigens aus Massachusetts und steckt, wie gesagt, bis zu den Achsen im Sand.«

»Vielen Dank«, sagte der Beamte. »Wir werden uns darum kümmern.«

Mason legte auf und ging zu Crowder zurück. »Ich lasse Sie jetzt allein, Duncan. Paul Drake wird hierbleiben«, meinte er, »und Ihnen helfen. Ich habe soeben dem Sheriff gemeldet, daß ich einen Wagen gefunden habe. Denken Sie bitte daran, daß wir uns ein Grundstück angesehen haben, das ein Klient von Ihnen verkaufen möchte.«

»Ich werde es nicht vergessen«, versprach Crowder. »Sonst noch etwas?«

»Nein.«

»Und Sie fliegen jetzt zurück?« fragte Crowder.

Mason nickte. »Ich habe Ihnen eine Anzahlung auf Ihr Honorar gegeben«, sagte er. »Hier ist Verrechnungsgeld für Spesen.« Mason zog zwei Einhundertdollarscheine hervor und gab sie dem jungen Anwalt.

»Danke«, sagte Crowder und verzog keine Miene.

»Berichten Sie mir über den Fortgang«, bat Mason. »Linda Calhoun wird hier auftauchen und nach ihrer Tante fragen. Sie steht natürlich auf George Lattys Seite. Alles, was sie weiß, wird sie ihm wiedererzählen, und alles, was er erfährt, könnte genauso gut in der Zeitung stehen. Paul, du behältst den Leihwagen. Bleib am Drücker und sieh zu, was du erfahren kannst. Setz auf Howland Brent einen Schatten an. Wenn er aber mißtrauisch wird, laß ihn fallen!«

»Und wie reagiere ich«, erkundigte sich Drake, »falls ich offiziell verhört werden sollte?«

»Du bist bei mir angestellt«, versetzte Mason lächelnd. »Und ich arbeite selbstverständlich mit der Polizei zusammen.«

»Ja, die Zusammenarbeit kenne ich«, erwiderte Drake.

»Aber Paul«, tat Mason erstaunt. »Habe ich nicht alles gemeldet, was ich gefunden habe?«

»Das schon«, gab Drake zu, »nur hast du vergessen, hinzuzufügen, weshalb du danach gesucht hast.«

»Ganz und gar nicht«, belehrte ihn Mason. »Ich habe dem Beamten erklärt, daß ich just in dieser Gegend an einem Grundstück interessiert bin. Es könnte eine gute Kapitalsanlage sein. Vielleicht besorge ich mir auch eine vierwöchige Option auf ein Stück Land.«

»Hab' schon verstanden«, meinte Drake trocken.

»Und jetzt, wo du es erwähnst, Paul«, fuhr Mason ungerührt fort, »finde ich auch, daß es ein eigentümlicher Zufall ist, daß der steckengebliebene Wagen ausgerechnet aus Massachusetts stammt.«

Als sie beim Flughafen angelangt waren, schüttelte Mason Crowder die Hand. »Bleiben Sie am Ball, Duncan.«

»Ich glaube, ich weiß, worauf es Ihnen ankommt, Mr. Mason«, sagte der junge Rechtsanwalt.

»Davon bin ich überzeugt«, antwortete Perry Mason lächelnd. »Und ich hoffe, daß Sie genauso gut wissen, worauf es mir nicht ankommt.«

»Das ist natürlich eine Idee schwieriger, aber ich habe eine ungefähre Vorstellung davon. Sie sind ein vielbeschäftigter Mann und haben keine Zeit, mir des langen und breiten Einzelheiten zu erklären. Es ist schade, jedenfalls für die Polizei, daß Sie es so eilig haben und daß wir keine Zeit fanden, die Dinge ausführlich zu besprechen.«

»Ja, wirklich schade«, meinte Mason. »Ich verlasse mich also ganz auf Sie.«

»Ich werde mein Bestes tun.«

»Ich glaube, dieser junge Crowder wird seinen Weg machen«, meinte Della Street zu Mason, als sie längst im Flugzeug saßen und auf dem Weg nach Los Angeles waren.

8

Mason hatte sein Büro kaum betreten und die Türklinke noch in der Hand, als ihm Gertie, das Mädchen an der Telefonvermittlung, schon entgegenrief: »Oh, Mr. Mason, wie gut, daß Sie kommen! Mr. Drake möchte Sie sprechen. Er ruft aus Calexico an. Er meinte, Sie müßten jeden Augenblick hier eintreffen.«

»Gut, stellen Sie das Gespräch durch, Gertie.«

Kaum, daß Della die Tür zu Masons Privatbüro geschlossen hatte, schrillte das Telefon.

Mason gab ihr zu verstehen, daß sie das Gespräch mithören sollte, dann meldete er sich: »Hallo, Paul, wo brennt's?«

»Der Kerl ist eines natürlichen Todes gestorben«, sprudelte Drake hervor.

»Bist du ganz sicher?«

»Die Polizei ist es jedenfalls. Man sagt, es sei Herzschwäche. Es gibt also gar keinen Mord. Ich finde das sehr entgegenkommend von dem Burschen.«

»Hast du Crowder Bescheid gegeben?« fragte Mason.

»Ja.«

»Hast du etwas von Linda Calhoun gehört?«

»Sie ist hier. Ihr mußtet gerade abgeflogen sein, als sie hier aufkreuzte. Als ich zurück ins Motel kam, war sie schon dort.«

»Hast du ihr von Crowder erzählt?«

»Ja, ich habe die beiden bekannt gemacht. Er sagte ihr, daß er mit dir zusammenarbeite und nahm sie mit in sein Büro.«

»Was ist mit George Latty?«

»Der ist sang- und klanglos verschwunden. Ich glaube, daß er auf dem Weg zurück nach Los Angeles ist.«

»Und was ist mit Mrs. Elmores Wagen?«

»Soweit ich es beurteilen kann«, antwortete Paul Drake, »macht kein Mensch deswegen einen Finger krumm. Die haben deinen Bericht entgegengenommen und zu den Akten gelegt. Basta.«

»Was ist mit Howland Brent, Paul?«

»Der setzt Himmel und Hölle in Bewegung, um Dr. Kettle dazu zu bringen, Tante Lorraine aufzuwecken. Er brennt darauf, mit ihr zu sprechen, hatte aber bis jetzt noch keinen Erfolg. Er war nicht gerade bester Laune, als er mit einem gemieteten Wagen abrauschte. Ich habe einen Mitarbeiter beauftragt, ihm zu folgen. Wahrscheinlich wird Brent nach Los Angeles zurückfahren.«

Mason überlegte einen Augenblick, dann faßte er einen schnellen Entschluß. »Hör zu, Paul, wenn der Kerl eines natürlichen Todes gestorben ist, besteht für die Polizei keinerlei Veranlassung, die beiden Motelzimmer zu versiegeln. Beeile dich und miete sie. Erzähle der Geschäftsführerin, daß du Lorraine Elmore vertrittst und bezahle die Miete im voraus. Du kannst ja sagen, sie habe den Schlüssel verloren. Laß dir einen neuen geben und durchsuche die Zimmer Zentimeter für Zentimeter.

Die Polizei wird Dewitts Sachen mitnehmen. Verlier keine Sekunde. Sowie die draußen sind, ziehst du ein. Aber miete beide Zimmer auf deinen Namen.«

»In Ordnung«, versprach der Detektiv, »wird gemacht.«

»Ach, und noch eines, Paul. Miete auch das Zimmer, das Latty frei gemacht hat. Wir wollen nichts übersehen. Alle drei Räume wirst du genau untersuchen.«

»Aber warum das alles, Perry? Es war doch kein Mord, und...«

»Aber Diebstahl, mein Lieber«, unterbrach ihn Mason. »Du scheinst die fünfunddreißigtausend Dollar von Mrs. Elmore zu vergessen. Wahrscheinlich wirst du das Geld nicht mehr finden. Trotzdem möchte ich Klarheit.«

»Verstehe. Ich fange sofort an«, versprach Drake.

»Nun«, forschte Della.

Mason schüttelte den Kopf und meinte: »Belassen wir es dabei; schließlich tut es die Polizei auch.«

»Aber Chef!« rief Della, »Mrs. Elmore sah doch, wie er ermordet wurde.«

»Aber die Leiche hat nicht einen einzigen blauen Fleck. Nichts deutet darauf hin, daß er gewaltsam getötet wurde.«

»Dann glauben Sie also an den natürlichen Tod?«

»Ich werde doch die Meinung der Polizei nicht anzweifeln«, antwortete Mason. »Versuchen Sie bitte, Duncan Crowder zu erreichen.«

Della gab den Auftrag an die Vermittlung weiter. Einen Augenblick später nickte sie Mason zu: »Er ist am Apparat.«

»Duncan, hier ist Perry Mason«, meldete er sich. »Wie sieht's bei Ihnen aus?«

»Alles in Ordnung. Der Mann ist eines natürlichen Todes gestorben. Ich nehme an, daß Ihnen das Ihr Detektiv schon berichtet hat.«

»Ja. Was wissen Sie sonst noch?«

»Nicht viel. Linda Calhoun ist bei mir im Büro. Sagen Sie, Mr. Mason, hat sich George Latty schon mit Ihnen in Verbindung gesetzt?«

»Nein.«

»Er ist offensichtlich auf dem Weg nach Los Angeles. Sicher wird er Sie anrufen.«

»Hören Sie zu, Crowder«, bat Mason. »Es wäre gut, wenn Sie Linda im Gespräch davon überzeugen könnten, daß ihre Tante, nun, sagen wir der nervlichen Belastung nicht gewachsen war. Ich persönlich bin der Ansicht, daß Mrs. Elmores Hysterie nicht zuletzt auf den ständigen Gebrauch von Schlaf- und Beruhigungsmitteln zurückzuführen ist. Ich sehe die Dinge direkt vor mir. Unser verliebtes Tantchen war auf dem Weg zu Montrose Dewitts Zimmer. Als sich auf ihr Klopfen hin nichts rührte, öffnete sie die Tür und sah ihn am Boden liegen. Er war tot, und das war natürlich ein großer Schock für sie. Sie rannte in ihr Zimmer zurück, kehrte das Unterste zu oberst, setzte sich in ihr Auto und fuhr in die Wüste hinaus.

Ich bin zwar kein Arzt, aber ich könnte mir trotzdem vorstellen, daß eine Frau durchdreht, wenn sie mit einer größeren Menge Beruhigungsmitteln im Körper ihren geliebten Mann tot am Boden liegen sieht. Sie wird wie von Sinnen, einem nicht zu erklärenden Impuls folgend, in die Wüste hinausgefahren sein und sich die ganze Mordszene nur eingebildet haben.«

»Ihre Theorie hat etwas für sich«, meinte Crowder. »Wir wissen über das menschliche Gehirn noch sehr wenig.«

»Sie sollten einmal mit Dr. Kettle darüber reden, Duncan.«

»Einen Moment«, widersprach Crowder. »Kettle wird in jeder Beziehung mit uns zusammenarbeiten, aber er würde niemals Tatsachen verdrehen.«

»Es handelt sich nicht um Tatsachen«, belehrte ihn Mason, »sondern nur um eine mögliche Überlegung. Sie könnten ja darauf hinweisen, daß Lorraine Elmore starke Mittel nahm, um schlafen zu können. Vielleicht hat sie irgendein Geräusch gehört, vielleicht hat Dewitt während seiner Herzattacke ihren Namen gerufen? Es ist immerhin möglich, daß er sogar in ihren Armen gestorben ist, was, wie ich bereits sagte, den Kurzschluß ausgelöst haben kann.«

»Mr. Mason«, sagte Crowder, »ich weiß genau, worauf Sie hinauswollen. Aber vergessen Sie nicht, Dr. Kettle ist Arzt. Er wird einen Standpunkt nur vertreten, wenn er medizinisch absolut haltbar ist.«

»Also ich halte ihn für haltbar. Instruieren Sie auf alle Fälle Linda Calhoun in dieser Richtung.«

»In Ordnung«, antwortete Crowder. »Sie scheint sehr intelligent zu sein.«

»Genau wie Sie«, versetzte Mason lachend und legte auf.

Kurz darauf klingelte es schon wieder.

»Belle Freeman ist draußen und möchte Sie sprechen«, sagte Della Street.

»Belle Freeman? Ist das dieselbe, mit der Dewitt schon das Aufgebot bestellt hat?«

Della nickte.

»Ich glaube, ich werde sie empfangen«, meinte Mason, »obwohl der ganze Fall rätselhafte Formen angenommen hat. Bringen Sie sie herein, Della. Mal sehen, was sie zu sagen hat.«

Della nickte, verschwand im Vorzimmer und kam einige Sekunden später zurück. In ihrer Begleitung befand sich eine etwa fünfunddreißigjährige Frau, die es verstanden hatte, sich ihre Figur wie die einer Zwanzigjährigen zu erhalten. Ihre blauen Augen funkelten, ihr Schritt war leicht und federnd.

»Mr. Mason«, begann sie, »ich weiß, daß es aufdringlich von mir ist, hier hereinzuplatzen. Aber ich habe gestern abend mit Linda Calhoun gesprochen und... nun ja, ich habe irgendwie das Gefühl, daß ich Sie schon kenne und daß Sie mir helfen können.«

»Immer langsam«, meinte Mason lächelnd. »Ich freue mich, daß Sie gekommen sind, denn ich hatte ebenfalls vor, mich mit Ihnen in Verbindung zu setzen. Aber helfen kann ich Ihnen wahrscheinlich nicht. Ich habe nämlich bereits eine Klientin für diesen Fall. Nicht einmal im Traum dürfte ich in Erwägung ziehen, jemand zu vertreten, dessen Interessen vielleicht konträr zu...«

»Aber im Gegenteil«, unterbrach sie ihn. »Ich will nichts weiter, als mein Geld zurückhaben.«

»Und genau das könnte, ich betone könnte, einen Konflikt ergeben, Miss Freeman. Unter der Voraussetzung, daß ich über unser Gespräch nicht zum Stillschweigen verpflichtet bin und daß Sie zur Kenntnis genommen haben, daß ich Sie nicht vertreten kann, möchte ich gern hören, was Sie zu sagen haben. Ich glaube nämlich, daß Sie Informationen besitzen, die ich brauche.«

»Welche?«

»Ich würde gern alles über Montrose Dewitt erfahren.«

»Dieser Mann ist ein Betrüger, ein Taugenichts, mit einem Wort: ein übles Subjekt«, antwortete sie ohne Zögern.

»Das weiß ich bereits. Ich meinte auch nicht seinen Charakter, sondern seine Vergangenheit.«

»Darüber weiß ich leider nicht allzuviel. Ich hoffe nur, daß Sie ihn ins Zuchthaus bringen. Deswegen bin ich auch hergekommen. Ich wollte...«

»Leider«, unterbrach Mason sie. »Diesen Wunsch kann ich Ihnen nicht erfüllen.«

»Nein?« Ihr Gesicht zeigte Enttäuschung. »Aber jetzt, wo Sie doch Beweise gegen ihn haben, und ich auch...«

Mason schüttelte den Kopf. »Er ist tot.«

»Was?«

»Tot«, wiederholte Mason. »Er starb gestern nacht in Calexico.«

»Wie... warum... wie ist das passiert?«

»Scheint ein Herzanfall gewesen zu sein.«

Sie wollte noch etwas sagen, hielt sich aber zurück.

Mason hob fragend die Augenbrauen.

»Es tut mir leid«, erklärte sie. »Es schickt sich nicht, über Tote schlecht zu sprechen. Ich hatte keine Ahnung, daß er...«

»Das hält Sie doch hoffentlich nicht davon ab, mir etwas über ihn zu erzählen«, schnitt ihr Mason das Wort ab.

»Ich werde Ihnen nicht weiterhelfen können. Dieser Mann war höchst mysteriös. Eines Tages war er einfach verschwunden.«

»Er betrog Sie um einen Teil Ihres Geldes, nicht wahr?«

»Um meine sämtlichen Ersparnisse.«

»Wieviel?«

»Es war mehr, als ich zugab. Ich hatte eine kleine Erbschaft gemacht.«

»Waren Sie bei der Polizei?«

»Nein, Mr. Mason, ich... nun, ich hatte meine Gründe. Ich konnte mir nicht erlauben, daß die Zeitungen die Geschichte aufgriffen. Für Sie mag das vielleicht abgedroschen klingen, aber ich habe mich wie ein einfältiges Mädchen vom Lande benommen. Ich lief in seine Falle wie ein Schaf zum Metzger. Wir sprachen über unsere Zukunft und über das viele Geld, das wir verdienen würden. Es klang alles so überzeugend, was er sagte.«

»Ein brillanter Redner, wie?«

»Na ja, mich hat er jedenfalls überzeugt. Vielleicht, weil ich mich in ihn verknallt hatte. Er war der geborene Charmeur, müssen Sie wissen. Er sparte nicht mit Komplimenten und gab einer Frau das Gefühl, daß sie geliebt wird. Und dann... na ja, ich fiel jedenfalls drauf rein.«

»Wie haben Sie ihn kennengelernt?«

»Brieflich. Eine Zeitschrift veröffentlichte eine Leserzuschrift von mir. Über die Redaktion muß er meine Anschrift herausbekommen haben. Jedenfalls schrieb er mir, wie klug ich sei, wie großartig ich meiner Meinung Ausdruck verliehen hätte und wie sehr er mir zustimme. Es wäre herzerfrischend, einmal einer so intelligenten Frau auf der Leserbriefseite einer Zeitschrift zu begegnen. Natürlich fühlte ich mich sehr geschmeichelt, und da sein Absender angegeben war, dankte ich ihm für seine netten Zeilen.

Daraufhin schickte er mir einen Zeitungsausschnitt, von dem er glaubte, er interessiere mich. Kurz darauf verabredeten wir uns zum Abendessen und... nun, er eroberte mich im Sturm.«

»Aber was er Ihnen über sich selbst erzählt hat, würde ich gern noch wissen«, bat Mason. »Über seinen Beruf zum Beispiel.«

»Er tat gar nichts. Er war gerade erst aus Mexiko zurückgekommen. Dort habe er einige Geschäfte abgewickelt, erzählte er mir. Sie seien vertraulich, und er dürfe darüber nicht sprechen. Dewitt war ein Abenteurertyp.«

»Hat er gesagt, wie lange er in Mexiko war?« bohrte Mason weiter.

»Über ein Jahr hat er behauptet. Aber das war ja das Komische, Mr. Mason. Der Mann sprach kein Wort spanisch.«

»Nein?«

»Nein. Ich machte ihn eines Tages mit einem Freund von mir bekannt. Dieser Herr sprach spanisch. Als er hörte, daß Montrose in Mexiko war, redete er ihn spanisch an.«

»Und was geschah?«

»Montrose zog sich sehr geschickt aus der Affäre. Er sagte, er habe sich nie die Mühe gemacht, die Sprache zu lernen, weil er glaubte, daß ihn das in eine ungünstigere Situation gebracht hätte. Er hielt es für besser, sich einen Dolmetscher zu nehmen.«

»Und das haben Sie ihm abgenommen?«

»Damals ja. Damals hätte ich ihm alles geglaubt.«

»Und als der Mann Ihr Geld hatte, was passierte dann?«

»Wir sollten getraut werden, aber es kam nicht dazu, denn mein Bräutigam war spurlos verschwunden. Das ist alles.«

»Kein Wort von ihm? Keinerlei Erklärungen?«

»Nichts«, antwortete Belle Freeman mit zusammengekniffenen Lippen. »Sie können sich nicht vorstellen, wie mir zumute war, als mir langsam ein Licht aufging. Zuerst hatte ich schreckliche Angst, es könnte ihm etwas passiert sein, aber langsam dämmerte es mir, daß ich ausgenutzt worden war.«

»Und Sie haben nichts dagegen unternommen?«

»Ich versuchte ihn zu finden.«

»Wie haben Sie das angestellt?«

»Ich engagierte einen Privatdetektiv. Das hätte ich mir sparen können. Ich habe meinem schlechten Geld nur noch gutes hinterhergeworfen.«

»Der Detektiv hat also nichts ausrichten können?«

Sie schüttelte den Kopf. »Keine einzige Spur.«

»Erstattete er Ihnen Bericht?«

»O ja, verschiedentlich. Er teilte mir mit, was er alles unternommen hatte. Montrose war immer als ›das Subjekt‹ bezeichnet. Der Detektiv schrieb ausführlich über seine Arbeit, damit ich sah, daß ich für mein Geld auch eine Gegenleistung erhielt. Das war aber auch alles, was ich bekam: Berichte.«

»Haben Sie sie zufällig noch?« fragte Mason interessiert.

»Ich habe sie sogar bei mir.« Sie öffnete ihre Handtasche, zog ein Kuvert heraus und reichte es Mason.

»Darf ich sie eine Weile behalten?« bat Mason.

»Von mir aus können Sie sie ganz behalten. Ich weiß gar nicht, weshalb ich sie eigentlich aufgehoben habe.«

»Dieser Dewitt muß sehr geschickt gewesen sein«, sagte Mason. »Wahrscheinlich hatte er in mehreren Städten seine Schlupfwinkel, von denen aus er operierte. Was mich nur wundert, ist, daß ein Mann, der denselben Namen beibehält, völlig von der Bildfläche verschwinden kann.«

»Das habe ich mir auch gedacht«, meinte sie. »Aber es hätte meine Mittel überstiegen, eine Suche in größerem Umfang nach ihm zu starten. Überdies riet mir ein Freund, die Sache auf sich beruhen zu lassen. Er meinte, Dewitt würde sowieso nicht viel passieren, denn wegen Heiratsschwindel wollte ich ihn niemals anzeigen, verstehen Sie? Auch nicht, daß er mir mein Geld unter Vorspiegelung falscher Tatsachen abgenommen hatte. Sehen Sie, Mr. Mason, ich habe es ihm ja freiwillig zu dem Zweck gegeben, es zu investieren. Wir wollten Partner fürs Leben werden, und alles das war mir... ich war eben total vernarrt und grenzenlos dumm.«

»Waren Sie schon einmal verheiratet?« erkundigte sich Mason.

Sie schüttelte den Kopf. »Nein. Ich liebte einen Mann, der umgekommen ist. Eine ganze Zeit danach lebte ich nur in der Erinnerung an ihn. Nach und nach gelang es mir, ihn zu vergessen. Ich machte einige Bekanntschaften, aber es war nie das Richtige. Ich kapselte mich immer mehr und mehr ab und redete mir ein, es sei das Beste für mich, allein zu bleiben. Aber es ist schwer für eine Frau, Mr. Mason. Frauen wollen jemand haben, den sie lieben und verwöhnen können, für den sie da sind und dem sie, wenn man es genau nimmt, auch gehorchen müssen. Zu diesem Zeitpunkt tauchte Montrose Dewitt auf. Wahrscheinlich brauchte er sich gar nicht sehr anzustrengen bei mir.«

»Hatte er einen Wagen?« wollte Mason wissen.

»Ja, das steht in allen Berichten. Der Detektiv hat den früheren Besitzer des Autos ausfindig gemacht. Sie werden auch feststellen, daß Dewitt niemals Einkommensteuer bezahlt hat und in keiner Sozialversicherung war.«

»Lebten Sie damals auch schon in Los Angeles, Miss Freeman?«

»Nein, Mr. Mason. Ich wohnte in Ventura und arbeitete auch dort. Montrose hatte eine Wohnung in Hollywood. Meine Stellung war... nun ja, wenn es einen Skandal in Verbindung mit meinem Namen gegeben hätte, wäre... ich konnte nichts tun, als mir Selbstvorwürfe zu machen und noch einmal ganz von vorn anzufangen. Einen Pressewirbel konnte ich mir einfach nicht leisten. Auch jetzt noch nicht. Das ist einer der Gründe, weshalb ich zu Ihnen kam, Mr. Mason. Ich habe bereits heute morgen versucht, Sie zu erreichen, bekam aber keine Antwort.«

»Ich bin Ihnen sehr verbunden. Bitte, lassen Sie mich in Ruhe die Berichte lesen«, sagte Mason. »Vielleicht erfahre ich aus ihnen noch mehr. Ich bin Ihnen wirklich sehr dankbar, daß Sie mir alles anvertraut haben, Miss Freeman.«

Sie reichte ihm die Hand und meinte: »Ich habe versucht, dieses Kapitel meines Lebens als abgeschlossen zu betrachten. Aber es gelang mir nicht. Jetzt, wo ich Ihnen alles erzählt habe, fühle ich mich richtiggehend erleichtert. Hoffentlich sind Ihnen die Detektivberichte von Nutzen.«

»Ich werde sie sorgfältig lesen«, versprach Mason, als Della Miss Freeman zur Tür begleitete.

»Nun?« fragte Mason, als die Tür geschlossen war.

Della schüttelte den Kopf. »Der Mann muß ein ausgesprochener Frauenheld gewesen sein.«

»Und auch eine bestimmte Arbeitsweise gehabt haben«, ergänzte Mason. »Er begann seine Bekanntschaften immer durch Briefwechsel. Das bedeutet, daß er eine ganze Menge Briefe an verschiedene Leute geschrieben haben muß. Er konnte ja nicht einfach eine Verfasserin von Leserbriefen als Opfer herauspicken. Viele von den Frauen, die derartige Briefe an Zeitungen schreiben, sind schließlich verheiratet, haben einen Freund oder, was bei ihm wohl das Wichtigste war, besitzen kein Geld.«

»Das stimmt«, gab Della zu.

»Mit anderen Worten«, fuhr Mason fort, »der Bursche muß Dutzende von Briefen geschrieben haben. Sowie er eine Antwort erhielt, begann er mit seinen Nachforschungen. Fand er heraus, daß die Dame Geld hatte, wurde er aktiv.«

»Kann uns das weiterhelfen, Chef?«

»Vielleicht. Wenn ich nur wüßte, wie er es geschafft hat, immer wieder total von der Bildfläche zu verschwinden. Man sollte doch annehmen, daß ein Mann, der sich das Vertrauen von Frauen erschleicht, um hinterher unterzutauchen, nicht ausgerechnet eine auffällige schwarze Augenklappe trägt.«

»Das hat ihm vielleicht gerade das gewisse Etwas verliehen«, meinte Della, »auf das die Frauen hereingefallen sind.«

»Kann sein, aber trotzdem bleibt es auffällig, nicht wahr?«

Della nickte.

Plötzlich schnippte Mason mit den Fingern. »Ich hab's!« rief er. »Natürlich. Darauf hätte ich auch früher kommen können.«

»Worauf?«

»Nun ja, er trug diese Augenklappe absichtlich, und zwar nur, wenn er einen neuen Schwindel startete. Und wenn er verschwand, nahm er die Klappe ab und ersetzte sie durch ein Glasauge. Niemand kam auf die Idee, ihn ohne Augenklappe zu suchen.«

»Hört sich logisch an«, meinte Della.

Plötzlich wurde Mason aufgeregt. »Versuchen Sie, Paul Drake zu erreichen, Della. Ich möchte, daß er eine Farbskizze von Dewitts Auge machen läßt. Dann werde ich mich mit den Firmen in Verbindung setzen, die Glasaugen herstellen. Allzu viele gibt es nicht davon. Das ist eine Spezialarbeit, die ...«

Mason wurde durch ein kurz hintereinander ertönendes, mehrmaliges Klingeln des Telefons unterbrochen. Es war ein mit Gertie verabredetes Zeichen, daß es sich um etwas Wichtiges handelte.

Della hob ab und fragte: »Ja, Gertie?« Dann nickte sie ihrem Chef zu und sagte: »Es ist Paul.«

Mason hatte sich noch nicht gemeldet, als Drake schon sprach: »Perry, hier unten ist der Teufel los.«

»Wieso?«

»Montrose Dewitt hat eine angebrochene Flasche Whisky stehenlassen. Einer der Polizisten dachte sich, man sollte den guten Schnaps nicht umkommen lassen und trank einen Schluck davon.«

»Na und?« fragte Mason gespannt.

»Er liegt im Krankenhaus. Der Whisky war mit einem sehr starken Betäubungsmittel vermischt. Das wirft ein vollkommen anderes Bild auf die ganze Sache und läßt sie jetzt doch wieder nach Mord aussehen. Jetzt wollen sie die Speisereste aus Dewitts Magen ins Labor schicken und untersuchen lassen. Ich dachte mir, das würde dich interessieren.«

»Weiß Crowder davon?«

»Ja.«

»Und Linda?«

»Ich glaube, er hat sich mit ihr in Verbindung gesetzt.«

»Gut, Paul. Hör zu, ich brauche eine genaue Farbskizze von Dewitts Auge. Engagiere den besten Zeichner, den du findest. Die Zeichnung muß eine exakte und absolut naturgetreue Reproduktion der Farbanordnung sein.«

»Und dann?«

»Dann kommst du, so schnell du kannst, hierher zurück und suchst die Firmen auf, die Glasaugen herstellen.«

»Aber er hatte kein Glasauge, Perry. Er trug immer diese schwarze Augenklappe.«

»Und wenn er untertauchen mußte«, ergänzte Mason, »legte er sie wahrscheinlich in eine Schublade, setzte sich ein Glasauge ein und war ein anderer Mensch. Du weißt doch, Paul, wie sehr wir uns gewundert haben, daß ein Vertreter nur so wenige Kilometer gefahren ist. Das alles läßt darauf schließen, daß Dewitt in unmittelbarer Nähe von Los Angeles unter einem anderen Namen wohnte. Wenn meine Theorie stimmt, fehlen zwei Männer. Er gibt aber nur eine Leiche. Kümmere dich also auch um die in letzter Zeit als vermißt gemeldeten Personen.«

»Ja«, antwortete Drake gedehnt, »das ergibt einen Sinn. Also, auf bald.«

»Hat der Sheriff schon etwas wegen des Autos unternommen?«

»Nicht, daß ich wüßte.«

»Gut«, meinte Mason, »noch liegt Mrs. Elmore auf Eis. Aber wahrscheinlich haben wir nicht mehr viel Zeit, bis die Polizei beginnt, den Wagen zu untersuchen. Dann wird bei den Burschen der Groschen fallen, weshalb ich überhaupt angerufen habe. Wir brauchen einen Vorsprung, Paul. Nach der Geschichte mit dem Whisky werden sie einen Schuldigen suchen und des Mordes anklagen. Wer weiß, vielleicht ist es unsere Klientin?«

»Ach du meine Güte!« rief Drake aus. »Ich verstehe, was du meinst, Perry. Ich beeile mich.«

9

Es war spät nachmittags, als Drakes Geheimklopfzeichen an Masons Bürotür erklang.

»Sie sind aber schnell wieder da«, staunte Della und ließ ihn herein.

»Sollte ich doch. Ich habe eine Maschine aus Imperial über Palm Springs erwischt.«

»Was Neues?« fragte Mason ungeduldig.

»Eine ganze Menge.«

»Schieß los!«

»Nun, ich brauchte die Genehmigung der Polizei, um die gewünschte Augenskizze anfertigen lassen zu können. Die Sache schien den Beamten gerade in den Kram zu passen.«

»Wieso?«

»Calexico ist ein kleines Nest, in dem es nicht viel Abwechslung gibt. Die Polizei schien der Meinung zu sein, daß die Sache eine hübsche Story für die Zeitung ergeben würde. Ich konnte nichts dagegen tun.«

»Was noch?«

»Was die Skizze betrifft, ist das alles, Perry. Ich kam vor ungefähr einer Stunde an und habe die Zeichnung sofort einem meiner Mitarbeiter gegeben. Er ist bereits dabei, die Hersteller von Glasaugen zu interviewen. Das ist eine Kunst, weißt du, Perry, ein künstliches Auge mit natürlich wirkenden Farben richtig hinzukriegen.«

Mason nickte und wollte gerade etwas erwidern, als das Telefon läutete.

Della hob ab und reichte dann Paul Drake den Hörer. »Es ist für Sie, Paul.«

Drake lauschte einen Augenblick, dann sagte er: »Fein. Wie ist die Adresse?« Er machte sich auf einem Block eine Notiz. »Ist er sicher?« fragte er dann.

»Ja.«

»Wie war der Name? Hale? H- a- l- e? Ich hab's. Und der Vorname? ... Aha, Weston. Fein, das ist alles, was du machen kannst. Wir kümmern uns selbst darum. Danke. – Wir scheinen weiterzukommen, Perry«, sagte er zu Mason gewandt. »Mein Mitarbeiter hat einen Selwig Hedrick aufgespürt. Er ist Experte in der Glasaugenherstellung. Er hat das Auge sofort erkannt und gesagt, es sei für einen Mann namens Weston Hale angefertigt worden. Die Anschrift ist Roxley Apartments.«

»Wenn mich nicht alles täuscht«, sagte Mason und lächelte zufrieden, »wird sich herausstellen, daß Weston Hale vermißt ist, und niemand wird wissen, wo er ist und was mit ihm passiert sein könnte.«

»Mit anderen Worten: Montrose Dewitt und Weston Hale sind ein und dieselbe Person?«

Mason nickte.

In diesem Augenblick klingelte es schon wieder. Es war Duncan Crowder aus Calexico.

»Hallo Duncan? Hier Mason. Was gibt's Neues?«

»Ich bringe ungern schlechte Nachrichten«, begann Crowder, »aber es scheint mir nichts übrigzubleiben.«

»Was ist passiert?«

»Aus irgendwelchen Gründen ist die Polizei jetzt aus ihrem Dornröschenschlaf aufgewacht und hat die Bedeutung Ihres Anrufes, in der Wüste stecke ein Wagen aus Massachusetts fest, erfaßt. Die Beamten haben einen Abschleppwagen hinausgeschickt. Auf dem Vordersitz fanden sie eine Kapsel Somniferal und in dem Motelzimmer, das Lorraine Elmore benutzte, eine große Flasche mit dem Zeug, in die mindestens hundert Kapseln hineingehen.«

»Rezeptpflichtig?« fragte Mason.

»Ja. Unsere Klientin scheint mit den Nerven herunter gewesen zu sein. Ein Arzt hat es ihr verschrieben. Sie sagte ihm, sie würde eine lange Reise unternehmen und wollte genug Schlafmittel bei sich haben. Der Sheriff hat mit diesem Arzt gesprochen. Er sagte, Mrs. Elmore nähme nur eine Kapsel, wenn sie nervös ist. Im Monat brauche sie ungefähr acht bis zwölf Stück. In den Fällen von Hysterie, wie es bei ihr der Fall zu sein scheint, sei es jedoch das Wichtigste, der Patientin die Sicherheit zu geben, jederzeit ein Medikament bei der Hand zu haben. Deshalb habe er ihr auch diese Menge verschrieben.«

»Weiter!«

»Natürlich ist man hier sehr begierig, Mrs. Elmore zu verhören, besonders deswegen, wie das Somniferal in Dewitts Magen kam.«

»Man kann nicht beweisen, daß es dasselbe ist, oder?«

»Das vielleicht nicht, aber die Polizei nimmt es mit Sicherheit an. Dr. Kettle beharrt auf seinem Standpunkt. Er hat erklärt, seine Patientin stehe noch immer unter dem Einfluß von Betäubungsmitteln, was zur Folge haben könnte, daß Aussagen im jetzigen Stadium nicht nur ungenau, sondern mit Traumvorstellungen durcheinandergebracht werden können.«

Mason überlegte einen Moment. »Sorgen Sie dafür«, meinte er dann, »daß Dr. Kettle diesen Standpunkt beibehält und daß er eine Verantwortung ablehnt. Wenn seine Patientin aufwacht, soll er sie ruhig verhören lassen, aber nur unter der Bedingung, daß die Polizei die volle Verantwortung dafür übernimmt.«

»Das werden die Beamten bestimmt machen«, antwortete Crowder. »Sie brennen darauf zu erfahren, welche Verbindung zwischen Mrs. Elmore und Montrose Dewitt bestand und wie der Wagen dort hinauskam. Soll Dr. Kettle sie jetzt wecken?«

»Nein. Er soll warten, bis sie von selbst aufwacht.«

»Wissen Sie, was passieren wird?« fuhr Crowder besorgt fort. »Man wird sie verhaften und später, wenn sie wieder völlig auf dem Damm ist, wird man ihr ein Tonband vorspielen, das von ihrer Aussage aufgenommen wurde.«

»Aber in der Zwischenzeit«, tröstete ihn Mason, »haben wir sie ja beraten, nicht wahr? Und dann wird sie jede Aussage verweigern. Bleiben Sie am Drücker, Duncan. Sowie die Polizei mit ihr spricht, benachrichtigen Sie mich. Ich werde telefonisch zum Ausdruck bringen, wie indigniert ich über die Tatsache bin, daß so etwas von unserer Klientin verlangt wurde. Ich werde bekanntgeben, daß ich der Klientin unter diesen Umständen raten muß, ohne ihre beiden Anwälte keine weitere Aussage zu machen.«

»Glauben Sie, daß sie sich daran hält?« fragte Crowder.

»Sie wird es tun, wenn Sie es ihr richtig beibringen.«

»Wie meinen Sie das?«

»Jagen Sie ihr Angst ein.«
»Verstehe.«
»Wir verfolgen hier eine andere Spur«, sagte Mason. »Also, zeigen Sie, was Sie können. Sofort nach ihrer Aussage hat sie sich wie eine Schnecke in ihr Haus zurückzuziehen.«
»Wird gemacht«, versprach Crowder und hängte ein.

10

»Nehmen wir uns jetzt diesen Weston Hale vor?« fragte Drake, als Mason das Gespräch beendet hatte.
Der Anwalt nickte. »Diesmal sind wir der Polizei einen Schritt voraus, anstatt wie sonst zwei Schritte hinterherzuhinken. Das macht Spaß.«
»Und wie wird der Spaß aussehen, wenn sie uns eingeholt hat?« erkundigte sich Drake besorgt.
»Wir übertreten ja kein Gesetz«, belehrte ihn Mason. »Wir halten auch keinerlei Beweismaterial zurück. Wir prüfen einfach etwas nach. Dazu hat jeder Mensch das Recht.«
»Ich weiß, ich weiß. Aber mir ist trotzdem nicht ganz wohl bei der ganzen Sache.«
»Es wird ja gar keinen Weston Hale geben«, tröstete Mason ihn. »Ich bin sicher, der ist verschwunden.«
»Soll ich auch mitkommen?« wollte Della wissen.
Mason überlegte einen Augenblick, dann schüttelte er den Kopf. »Nein, Della. Bleiben Sie lieber hier, und halten Sie die Stellung. Wir rennen auch nur in eine Sackgasse, aber um unsere Theorie zu beweisen, müssen wir feststellen, daß es wirklich eine Sackgasse ist. Komm, Paul!«

Die Roxley Apartments waren ein siebenstöckiges Hochhaus besserer Klasse. Weston Hales Wohnung hatte die Nummer 522.
»Wir fahren am besten gleich hinauf«, meinte Mason. »Und später werden wir uns den Portier suchen und sehen, was wir aus ihm herausbekommen können.«
Oben angekommen, läutete Drake. Eine Glocke schlug an. Dann war es wieder still.
»Drück dreimal«, sagte Mason, »ich will ganz sichergehen, daß wirklich niemand da ist.«
Drake nickte und versuchte es noch einmal.
Im gleichen Augenblick wurde die Tür von einem Mann, der nur

einen Bademantel trug, aufgerissen. Seine Augen waren gerötet und dick verschwollen.

»Was woll'n Sie?« fragte er krächzend.

»Sind Sie Mr. Hale?«

Der Mann schüttelte den Kopf. »Hale ist nicht da. Was woll'n Sie von ihm?«

»Wir wollten ihn gern sprechen. Wohnt er hier?«

»Ja. Wir teilen uns die Wohnung. Und jetzt machen Sie schnell. Ich bin erkältet. Ich hab' die Grippe. Sie stecken sich an, wenn Sie hier 'rumstehen. Kommen Sie später wieder.«

»Wo ist Mr. Hale?« beharrte Mason.

»Arbeiten.«

»Wo?«

»Hypotheken- und Finanzgesellschaft heißt der Laden.«

»Wo ist das?«

»West Bemonat Street. Was woll'n Sie von ihm? Wer sind Sie?«

»Hat Mr. Hale ein Glasauge?«

»Ein was?«

»Glasauge.«

»Ist mir neu«, antwortete der Mann. »Ist mir nie aufgefallen. Was woll'n Sie? Wer sind Sie?«

»Wie heißen Sie?« erkundigte sich Mason, ohne auf die Fragerei einzugehen.

»Ronley Andover. Hör'n Sie mal zu, ich habe Fieber und liege schon ein paar Tage im Bett. Hier zieht's. Warum geh'n Sie nicht, bevor Sie auch noch die Grippe kriegen?«

»Wir kommen herein«, sagte Mason. »Es dauert nur eine Minute.«

»Von mir aus, aber ich muß ins Bett. Ich soll mich warmhalten, viel Fruchtsaft trinken, ein bißchen Whisky und viele Aspirin nehmen. Wenn Sie keine Angst vor Ansteckung haben, bitte.«

»Wir fürchten uns nicht«, meinte Mason und blickte Drake an. »Hat Hale ein eigenes Zimmer?« erkundigte er sich, als sie eingetreten waren.

»Ja, da drüben ist es. Er hat auch ein eigenes Bad. Aber jetzt geh' ich ins Bett. Ich habe Ihnen gleich gesagt, daß ich krank bin. Besuchen Sie Hale in seiner Firma. Mir ist hundeelend, ich muß mich hinlegen.«

Ohne ein weiteres Wort verschwand er im Schlafzimmer und legte sich in sein Bett. Umständlich brachte er einen Inhalierapparat zum Vorschein und spritzte sich ganze Wolken von Desinfektionsmitteln in den Rachen. Dabei betrachtete er Mason und Drake aus wäßrigen Augen.

»Wir versuchen, alles über Weston Hale in Erfahrung zu bringen. Es ist sehr wichtig«, begann Mason.

»Was ist daran so wichtig?«

»Ich bin Rechtsanwalt, und dieser Herr ist Detektiv«, fuhr Mason fort.

»Polizei oder privat?«

»Privat.«

»Wenn Sie was von Hale wissen woll'n, fragen Sie ihn selber!«

»Das tun wir, sowie wir hier fertig sind.«

»Na, machen Sie schon, kein Mensch hält Sie auf!«

»Nur langsam. Zuerst wollen wir prüfen, ob Hale auch der Mann ist, den wir suchen.« Mason sah Andover an. »Dürfen wir uns in seinem Zimmer umsehen?«

»Sicher, weshalb denn nicht ... Nein! Warten Sie mal! Teufel nochmal, nein! Ich bin krank, sonst hätte ich gleich nein gesagt. Ich habe gar kein Recht, Sie in sein Zimmer zu lassen. Er will ganz bestimmt nicht, daß Fremde in seiner Bude 'rumschnüffeln.«

»Sie können ja mit zur Tür kommen. Wir wollen nur einen Blick hineinwerfen.«

»Was suchen Sie denn?«

»Wir wollen uns ein Bild machen.«

»Warum?«

»Wir haben eine sehr wichtige Angelegenheit mit ihm zu besprechen«, antwortete Mason.

»Indem Sie nur hineinsehen, können Sie sich auch kein Bild von Hale machen«, murrte Andover. »Hale wäre bestimmt dagegen. Mir wäre es auch nicht recht. Außerdem stehe ich nicht noch mal auf. Mir geht's miserabel. Sie werden sich noch anstecken.«

»Wie lange wohnen Sie schon mit ihm zusammen?« fragte Mason ungerührt.

»Weiß nicht, vielleicht vier oder fünf Monate. Es war ein anderer hier, der ist versetzt worden. Ich bin lieber in 'ner großen Wohnung und teile mir die Miete, als in einem kleinen Loch zu wohnen. Hat Hale 'was ausgefressen?«

Mason zuckte die Achseln. »Sagen Sie, haben Sie je bemerkt, daß er eine schwarze Augenklappe trug?«

»Ich habe doch schon gesagt, ich weiß nichts von einem schlimmen Auge.«

»Hat er eine Reiseschreibmaschine?«

»Hat er.«

»Schreibt er oft darauf?«

»Ja. Sowie er nach Hause kommt, fängt er zu hämmern an. Der Bursche ist fleißig, sage ich Ihnen.«

»Wir glauben, ein Freund von ihm, ein gewisser Montrose Dewitt, ist in Schwierigkeiten«, meinte Mason. »Hale wird sich bestimmt dafür interessieren. Hat er den Namen Dewitt mal erwähnt?«

Ostentativ drehte sich Andover zur Wand um und schwieg. Die Angelegenheit schien ihn nicht mehr zu interessieren.

»Ja oder nein?« bohrte Mason.

»Nein, zum Donnerwetter!«

»Wir werden wiederkommen, wenn es Ihnen besser geht, Andover.«

»Was soll die ganze Aufregung? Was ist mit diesem Dewitt?«

»Er ist gestern nacht in Calexico ermordet worden«, entgegnete Mason ruhig.

»Ermordet!«

»Stimmt.«

»Da soll mich doch der Teufel ...« murmelte Andover.

»Dürfen wir unter diesen Umständen in Hales Zimmer sehen?«

»Unter diesen Umständen«, äffte der andere, »können Sie sich zum Teufel scheren, wenn Sie nicht mit einem Polizeibeamten aufkreuzen.« Andover wandte sich wieder Mason zu, hustete und zog die Decke hoch. »Ich warne Sie. Lassen Sie sich nicht einfallen, doch herumzuschnüffeln. Machen Sie endlich, das Sie wegkommen!«

»Vielen Dank für Ihre liebenswürdige Unterstützung, Mr. Andover. Es tut mir leid, daß Sie krank sind. Schade, daß Sie uns nicht helfen wollen.«

»Hören Sie bloß auf mit diesem Quatsch«, schimpfte Andover. »Mir ist es völlig schnuppe, ob es Ihnen leid tut oder nicht. Ohne Polizei lasse ich Sie jedenfalls nicht in sein Zimmer.«

Mason nickte Paul Drake zu. »Vielen Dank nochmals, Mr. Andover.«

»Keine Ursache«, gab der andere sarkastisch zurück.

Zusammen verließen Mason und Drake das Zimmer. Auf dem Flur blieb Drake einen Augenblick stehen und deutete mit dem Daumen auf Hales Zimmer.

Mason schüttelte den Kopf und öffnete die Korridortür. »Auf Wiedersehen, Andover«, rief er. Aber er bekam keine Antwort.

»Hale schrieb Briefe«, sagte Mason leise zu Drake. »Er muß eine Menge Antworten bekommen und sie mit Geduld aussortiert haben, bis er einen Fisch fand, nach dem er seinen Köder auswarf. Es wäre schön, wenn wir einen dieser Briefe fänden.«

»Dadurch würdest du auch nicht herausbekommen, wer ihn getötet hat«, meinte Drake.

Masons Augen waren konzentriert zusammengekniffen. »Aber es gäbe ein deutliches Bild von seinem Charakter, Paul. In einem Mordprozeß ist es oft sehr wichtig, dem Richter und den Geschworenen vor Augen halten zu können, was für eine üble Kreatur das Opfer war.«

»Gehen wir also jetzt zu Hales Firma?«

»Wir gehen hin, denn ich möchte den Grund hören, den man mir angibt, weshalb er nicht im Büro ist. Hale ist tot.«

11

Henrey T. Jasper, der Direktor der Hypotheken- und Finanzgesellschaft, empfing Perry Mason mit einem freundlichen Lächeln. »Es ist mir wirklich ein Vergnügen, Mr. Mason. Ich habe schon viel von Ihnen gehört und Ihre aufsehenerregendsten Fälle verfolgt. Ach, und Sie sind also Mr. Drake von der Drake-Detektiv-Agentur? Freut mich sehr«, meinte er zu Paul Drake gewandt. »Ich nehme an, meine Herren, Sie würden mich so spät am Nachmittag nicht mehr aufsuchen, wenn es sich nicht um etwas wirklich Wichtiges handelte.«

»Ich weiß es nicht«, antwortete Mason. »Ehrlich gestanden, mir ist vieles unklar. Ich brauche Informationen.«

»Und ich kann Ihnen dabei behilflich sein?«

»Ich glaube, ja. Was können Sie uns über Weston Hale sagen?«

»Nicht sehr viel«, antwortete Jasper lächelnd, »und zwar deshalb, weil es nicht viel über ihn zu sagen gibt. Hale ist ein stiller, ruhiger Mensch und verrichtet seine Arbeit unauffällig. Er ist einer unserer vertrauenswürdigsten Angestellten, ist über sieben Jahre bei uns, und aus dem Büro ist er einfach nicht mehr wegzudenken.«

»Können wir mit ihm sprechen?« fragte Mason.

»Selbstverständlich gern«, antwortete Jasper.

»Jetzt gleich?«

»Aber, aber, meine Herren. Es ist schon Büroschluß. Ich bin nur noch hier, weil ich eine dringende Sache zu Ende bearbeiten wollte. Natürlich sind noch ein paar Mädchen im Büro, aber... ich nehme jedenfalls an, daß Mr. Hale schon nach Hause gegangen ist. Einen Augenblick, ich werde gleich mal nachfragen.«

Jasper drückte auf einen Knopf auf seinem Schreibtisch, und einen Augenblick später ging die Tür auf, und eine ziemlich abgekämpft aussehende Frau Mitte vierzig trat ein. »Ja, bitte, Mr. Jasper?«

»Ist Hale hier?«

»Nein, Sir.«

»Ist er schon nach Haus gegangen?«

»Er war doch heute gar nicht da.«

»Wie bitte?«

Sie schüttelte den Kopf. »Er wollte nach Santa Barbara. Sie baten ihn doch, sich die Häuser anzusehen, für die Hypotheken aufgenommen werden sollen.«

»Ach, stimmt ja«, meinte Jasper. »Wir besprachen die Angelegenheit schon vor ein paar Tagen.«

»Haben Sie eine Ahnung, wo wir ihn erreichen können?« wollte Mason wissen.

Jasper wandte sich fragend an die Frau in der Tür, aber sie schüttelte den Kopf. »Ich weiß nur«, antwortete sie, »daß er in Santa Barbara ist. Wahrscheinlich wohnt er in einem Motel, denn er ist mit seinem Wagen gefahren.«

»Darf ich fragen, weshalb Sie an ihm interessiert sind, Mr. Mason?« schaltete sich Jasper wieder ein.

»Es ist eine Frage der Identität«, erwiderte Mason. »Können Sie mir sagen, ob Mr. Hale ein künstliches Auge hatte?«

Jasper lächelte und schüttelte den Kopf. »Nein, er hat zwei gesunde Augen und...«

Plötzlich brach er ab, als er das Gesicht der Büroangestellten bemerkte. »Was ist los, Miss Selma?«

»Ich habe mich manchmal gewundert«, meinte sie. »Haben Sie nie bemerkt, Sir, daß Mr. Hale immer den Kopf wendet, um etwas zu sehen? Am deutlichsten ist es, wenn er mit mehreren Leuten spricht. Er blickt dabei immer ruckartig von einem zum anderen. Das ist mir schon seit einiger Zeit aufgefallen. Ich glaubte schon, er sei schwerhörig und lese von den Lippen ab. Die Erklärung, daß er ein künstliches Auge hat, ist mir nie in den Sinn gekommen, aber jetzt, wo es erwähnt wird, kann ich es mir gut vorstellen.«

»Ist er verheiratet?« fragte Mason.

»Nein«, antwortete Jasper. »Der Mann lebt nur für seine Arbeit. Er verbringt viele seiner Abende im Büro. Hale hat ein sehr gutes Gedächtnis, und er hat es sich zum Hobby gemacht, Firmen aufzuspüren, an welchen wir vom Standpunkt einer Investition aus interessiert sind.«

Mason warf Drake einen Blick zu. »Ich glaube, das wäre alles«, meinte er. »Ich würde mich sehr gern mit Mr. Hale unterhalten. Falls er sich bei Ihnen melden sollte, würden Sie ihn bitten, daß er mich freundlicherweise anruft?«

»Oh, er ist morgen wieder hier«, versicherte Jasper, »das heißt, ich nehme es an. Es sei denn, die Situation in Santa Barbara ist komplizierter als wir dachten.«

»Wäre das möglich?«

»Selbstverständlich. Ich kann Ihnen natürlich keine Details über unsere Geschäftsabschlüsse erzählen, aber das dürfte Sie sicherlich auch gar nicht interessieren, nicht wahr?«

»Hat Hale entsprechende Erfahrungen und vor allem Vollmachten, die Sache bis ins kleinste zu bearbeiten und zu entscheiden?« erkundigte sich Mason.

Jasper lächelte. »O ja. Hale ist wie ein Jagdhund. Einmal auf die Fährte gesetzt, läßt er nicht mehr los, bis...« Er unterbrach sich und wandte sich an die Angestellte: »Das ist alles, Miss Selma. Danke. Ich wollte nur wissen, ob Mr. Hale noch da ist.«

Sie lächelte und verschwand.

»Sie waren sehr liebenswürdig, Mr. Jasper«, meinte Mason.

»Ich werde Mr. Hale ausrichten, daß er sich mit Ihnen in Verbindung setzen soll«, versprach Jasper. »Nachdem Sie sich persönlich herbemüht haben, muß es sich ja um etwas Außergewöhnliches handeln.«

»Ja, so könnte man es nennen«, antwortete Mason ausweichend. »Ach, übrigens, hatte Mr. Hale einen Bruder? Vielleicht sogar einen Zwillingsbruder?«

»Nicht, daß ich es wüßte. Ich habe ihn niemals derartiges erwähnen hören. Er... sagten Sie eben hatte?«

Mason nickte.

»Was soll das heißen?«

»Es besteht die Möglichkeit, daß ein Mann, der gestern nacht in einem Motel in Calexico starb, mit Mr. Hale verwandt war.«

»Oh. Nein, ich glaube nicht, daß Hale Verwandte hat, jedenfalls nicht in diesem Teil unseres Landes.«

»Wenn das zutrifft«, sagte Mason, »und Hale keinen Zwillingsbruder hat, handelt es sich bei der Leiche in Calexico mit größter Wahrscheinlichkeit um Weston Hale selbst.«

»Was!« rief Jasper ungläubig aus.

»Ich erwähne nur Möglichkeiten«, betonte Mason. »Bis jetzt kann ich noch keine Feststellungen treffen, und mein Besuch war rein informatorischer Natur.«

»Aber... aber Sie müssen doch einen Grund für diese Annahme haben«, stotterte Jasper.

»Ich wünschte, ich hätte ihn«, erwiderte der Anwalt. »Im Moment verfolge ich lediglich eine Spur. Wissen Sie zufällig, ob Hale mit einem Montrose Dewitt verwandt ist?«

»Dewitt... Dewitt«, wiederholte Jasper. »Der Name kommt mir irgendwie bekannt vor, aber ich weiß im Moment nicht mehr, wo ich ihn gehört habe.«

»Na, das macht nichts«, meinte Mason. »Die Situation wird sich zweifellos sehr bald klären, jedenfalls in dem Moment, wenn ich eine Chance hatte, mit Mr. Hale zu sprechen. Verbindlichen Dank für Ihr Entgegenkommen, Mr. Jasper.«

Drake und Mason schüttelten Jasper die Hand und verließen sein Büro.

Der Direktor der Gesellschaft blieb mit nachdenklichem Gesicht vor seinem Schreibtisch stehen.

»Mir scheint«, sagte Mason, als sie das Gebäude verlassen hatten, »daß wir goldrichtig liegen.«

»Die Richtung mag schon stimmen«, warf Drake ein, »aber wie weit werden wir noch gehen?«

»Bis zum Ende unserer Spur«, versicherte ihm Mason.

Drake blieb pessimistisch. »Und wenn es eine Sackgasse ist?«

Mason hatte ihn scheinbar nicht gehört. Sein Gesichtsausdruck verriet äußerste Konzentration. Schweigend fuhren sie ins Büro zurück.

Als sie den Fahrstuhl verlassen hatten und Drake die Tür zu seiner Agentur aufschloß, blieb Mason einen Augenblick stehen. »Ich bleibe mit dir in Verbindung, Paul, und...«

Drakes Telefonistin unterbrach ihn: »Ich habe eine Nachricht für Sie, Mr. Mason.«

Mason betrat das Büro.

»Miss Street läßt Sie bitten, sie anzurufen, bevor Sie in Ihr Büro gehen.«

»Gut. Verbinden Sie mich. Welches Telefon kann ich benutzen?«

»Das dort drüben auf dem Schreibtisch, bitte.«

»Wahrscheinlich sitzt jemand in deinem Büro«, meinte Drake, »und Della will dir vorher einen Tip geben.«

Mason schüttelte den Kopf. »Die Polizei kann es nicht sein. Die würden Della nicht einen Augenblick allein lassen.«

Als die Telefonistin die Verbindung hergestellt hatte, hörte Mason Della flüstern: »Sie haben Besuch, Chef. Ich dachte, Sie wüßten es gern, bevor Sie ins Büro kommen.«

»Wer?«

»Einer davon ist Ihr Freund George Latty.«

»Und der andere?«

»Der heißt Baldwin L. Marshall und ist District Attorney des Imperial County.«

»Ein etwas ungleiches Paar«, meinte Mason. »Sind sie im gleichen Lager?«

»Das ist etwas schwierig zu sagen«, antwortete Della, »aber ich glaube, ja. Latty hat etwas auf dem Herzen, aber es scheint, als habe er sich mit dem District Attorney schon darüber geeinigt.«

»Was für ein Typ ist er?«

»Mitte dreißig, ziemlich aufgeräumt, rötliches Haar, blaue Augen, nervöse Bewegungen und sehr aggressiv.«

»Wie groß?«

»Vielleicht einsachtzig, sehr schlank, nervös, fahrig und... nun, gefährlich, wenn Sie verstehen, was ich meine.«

»Ich verstehe«, sagte Mason. »Ich werde in ein paar Minuten drüben sein. Irre ich mich, oder ist Marshall voreingenommen?«

»Er gibt sich jedenfalls sehr, sehr förmlich.«

»Latty muß ihm etwas erzählt haben«, meinte Mason. »Die Frage ist nur: was und wieviel. Gut, Della, lassen Sie nicht durchblicken, daß ich Bescheid weiß. Ich bin in ein paar Minuten da. Wo sitzen die beiden?«

»In der Bibliothek.«

»Und von wo aus sprechen Sie?«

»Aus der Vermittlung.«

»Fein. Gehen Sie ins Büro, und lassen Sie die Tür zur Bibliothek offen.«

»Ist sie schon. Der District Attorney hat sie geöffnet.«

»Wunderbar. Ich komme vom Korridor her, und sowie ich eintrete, können Sie mit Ihrer Show beginnen.«

»Welche Show?«

»Sie brauchen nur abzuwarten, was ich sage.«

Mason legte den Hörer auf. »Paul«, fragte er, »was zum Teufel könnte George Latty mit dem District Attorney vom Imperial County besprochen haben, was mich in die Bredouille bringt?«

»Na ja, zum Beispiel die Wahrheit.«

Mason lächelte. »Aber wieviel davon?«

»Wieviel könntest du vertragen?« fragte Drake.

Mason lächelte. »Ich werde mal hinübergehen und hören, was die Herrschaften wollen.«

»Soll ich mitkommen, Perry?«

Mason schüttelte den Kopf. »Nein, kümmere dich um Howland Brent, und sowie George Latty mein Büro verläßt, läßt du ihn beschatten. Der junge Mann ist mir eine Idee zu aktiv. Das gefällt mir nicht.«

Langsam, so als habe er sehr viel Zeit, schlenderte Mason den Korridor zu seinem Büro entlang, blieb kurz vor der Tür, an der PERRY MASON – *Privat* stand, stehen und trat dann ein.

Della Street war gerade damit beschäftigt, die Post zu sortieren.

»Hallo, Della!« rief Mason. »Feierabend. Gibt's noch was Neues?«

»Sie haben Besuch, Mr. Mason«, antwortete Della. »Mr. Latty und Mr. Baldwin Marshall sind da.«

»So so, Latty«, meinte Mason. »Der Junge kommt herum. Was möchte er, und wer ist Mr. Marshall?«

»Der District Attorney vom Imperial County. Die Herren sitzen in der Bibilothek«, sagte Della und deutete auf die geöffnete Tür.

»Dann wollen wir sie nicht länger warten lassen. Führen Sie sie bitte herein, Della.«

Er ging zu seinem Schreibtisch hinüber, als die beiden erschienen. Marshall marschierte voraus. Latty, so als habe er ein wenig Angst, hinterdrein.

Mason ging auf Marshall zu. »Sie sind Mr. Marshall, nehme ich an.«

»Stimmt«, antwortete der District Attorney und streckte die Hand aus. »Latty kennen Sie ja schon.«

»Das kann man wohl sagen«, meinte Mason. »Sowie ich mich umdrehe, steht er mir im Weg. Was verschafft mir die Ehre?«

»Sie vertreten Lorraine Elmore, nicht wahr?«

Mason nickte.

»Montrose Dewitt ist in Calexico ermordet worden«, sagte Marshall, »und wir möchten Mrs. Elmore verhören. Wir...«

»Ermordet!« rief Mason aus.

»Ich glaube, ja«, antwortete Marshall. »Ich will natürlich offen zu Ihnen sein, Mr. Mason. Wir arbeiten hauptsächlich auf Grund von Indizienbeweisen. Leider ist der Fall ein wenig verworren. Es gibt da Dinge, die ich, ehrlich gestanden, nicht verstehe. Mrs. Elmore scheint bei der ganzen Sache eine ziemlich bedeutsame Rolle zu spielen. Es bestehen ernsthafte Widersprüche zwischen ihrer Aussage und den Tatsachen.«

»Wem gegenüber hat sie eine Aussage gemacht?« fragte Mason interessiert.

»Ihnen.«

Mason hob erstaunt die Augenbrauen.

»Ich habe viel von Ihnen gehört, Mr. Mason«, fuhr Marshall fort. »Sie sollen ein gefährlicher Gegner sein, der einen in Stücke zerreißen kann. Sie haben jahrelange Erfahrung hinter sich und sind ein Genie auf dem Gebiet der Gerichtsstrategie.

Ich dagegen bin nur ein District Attorney aus einem Kuhdorf. Trotzdem kann ich Ihnen eines jetzt schon versichern: Ich habe weder Angst vor Ihnen, noch werden Sie mich an der Nase herumführen.«

»Das ist höchst empfehlenswert«, meinte Mason trocken. »Wie wär's, wenn Sie mir jetzt erklären, was das alles bedeuten soll.«

»Mr. Latty hier«, begann Marshall, »hat ein paar Dinge auf dem Gewissen.«

Mason betrachtete Latty neugierig. »Und damit kam er zu Ihnen?«

»Nein«, antwortete Marshall, »ich ging zu ihm. Latty hat eine Weile versucht, das, was er wußte, zu verschweigen. Aber ich hatte gleich das Gefühl, er halte etwas zurück und ... nun, ehrlich gesagt, ich habe ein wenig Druck auf ihn ausgeübt, genau, wie ich Druck auf Sie ausüben werde.«

»Auf mich?«

»Genau. Ich sagte Ihnen schon, daß ich zwar nicht Ihre Erfahrung besitze, Mr. Mason, aber ich habe das Gesetz auf meiner Seite und überdies die Mehrheit der Wähler im Imperial County im Rücken. Wenn es zu einem Kampf kommt, werden Sie vielleicht ein Rededuell gewinnen, aber, bei Gott, den Prozeß werden Sie verlieren. Ihr Ruf schreckt mich nämlich nicht die Bohne.«

»Das soll er auch nicht«, versicherte ihm Mason. Dann wandte er sich an George Latty: »Was haben Sie denn zurückgehalten, George?«

»Einen Moment mal«, fuhr Marshall dazwischen. »Das Reden hier besorge ich. Sie werden Latty wahrscheinlich ins Kreuzverhör nehmen, also werde ich Ihnen gleich sagen, was ich weiß. Und dann verrate ich Ihnen noch, was ich alles wissen will. Aber Latty wird still sein.« Marshall blickte Latty an. »Haben Sie mich verstanden?«

Latty nickte.

»Mrs. Elmore hat Ihnen eine Geschichte erzählt, Mr. Mason, wonach sie ihren Wagen auf eine Nebenstraße gefahren habe. Irgend jemand hätte dann Montrose Dewitt aus dem Auto gezogen und ihn totgeschlagen. Dann wäre der betreffende zurückgekommen und habe ihr befohlen, mit dem Wagen weiterzufahren, bis sie im Sand steckenblieb.«

»Das soll sie mir erzählt haben?«

»Ja.«

»Darf ich nach der Quelle Ihrer Information fragen?«

»Fragen können Sie«, antwortete Marshall lächelnd, »aber Sie werden keine Antwort bekommen. Mich interessiert lediglich, ob sie das zu Ihnen gesagt hat oder nicht.«

»Setzen Sie sich doch. Machen Sie es sich bequem«, meinte Mason freundlich. »Offenbar wird dies ein längeres Interview und ...«

»Das macht nichts. Ich stehe gern«, antwortete Marshall. »Und von meiner Seite aus fasse ich mich so kurz wie möglich. Bitte, beantworten Sie meine Frage: Hat sie Ihnen das erzählt oder nicht?«

»Ich vertrete Mrs. Elmore. Sie ist meine Klientin«, antwortete Mason lächelnd.

»Da sagen Sie mir nichts Neues.«

»Aus diesem Grunde«, fuhr Mason fort, »wäre jede Mitteilung, die sie mir gemacht hat, vertraulich. Ich dürfte sie gar nicht wiederholen.«

»Aber Sie können mir doch sagen, ob Mrs. Elmore das Opfer eines Überfalls geworden ist oder nicht«, beharrte Marshall.

»Ich fürchte, nicht einmal das kann ich Ihnen sagen.«

»Und warum nicht?«

»Bis jetzt stammt alles und jedes, was ich über diesen Fall weiß, aus Informationsquellen, die ich als vertraulich betrachte.«

»Also gut«, meinte Marshall, »dann werde ich noch einen Schritt weitergehen müssen. Sie waren heute morgen mit einem gecharterten Flugzeug in Calexico. Der Pilot wurde von Ihnen veranlaßt, solange östlich der Stadt zu fliegen, bis Sie ein Auto entdeckten, das im Sand steckte. Dann erst flogen Sie zum Flugplatz zurück.«

»Und darf ich fragen, woher Sie diese Information haben«, erkundigte sich Mason.

»Ich werde nicht derjenige sein, der alle Antworten gibt«, brummte Marshall.

Mason lächelte. »Ich hoffte, Sie werden mir mit gutem Beispiel vorangehen.«

»Na gut. Ich habe am Flugplatz nachgefragt, mir die Nummer der Maschine besorgt und mich mit dem Piloten in Verbindung gesetzt.«

»Sie scheinen ja sehr aktiv gewesen zu sein«, lobte Mason.

»Ich versuche immer, einer Spur zu folgen, solange sie noch frisch ist«, konterte Marshall.

»Außerordentlich empfehlenswert.«

»Sagen Sie, Mason, müssen wir Feinde sein?« fragte Marshall.

»Das liegt an Ihnen«, antwortete Mason. »Solange Sie gegen meine Klientin keine Anklage erheben, besteht kein Grund dazu, daß wir gegensätzliche Lager einnehmen müssen.«

»Ich habe nicht vor, sie anzuklagen, wenn sie unschuldig ist.«

»Sehr vernünftig.«

»Aber wenn ich nicht ein paar zufriedenstellende Antworten auf meine Fragen bekomme, muß ich sie zumindest als wichtige Zeugin festhalten.«

»Das würde ihr Grund geben, eine Bürgschaft in der vom Gericht festzulegenden Höhe zu hinterlegen.«

»In diesem Fall müßte ich weitergehen und sie zum Zwecke des Verhörs festhalten.«

»Ja dann«, meinte Mason lächelnd, »müßte ich wohl mit der Habeaskorpusakte kontern und Sie zwingen, Mrs. Elmore entweder formell anzuklagen oder auf freien Fuß zu setzen.«

»Dann müßte ich sie eben anklagen«, versetzte Marshall grimmig.
»Damit wären wir also Gegner«, konstatierte Mason.
»Ich gehe noch einen Schritt weiter«, sagte der District Attorney. »Ich habe Grund zu der Annahme, daß Sie, nachdem Sie das Auto aus der Luft erkannten, mit einem Wagen hinausfuhren und den Wagen untersuchten. Der betreffende Wagen hat eine Zulassungsnummer aus dem Staate Massachusetts und gehört Ihrer Klientin. Ich habe ferner Grund anzunehmen, daß Sie Beweismaterial mitnahmen, damit es die Behörden nicht finden. Vielleicht haben Sie sogar absichtlich etwas hinterlassen, in der Hoffnung, die Polizei würde das als Beweismaterial ansehen.«
»Wäre das nicht gesetzwidrig?« fragte Mason scheinbar erstaunt.
»Das kann man wohl sagen.«
»Trotzdem nehmen Sie es von mir an?«
»Ich will es mal anders formulieren«, meinte Marshall. »Es gibt Dinge, die darauf hindeuten, daß es so war.«
Mason schwieg.
»Haben Sie es getan?«
»Nein.«
»Wollen Sie damit behaupten, Sie hätten sich das Auto gar nicht angesehen?«
»Das habe ich ja nicht gesagt«, antwortete Mason.
»Aber Sie sagten doch eben nein.«
»Und ich meinte auch nein.«
Marshall seufzte. »Ich sehe schon, so kommen wir nicht weiter«, meinte er. »Ich werde meine Fragen aufgliedern. Sind Sie zu der Stelle hinausgefahren, wo der Wagen im Sand steckte?«
»Kein Kommentar.«
»Nahmen Sie etwas aus dem Wagen mit?«
»Kein Kommentar.«
»Legten oder stellten Sie etwas hinein?«
»Kein Kommentar.«
»Na gut. Das ist alles, was ich wissen wollte. Ich wollte nur erfahren, ob Sie auf meiner Seite sind. Sie widersetzen sich. Ich will Ihnen mal was sagen, Mr. Mason: Ich hatte vor, Sie zu unterstützen. Ich wollte auch Ihrer Klientin helfen. Aber Sie weigern sich, mit mir zusammenzuarbeiten. Daher habe ich keinerlei Veranlassung, Rücksicht auf Sie zu nehmen. Vergessen Sie eines nicht: der Gerichtsstand ist nicht Los Angeles. Sie haben es auch nicht mit der hiesigen Polizei zu tun. Bei mir zu Hause sind Sie nichts weiter als ein fremder Anwalt. Ich kann Ihnen die Hölle heiß machen, und ich werde es tun.«

»Bitte sehr«, entgegnete Mason liebenswürdig, »lassen Sie sich nicht aufhalten. Ich kann Hitze vertragen. Dann bleibe ich wenigstens in Übung.«

»Worauf Sie sich verlassen können«, versicherte Marshall grimmig, drehte sich auf dem Absatz um und wandte sich an Latty: »Kommen Sie, George!«

»Einen Augenblick noch!« rief ihm Mason nach. »Haben Sie im Ernst erwartet, daß ich diese Fragen beantworte, Marshall?«

»Nein.«

»Weshalb sind Sie dann überhaupt gekommen?«

»Nur so. Ich möchte, daß die Zeitungen bei mir zu Hause ihren Lesern berichten können, daß ich herkam, um Ihnen Fragen zu stellen, daß Sie jedoch die Antworten verweigerten.«

»Ach so.«

»Jetzt wissen Sie's«, knurrte Marshall und begleitete George Latty hinaus.

»Rufen Sie Crowder an«, bat Mason Della Street, als sie wieder allein waren.

Della stellte die Verbindung her und nickte Mason zu.

»Duncan, hier ist Perry Mason. Ich hatte soeben offiziellen Besuch von Ihrem District Attorney. Irgend jemand hat gequatscht.«

»Nein!«

»Doch, und ich muß wissen, wer es war.«

»Können Sie mir mehr darüber sagen, Mr. Mason?«

»Besteht die Möglichkeit, daß Ihre Leitung angezapft ist?« fragte Mason.

»Verdammt, ja«, antwortete Crowder. »Es wird zwar von offizieller Seite aus immer wieder betont, daß es unstatthaft sei, aber ich weiß aus sicherer Quelle, daß es Tausende von angezapften Leitungen gibt. Ihre und meine könnten auch dabeisein.«

»Also gut«, meinte Mason, »ich werde Ihnen Fragen stellen. Hat Dr. Kettle zu irgend jemand gesprochen?«

»Worüber?«

»Über etwas, was ihm seine Patientin erzählt haben könnte?«

»Das kann ich mit einem absoluten Nein beantworten. So etwas würde er niemals tun.«

»Wie steht's mit Ihnen? Haben Sie sich mit jemand darüber unterhalten?«

»Lächerlich.«

»Ich meine, auch vertraulich nicht?«

»Ich sagte nein, Mr. Mason.«

»Ich hatte in dem Motel Zimmer 9«, fuhr Mason fort. »Della hatte

Nummer 7. Howland Brent hatte 11, er war also mein Zimmernachbar. Ich habe gehört, daß die Wände in dem Motel sehr dünn sein sollen. Fahren Sie hinaus, und mieten Sie die Zimmer 9 und 11 und testen Sie, ob man Gespräche von einem Zimmer zum anderen hinüberhören kann.«

»In Ordnung«, antwortete Crowder, »ich werde mich gleich darum kümmern.«

»Fein. Ich will wissen, ob Brent vielleicht dahintersteckt. Beeilen Sie sich, ich warte im Büro auf Ihren Rückruf.«

»Wird gemacht«, versprach Duncan Crowder. »Ich werde jemand mitnehmen, um zu sehen, wie deutlich man die Stimmen erkennen kann. Möchten Sie, daß ich ein Tonband benutze und einen formellen Test veranstalte?«

»Nein, das ist nicht notwendig. Ich will es nur für mich persönlich verwenden.«

»Also gut. Bleiben Sie im Büro. Ich rufe zurück.«

Mason legte auf.

»Was kann er tun?« fragte Della.

»Crowder?«

»Nein, Marshall.«

»Er kann reden«, antwortete Mason. »Das hat er schon getan. Er kann drohen. Auch das hat er schon getan. Er kann auch unsere Klientin verhaften oder ihr eine Zeugenladung schicken, so daß sie vor dem Schwurgericht erscheinen muß. Er hat den Mund ziemlich vollgenommen, als er sich auf das Gesetz berief. Ja, Della, er kann alles tun, was ihm das Gesetz gestattet, und er kann auch ein paar Dinge probieren, mit denen das Gesetz nicht einverstanden ist... Was zum Teufel, Della, glauben Sie, hat Latty ihm erzählt? Was könnte er auf dem Gewissen gehabt haben?«

»Das weiß der Himmel«, antwortete Della Street.

»Na ja«, meinte Mason, »Paul Drake wird einen Schatten ansetzen, sobald er dieses Gebäude verläßt. Vielleicht erfahren wir dadurch etwas mehr. Stellen Sie doch ein wenig Kaffeewasser auf, Della. Wir können bis zum Rückruf Crowders nichts unternehmen.«

»Ich könnte mir vorstellen, daß das nicht lange dauern wird«, meinte Della.

Mason nickte und lächelte.

Della brühte Kaffee auf und brachte eine Schachtel Keks zum Vorschein. Mit einem Seufzer lehnte sich Mason in seinem Stuhl zurück. »Das ist ein schöner, langer Tag gewesen«, meinte er.

»Und auch eine schöne, lange Nacht«, ergänzte Della trocken. »Wir haben verflixt wenig Schlaf gekriegt.«

Mason nickte. »Nicht zu ändern.« Er trank seinen Kaffee aus, gähnte und schlief fast augenblicklich ein.

Della ließ ihn ruhen, bis Crowders Anruf kam. Dann stieß sie ihn an. »Duncan Crowder ist am Apparat, Chef.«

Mason nahm den Hörer ab und deutete Della an, auch mitzuhören.

»Also Duncan«, meldete er sich, »was haben Sie herausgefunden?«

»Eine ganze Menge«, antwortete der junge Anwalt. »Zwischen 9 und 11 ist nur eine dünne Tür. Wenn man das Ohr daranlegt, kann man eine in gewöhnlicher Lautstärke geführte Unterhaltung mit anhören, vorausgesetzt, daß es draußen ruhig ist. Dann ist jedes Wort deutlich zu verstehen.«

»Ich glaube, das war's«, sagte Mason. »Wie steht's mit den Zimmern 12 und 14?«

»Die gleiche Situation«, berichtete Crowder. »Ich habe dort natürlich keinen Test ausgeführt, aber ich habe mir den Plan angesehen und festgestellt, daß auch diese Zimmer als Einzel oder Doppel vermietet werden können.«

»Fein, Duncan«, meinte Mason. »Wir stehen also bereits im Kampf. Sowie Sie Dr. Kettle erreichen, hinterlassen Sie eine Nachricht für Mrs. Elmore. Sagen Sie ihr, daß sie keine Frage zu beantworten hat und daß sie unter keinen Umständen irgend jemand gegenüber eine Aussage machen darf.«

»In Ordnung.«

»Und noch eines, Duncan. Mrs. Elmore muß diese Nachricht erhalten, bevor District Attorney Marshall wieder in seinem Büro ist. Noch besser wäre es, bevor er Gelegenheit hat, mit dem Sheriff zu telefonieren.«

»Wird gemacht«, antwortete Crowder und hängte ein.

12

Am nächsten Morgen um neun Uhr schloß Perry Mason die Tür zu seinem Privatbüro auf, lächelte Della Street an und meinte zur Begrüßung: »Das ist ein Wetter heute, was?«

»Kann man wohl sagen«, erwiderte sie heiter.

»Was gibt's Neues?«

»Vor ungefähr fünf Minuten rief Duncan Crowder an. Sie möchten ihn gleich zurückrufen.«

»Fein. Verbinden Sie, Della. Was haben wir von Paul Drake gehört?«

»Paul möchte persönlich Bericht erstatten. Er hatte mehrere Männer im Einsatz und besitzt Informationen, die er, wie er sich ausdrückte, rätselhaft findet.«

»Sonst noch etwas?«

»Linda Calhoun rief an. Sie möchte wissen, wo ihr Freund ist.«

»Wo steckt Linda?«

»In Calexico.«

»Es braut sich etwas zusammen«, prophezeite Mason. »Beginnen wir mit Crowder.«

Ein paar Minuten später war die Verbindung hergestellt.

»Duncan? Hier spricht Perry Mason. Was gibt's bei Ihnen?«

»Allerhand«, erwiderte Crowder. »Mein hochgeschätzter Zeitgenosse Baldwin L. Marshall scheint darauf aus zu sein, in die Geschichte eingehen zu wollen.«

»Wieso?«

»Er macht allerhand Spektakel, daß er als Ortsansässiger aus dem kleinen Nest es mit dem berühmten Strafverteidiger aus der Großstadt aufnimmt. So wie David und Goliath.«

»Wo verbreitet er diesen Quatsch?« forschte Mason.

»In den Zeitungen.«

»Berichte?«

»Nicht direkt Berichte, aber Reportagen über die Arbeit unseres furchtlosen Anklägers und Mitteilungen der Behörden. Der *Sentinel*, eine Zeitung, die bei seiner Wahl tüchtig mitgeholfen hat, widmet ihm täglich einen Aufmacher.«

»Ist das eine Calexico-Zeitung?«

»Nein, sie erscheint in El Centro, der Kreisstadt.«

»Was steht drinn?«

»Der David aus dem Imperial County mißt sich mit dem Goliath aus Los Angeles. Sie machen auf Lokalpatriotismus.«

»Interessant. Ich glaube, dieser Marshall ist gefährlich, wie?« fragte Mason.

»Gefährlich und ehrgeizig.«

»Was noch?«

»Die Hauptverdächtige ist zur Zeit Lorraine Elmore. Marshall behauptet zwar nicht, daß sie rauschgiftsüchtig sei, aber er hat den Reportern gegenüber ziemlich klar zum Ausdruck gebracht, daß sie ständig starke Schlafmittel nimmt und daß sie einen Vierteljahresvorrat mit sich herumschleppt. Zu Ihrer Information, Mr. Mason: Die Polizei versucht, die Herkunft dieser Medikamente festzustellen. Lorraine Elmore soll zwischen ihrer Abreise aus Boston und ihrer Ankunft in Calexico sieben Kapseln genommen haben. In der Mordnacht nahm sie eine Kapsel, eine wurde auf dem Vordersitz ihres

Wagens gefunden. Ungefähr neun Kapseln fehlen, und ihr Verbleib kann nicht nachgewiesen werden. In dem Whisky, den man in Montrose Dewitts Koffer fand, war eine überstarke Dosis Schlafmittel enthalten. Die Behörden glauben ferner, daß Lorraine Elmore auf Veranlassung von Ihnen in die Obhut eines Internisten gebracht wurde, und daß auch Sie dahinterstecken, daß sie keine Besucher empfangen darf.

Baldwin Marshall, unser kämpfender David, soll Beweise dafür in der Hand haben, daß Sie Schritte unternahmen, um zu verhindern, daß Mrs. Elmore verhört wird. Das hätten Sie getan, als Sie erfuhren, daß ihre Aussage in völligem Widerspruch mit den effektiven Tatsachen steht.«

»Ist ja interessant«, sagte Mason. »Es sieht fast so aus, als ob der Prozeß in der Presse geführt wird.«

»Sagen Sie das bloß nicht laut«, warnte Crowder. »Marshall lehnt angeblich jede Art von Publicity ab. Aber er ist der Meinung, so behauptet er wenigstens, daß die Öffentlichkeit ein Recht habe zu erfahren, was getan wird, um einen mysteriösen Todesfall, der mehr und mehr nach Mord aussieht, aufzuklären.«

»Steht etwas von der großen Summe Bargeld in den Zeitungen, ich meine von dem Geld, das Mrs. Elmore bei sich hatte?«

»Nein. Die Zeitung schreibt, daß Marshall seinen engsten Freunden anvertraute, er denke nicht daran, sich an der Nase herumführen zu lassen. Diese Taktiken mögen wohl in den großen Städten wirken, aber in einer gesetzesachtenden ländlichen Gemeinde ginge so etwas nicht. Er will Lorraine Elmore um zehn Uhr zum Verhör bestellen. Wenn Dr. Kettle immer noch darauf bestehen sollte, sie wäre außerstande, eine Aussage zu machen, würde Marshall vom Gericht verlangen, einen Amtsarzt hinzuzuziehen. Darüber hinaus will er ihr eine Zeugenladung schicken und sie auffordern, vor dem Schwurgericht zu erscheinen.«

»Haben Sie unserer Mandantin klargemacht, daß sie den Mund halten muß?«

»Ja. Ich habe ihr eingehämmert, nicht einmal Auskunft über die Uhrzeit zu geben.«

»Können wir uns auf sie verlassen?«

»Ehrlich gestanden, Mr. Mason, ich weiß es nicht«, antwortete Duncan Crowder. »Ich habe es auch über Linda Calhoun veranlaßt. Linda ist ein sehr vernünftiges Mädchen, das mit beiden Beinen auf dem Boden der Tatsachen steht.«

»Fein«, meinte Mason. »Sorgen Sie dafür, daß Dr. Kettle seinen Hals nicht zu weit vorstreckt. Mrs. Elmore wird jetzt also nicht mehr auf Anraten ihres Arztes, sondern ihrer Anwälte schweigen.«

»Das bedeutet, daß Marshall sie verhaften und wegen Mordes anklagen wird.«

»Das tut er so oder so. Hören Sie zu, Duncan, ich möchte Sie um folgendes bitten: wenn wir den Prozeß schon in der Presse führen, will ich, daß wir auch ein bißchen mitmischen.«

»Verstehe. Was soll ich machen?«

»Rufen Sie Mrs. Elmores Arzt in Boston an. Interviewen Sie ihn. Und danach geben Sie als der örtliche Verteidiger eine Erklärung an die Presse. Ich möchte, daß die Leute merken, daß es einen einheimischen Verteidiger gibt.«

»Das habe ich mir schon gedacht«, meinte Crowder. »Was sonst noch? Was mache ich mit dem Arzt aus Boston?«

»Sie weisen darauf hin, daß Lorraine Elmore in einem Alter ist, wo sie noch nicht mit allen Lebensfreuden abgeschlossen hat, daß sie in einer Kleinstadt wohnte, wo die Nachbarn ihr mit dem Mitleid, sie sei eine noch relativ junge und attraktive Witwe, ständig in den Ohren lagen, daß sie dort keinen Mann gefunden habe und dadurch verbittert und nervös wurde. Wir wären überzeugt, daß er ihr deshalb für den Tag Beruhigungs- und für die Nacht Schlafmittel verschrieben habe. Als sie auf die Reise ging, war ihre größte Sorge, daß sie unterwegs ohne Medikamente dastehen könnte. Also gab er ihr eine größere Menge, denn er wußte ja, daß sie keine Selbstmordabsichten hatte. Er kannte auch ihr Temperament und wußte, daß sie außer sich geriet, wenn sie ihre Mittel nicht bei sich hatte. So müssen Sie es ihm schildern, Duncan. Der Arzt kennt Mrs. Elmores Charakter und ihren Ruf. Sie ist eine durchaus vernünftige Frau, und er sah keinerlei Risiko, ihr diese Menge zu verschreiben.«

»Glauben Sie, er wird mir das bestätigen?«

»Selbstverständlich. Er muß es sogar, sonst sitzt nämlich er in der Klemme. Sie müssen zum Ausdruck bringen, Duncan, daß die Presse darauf aus ist, ihn fertigzumachen, und daß wir wollen, daß die Zeitungen die wahren Fakten vorher erfahren.«

»Und dann lege ich ihm die Hintergründe in den Mund? Haben Sie es so gemeint?«

»Sicher. Fällt Ihnen eine logischere Erklärung ein?«

»Ich würde nicht einmal versuchen nachzudenken«, meinte Crowder bescheiden.

Mason lachend. »Fein, Duncan. An die Arbeit. Und wenn die Gegenseite den Prozeß in der Presse breittreten will, werden auch wir der Öffentlichkeit ein wenig Aufklärung zugunsten unserer Klientin geben. Sie ist eine arme, durcheinandergebrachte, verbitterte Witwe, deren Lebenshoffnung gerade wieder angefangen hatte, aber durch die grausame Hand des Todes jählings zerstört wurde. Logisch, daß sie niedergeschlagen ist. Ein Wunder ist es nur, daß sie noch einen Rest gesunden Verstand behalten hat.«

»Habe verstanden, Mr. Mason. Sie wollen es dick auftragen.«

»Noch dicker.«

»Wird besorgt«, versprach Crowder und legte auf.

Mason lächelte Della zu und meinte: »Wenn Marshall Kampf will, werden wir dieselbe Sprache sprechen. Pressewirbel kann man nämlich von zwei Seiten veranstalten. Und jetzt wollen wir mal sehen, was uns Paul Neues zu bieten hat.«

Della telefonierte, und in weniger als einer Minute ertönte schon Drakes Klopfzeichen an der Tür.

Della ließ den Detektiv herein.

»Guten Morgen, schönes Kind«, rief Drake heiter. »Wie geht's euch beiden an diesem wunderbaren Morgen?«

»Ausgezeichnet«, antwortete Mason. »Der District Attorney ist auf Angriff aus. Er spielt den Lokalpatrioten. Er vertritt die Gemeinde, ich die Großstadtangeber. Wir werden den Kampf vor einem Geschworenengericht austragen, das aus Imperial-County-Bauern und Geschäftsleuten besteht.«

»Aber du hast doch einen Verteidiger von dort bei dir?«

»Den zählt man dort nicht«, erklärte Mason. »Der Krieg findet zwischen dem großartigen, gewissenhaften, jungen District Attorney statt, der voller ländlicher Reinheit dasteht, und dem ausgekochten Stadtanwalt, der sicherlich jeden Trick des Gesetzbuches anwendet. Darüber hinaus ist unsere Klientin eine Rauschgiftsüchtige, die man bedauern muß. Aber das rechtfertigt natürlich noch keinen Mord.«

»Wie interessant«, meinte Drake.

»Ich kann mir nicht vorstellen«, fuhr Mason fort, »woraufhin die sich einbilden, einen Prozeß gegen Lorraine Elmore führen zu können. Wenn sie ihre Geschichte erzählt hätte, könnte ich es eher verstehen. Aber sie hat geschwiegen.«

»Aber die Behörden kennen die Story, oder?«

»Leider. Das haben wir den dünnen Wänden des Palm Court Motels in Calexico zu verdanken. Trotzdem verstehe ich immer noch nicht, worauf die Polizei hinauswill.«

Drake blickte Mason fragend an.

»Der District Attorney müßte eigentlich vorsichtig sein und auf dem Standpunkt stehen, daß es noch zu früh sei, um Behauptungen in bezug auf das, was wirklich geschehen ist, aufzustellen. Aber er will Lorraine Elmore verhören. Und die Tatsache, daß sie einen Anwalt hat, der versucht, ein Verhör zu verhindern, ist verdächtig.

Wenn er diesen Standpunkt einnehmen würde, könnte er mich unter Druck setzen. Statt dessen tut er so, als hätte er alle Beweise gegen sie in der Hand und beginnt bereits, eine für ihn günstige Auswahl von Geschworenen zu treffen, indem er seine Informationen laufend an die Presse gibt.«

»Nun, das kannst du ihm nicht übelnehmen, Perry«, sagte Drake. »Schließlich will er den Prozeß gewinnen.«

»Ich auch«, antwortete Mason, und seine Augen blitzten. »Aber was ist mit den Leuten, die du beschattet hast? Irgend etwas Neues in dieser Richtung?«

»Halt dich fest, Perry. Ich habe eine Überraschung für dich.«

»Was?«

»Nun, sagen wir einmal, zwei Überraschungen.«

»Spann mich nicht auf die Folter.«

»Fangen wir bei Howland Brent an. Er ist wirklich ein netter, ruhiger, konservativer Geschäftsmann, nicht wahr? Rate mal, was er tut? Er stellt Las Vegas auf den Kopf.«

»Las Vegas, Nevada?« rief Mason ungläubig aus.

»Genau. Er fuhr mit einem gemieteten Wagen nach Palm Springs, nahm dort ein Flugzeug und flog nach Las Vegas. Dann ging's richtig los.«

»Was heißt das, es ging los?«

»Er spielte wie ein Besessener und hatte obendrein auch noch Glück.«

»Nein!«

»Wirklich, er gewann.«

»Siehst du, Paul«, meinte Mason nachdenklich. »Man kann sich in diesen konservativen Leuten aus dem Osten gewaltig täuschen. Alle haben das Bedürfnis, einmal den Wilden Westen zu erleben. Wieviel hat er gewonnen?«

»Soweit ich feststellen konnte, ungefähr fünfunddreißigtausend Dollar.«

Mason stieß einen Pfiff aus.

»Er hat auch wie ein Wahnsinniger gespielt. Und plötzlich begann seine Pechsträhne. Er begann zu verlieren. Er hat dann sofort aufgehört. Nicht einmal ein Zehncentstück hat er in einen Automaten geworfen.«

»Wo steckt er jetzt?«

»Den letzten Informationen nach schläft er in Las Vegas. Ich habe zwei Männer auf ihn angesetzt, die sich ablösen. Sowie er aufsteht und aus dem Hause geht, sind sie ihm auf den Fersen.«

»Gute Arbeit, Paul«, lobte Mason. »Und die andere Überraschung?«

»Betrifft deinen Freund George Latty«, ergänzte Drake.

»Was ist mit ihm?«

»Er ist momentan das Lieblingskind des District Attorney aus dem Imperial Valley.«

»Wieso?«

»Wir haben den Parkplatz abgesucht und drei Wagen aus Imperial Valley gefunden. Dann haben wir die Zulassungsnummern überprüft und festgestellt, daß einer von den dreien dem District Attorney Baldwin Marshall gehört.«

»Und was tat Marshall?«

»Ach, er fuhr ein paarmal um die Häuserblocks herum, fuhr über Kreuzungen genau in dem Augenblick, wenn die Verkehrsampeln wechselten, blickte sich ständig um und war zum Schluß überzeugt, daß ihm niemand folgte. Er brachte Latty nach... nein, rate mal, wohin?«

»Las Vegas?«

Drake schüttelte den Kopf. »Nein, sondern nach Tijuana. In einem gecharterten Flugzeug.«

»Tijuana!« rief Mason aus.

»Stimmt. Über die mexikanische Grenze. Wenn du also vorhaben solltest, Latty eine Zeugenvorladung zu schicken, wäre sie wertlos, selbst, wenn du ihn dort findest. Der Bursche hat sich damit unserer Gerichtsbarkeit entzogen.«

»Das ist ja die Höhe!« schimpfte Mason.

»Marshall brachte Latty im besten Hotel unter«, berichtete Drake weiter, »und hat dem Empfangschef des Hotels versichert, daß die Behörden von Imperial Valley die Kosten für Unterkunft und Verpflegung für Mr. Latty übernehmen.«

»Und dann?«

»Dann flog Baldwin Marshall, offenbar sehr zufrieden mit sich selbst, in dem gecharterten Flugzeug hierher zurück, holte seinen Wagen am Flugplatz ab, fuhr nach El Centro und begann, seinen Freunden vertrauliche Interviews zu geben, die diese wiederum eiligst an die Presse weiterreichten.«

»Ist ja interessant«, meinte Mason.

»Das ist noch nicht alles«, fuhr Drake fort. »Dein Freund ist auch mit Bargeld ausgestattet worden.«

»Was soll das heißen, Paul?«

»Nichts anderes, als daß der District Attorney nicht nur seinen Aufenthalt und seine Verpflegung bezahlt, sondern ihm obendrein ein nettes Sümmchen Bargeld schenkte.«

»Bist du sicher?«

»Latty besaß keinen roten Heller und benimmt sich jetzt wie ein reicher amerikanischer Tourist auf Urlaubsreise. Wahrscheinlich hat man ihm aufgetragen, diese Rolle zu spielen. Etwas Besseres hätte dem Burschen gar nicht passieren können. Er kostet jede Minute davon aus.«

Masons Augen zogen sich zu dünnen Schlitzen zusammen. »Paul«, sagte er plötzlich, »es ist mir egal, wieviel Männer du brauchst, um jeden Schritt Lattys zu überwachen. Jedesmal, wenn er etwas kauft, möchte ich wissen, was es war und wieviel es gekostet hat, verstanden? Mit anderen Worten, ich möchte eine Aufstellung über jeden Cent, den er ausgibt.

Und wenn Baldwin Marshall ihn dann als Zeugen anbringt, werde ich ihm eine Lektion in Gesetzeskunde erteilen, die er anscheinend vergessen hat. Es ist vertretbar, einem Zeugen Hotelunterkunft und Essen zu bezahlen, aber es sieht anders aus, einem Zeugen einen Haufen Geld in die Hand zu drücken, besonders, wenn dieser völlig abgebrannt war. Im ersten Fall heißt es Kostenübernahme, das andere aber nenne ich Bestechung. Ich bin gespannt, ob Latty Linda Calhoun mitgeteilt hat, wo er ist.«

»Das glaube ich nicht«, antwortete Drake. »Aus den umständlichen Sicherheitsvorkehrungen, die Marshall getroffen hat, schließe ich, daß Lattys Aufenthaltsort völlig geheimgehalten werden soll.«

Das Telefon läutete.

Della nahm den Hörer ab und wandte sich dann an Mason: »Es ist Duncan Crowder aus Calexico.«

Mason nickte. »Bleiben Sie auch in der Leitung, Della. Hallo, Duncan?«

»Ich habe Neuigkeiten für Sie, Mr. Mason«, berichtete Crowder. »Was wissen Sie von einem Eispickel?«

»Eispickel?«

»Ja, als Mordwaffe.«

»Mord? Ich habe gedacht, der Bursche sei an einer Überdosis Schlafmittel gestorben?«

»Bis vor kurzem glaubte das hier auch jeder«, fuhr Crowder fort. »Aber jetzt scheint es so, als hätte der District Attorney doch noch eine Trumpfkarte im Ärmel. Offenbar wurde Montrose Dewitt mit Schlaftabletten außer Gefecht gesetzt. Erst dann hat man ihm einen Eispickel ins Gehirn gedrückt. Um ganz sicherzugehen, daß er auch tot war, hat der Mörder ihn dann mit demselben nadelscharfen Eiszerkleinerer noch ein paar Stiche ins Herz versetzt. Diese Stiche hat Dewitt nicht mehr gespürt, denn die Untersuchung ergab, daß er zu diesem Zeitpunkt bereits tot war.

Die Stichwunden am Körper waren so klein, daß sie bestimmt übersehen worden wären, wenn Marshall nicht auf einer Autopsie bestanden hätte. Er telegrafierte nach Los Angeles und holte sich einen der besten Gerichtsmediziner zur Assistenz.«

»Das ändert den ganzen Fall erheblich«, meinte Mason.

»Etwas wird ihn noch mehr verändern«, fuhr Crowder ungerührt fort. »Der Eispickel, die Mordwaffe, wurde nämlich in Lorraine Elmores Auto gefunden.«

»Was?!« rief Mason aus.

»Ja. Er war unter der Matte des Kofferraums versteckt. Er wurde inzwischen als der aus Zimmer 16 des Palm Court Motels identifiziert. Das ist das Zimmer, das Mrs. Elmore benutzt hat.«

»Wie kann man denn einen Eispickel identifizieren?« erkundigte sich Mason.

»In jedem Zimmer des Motels ist einer und dazu ein Flaschenöffner«, antwortete Crowder. »Die Zimmernummern sind in das Holz eingelassen. Sehr klein, man sieht sie kaum, wenn man nicht danach sucht. Aber die Wirtin wollte sichergehen, daß jedes Zimmer seinen Pickel und seinen Öffner hat, also numerierte sie sie.«

»Also das steckt dahinter«, meinte Mason düster.

»Genau, und jetzt schreit Marshall nach einem sofortigen Verhandlungstermin. Er will Lorraine Elmore vor Gericht stellen. Ich könnte Dr. Kettle eventuell dazu bewegen, daß sie noch einen Aufschub bekommt, wenn...«

»Moment«, unterbrach ihn Mason, »lassen Sie jeden Aufschub beiseite, Duncan. Marshall soll ruhig sofort beginnen. Ich möchte gern, daß Sie ein bißchen hilflos dastehen und so tun, als sähen Sie durch die ganze Sache nicht mehr durch. Lassen Sie Marshall mit seinem Triumphmarsch beginnen und eine Voruntersuchung ansetzen so schnell es geht.«

»Die Beschuldigte hat aber ein Recht auf Vertagung«, meinte Crowder.

»Ich weiß«, antwortete Mason, »aber Sie wissen das offiziell eben nicht so genau, verstanden? Sie schwimmen ein bißchen. Es wird momentan ein schlechtes Licht auf Sie werfen, aber ich mache das später wieder gut.«

»Sie haben also einen Plan, Mr. Mason?«

»Einen Plan würde ich es nicht nennen, aber ich habe Baldwin Marshall bei einem Riesenschnitzer ertappt. Er besticht einen Zeugen.«

»Zeugenbestechung!« rief Crowder erstaunt.

»Darauf läuft es hinaus«, antwortete Mason, und seine Augen funkelten. »Marshall soll also ruhig anfangen und einen Termin festsetzen lassen. Das einzige, was Sie zu tun haben, ist, mich pro forma anzurufen und sich zu erkundigen, wie es mit meiner Zeit steht. Das gibt uns ein bißchen Spielraum. Die Voruntersuchung darf erst in vierundzwanzig Stunden stattfinden, aber ich will absichtlich keine Vertagung.«

»Sie werden also zulassen, daß er ihr die Grundrechte versagt?« fragte Crowder verwundert. »Das geht doch nicht, wenn sie einen Verteidiger im Gericht hat, oder?«

»Natürlich wird sie einen Verteidiger haben«, antwortete Mason mit Nachdruck. »Wir werden nur keine Verzögerung auf Grund von technischen Bestimmungen verlangen, sondern unseren Freund Marshall dazu bringen, daß er auspackt. Dann werden wir ihm die Luft abdrehen und behaupten, er habe einen Zeugen bestochen.«

»Das schlägt wie eine Bombe ein«, meinte Crowder.

»Um genauer zu sein«, fuhr Mason fort, »Sie selbst werden die Beweise dafür bringen. Dadurch bekommen Sie eine sehr schöne Hauptrolle in dem ganzen Theaterstück.«

»Das wäre prima«, freute sich Crowder. »Übrigens, Linda Calhoun macht sich große Sorgen um George Latty. Was haben Sie mit ihm gemacht?«

»Ich? Gar nichts.«

»Sie glaubt es aber. Sie ist überzeugt davon, daß Sie ihm die Meinung gesagt und ihn dann nach Boston zurückgeschickt haben.«

»Ich habe nichts dergleichen getan«, antwortete Mason.

»Aber wo ist er dann?«

»Hat er sich denn nicht mit Linda in Verbindung gesetzt?«

»Nein.«

»Das ist komisch.«

»Ist es auch«, bestätigte Crowder, »denn inzwischen wird er doch sicher wieder Geld brauchen.«

»Ja, sicher. Er hatte zwanzig Dollar von Linda und zwanzig von mir. Inzwischen mußte er aber doch wohnen, essen und Benzin kaufen. Nun ja, wir werden wahrscheinlich bald von ihm hören.«

Mason wandte sich an Drake und kniff ein Auge zu.

»Also gut«, schloß Crowder, »sonst noch etwas?«

»Das ist alles«, antwortete Mason. »Wir werden in der nächsten Stunde nach El Centro starten. Halten Sie die Stellung, bis wir ankommen.«

Linda Calhoun und Duncan Crowder holten Mason, Della Street und Paul Drake vom Flugplatz ab.

»Willkommen im Imperial County«, sagte Crowder. »Ich habe die Reporter abgewimmelt. Sie wissen, daß morgen die Voruntersuchung stattfindet und erwarten Sie natürlich hier. Sie wollen alle ein Interview mit Ihnen.«

»Schön«, meinte Mason heiter.

»Heißt das, daß Sie mit der Presse sprechen werden?«

»Selbstverständlich.«

»Das wußte ich nicht. Ich dachte, ich erledige das zuerst allein mit Ihnen. Dieser Marshall ist voller Tricks.«

»Kann ich mir denken.«

»Mr. Mason«, bat Linda Calhoun, »können Sie nicht herausfinden, wo George ist?«

»Ist denn etwas mit ihm passiert?« war Masons Gegenfrage.

»Ich weiß es nicht, aber ich glaube.«

»Haben Sie nichts von ihm gehört?«

»Gerade eben bekam ich eine kurze Nachricht. Aber ich weiß nicht, wo er steckt.«

»Was für eine Nachricht«, fragte Mason.

»Er rief in meinem Hotel an, als ich gerade nicht da war.«

»Und?«

»Nun, er hinterließ, daß er eine Weile von der Bildfläche verschwinden müsse. Es ginge ihm gut, und ich solle mir keine Sorgen um ihn machen. Das Wichtigste sei, daß ich ihn verstehen würde.«

»So so.«

»Glauben Sie wirklich, Mr. Mason, daß es ihm gut geht?«

»Das kommt drauf an, was Sie unter gut verstehen. Meinen Sie, ob er nüchtern ist, einen moralischen Lebenswandel führt, anständig ist und Sie liebt, oder meinen Sie, ob er in Sicherheit ist?«

»Im Augenblick geht es mir nur um seine Sicherheit.«

»Aus seiner Nachricht zu schließen, hat er die«, antwortete Mason.

»Aber wo in aller Welt steckt er?«

»Das kann ich Ihnen nicht sagen, Linda. Sie wissen, daß ich Ihre Tante vertrete. Ich tue das auf Ihren ausdrücklichen Wunsch. Sie ist meine Klientin, und ihre Interessen kommen zuerst.«

»Was hat denn das mit George zu tun«, fragte sie.

»Nicht einmal das kann ich Ihnen sagen«, antwortete Mason. »Es kann eine ganze Menge, es kann aber auch gar nichts mit ihm zu tun haben.«

»Ich habe das Gefühl, als ob Sie und Duncan mir etwas verheimlichen«, seufzte Linda Calhoun.

Mason blickte verstohlen auf den jungen Rechtsanwalt, als er hörte, wie Linda ihn so selbstverständlich beim Vornamen nannte.

Crowder hatte diesen Blick sofort verstanden. »Wir sind auf der Vornamen-Basis angelangt«, meinte er schmunzelnd.

»Verstehe.«

Linda wurde ein bißchen rot und wandte sich an Paul Drake: »Sie untersuchen verschiedene Dinge in diesem Fall, Mr. Drake. Haben Sie denn keine Ahnung, wo sich George aufhält?«

»Ein Detektiv macht sich so seine Gedanken, Miss Calhoun«, versetzte Drake lächelnd, »aber das besagt noch lange nicht, daß sie stimmen müssen.«

Della faßte Linda beim Arm. »Ich bin sicher, daß Sie sich keine Sorgen zu machen brauchen«, tröstete sie sie.

»Aber ich kann das einfach nicht verstehen. George ist... nun, er hat keine große Initiative in finanziellen Dingen, und er hat doch kein Geld mehr. Er ist mit mir zusammen heruntergefahren und... na ja, es sieht ihm einfach nicht ähnlich.«

»Ich glaube«, schaltete Mason sich wieder ein, »daß die Polizei ihn über das, was er weiß, verhört hat.«

»Ja aber, was weiß er denn, Mr. Mason?«

»Das ist schwer zu sagen«, antwortete Perry Mason. »Er war natürlich im gleichen Motel und sagte, die Wände seien dünn wie Papier. Eine Untersuchung hat ergeben, daß sein Zimmer zwischen einem Doppelzimmer und dem von Montrose Dewitt lag. Unter diesen Umständen kann er natürlich was gehört haben.«

»Das hat er auch zweifellos«, sagte Linda. »Aber weshalb hat er mir das nicht erzählt? Und vor allem, was kann das mit seinem Verschwinden zu tun haben?«

»Keine Ahnung. Ich schlage vor, Miss Calhoun, daß wir zu Duncan ins Büro gehen. Von dort aus können Sie den District Attorney anrufen und ihn rundheraus fragen, ob er etwas von George Latty weiß oder einen Grund sieht, weshalb George sich nicht mit Ihnen in Verbindung setzen kann.«

»Würde er es mir denn sagen?«

»Glauben Sie, er hätte Grund, es nicht zu tun?«

»Keinen, den ich wüßte.«

»Na dann wollen wir keine Zeit verlieren«, meinte Mason und warf Crowder einen bedeutungsvollen Blick zu.

»In meinem Büro werden die Reporter sitzen«, warnte Crowder.

»Kommt Zeit, kommt Rat«, meinte Mason gelassen. »Im Augenblick möchte ich nichts weiter, als hören, was Marshall auf Lindas Anfrage zu sagen hat.«

In Crowders Büro stellte Linda sofort eine Verbindung mit dem District Attorney her. Perry Mason und Crowder hörten am Nebenapparat mit.

»Hier spricht Linda Calhoun, Mr. Marshall«, sagte Linda, als sich der District Attorney gemeldet hatte.

»Ja, Miss Calhoun?« fragte Marshall, und in seiner Stimme klangen gekünstelte Freundlichkeit wie Vorsicht gleichermaßen mit.

»Ich versuche herauszubekommen, was mit George Latty passiert ist«, fuhr Linda fort. »Ich dachte, daß Sie mir vielleicht helfen könnten«.

»Wie kommen Sie denn darauf, daß etwas mit ihm passiert ist?«

»Ich habe nichts von ihm gehört.«

»Gar nichts?«

»Nur eine kurze, belanglose Nachricht, daß ich mich nicht ängstigen, sondern ihm vertrauen solle.«

»Sie sollen sich nicht ängstigen?«

»Ja, so hieß es.«

»Machen Sie sich denn Sorgen?«

»Ja.«

»Er muß doch einen Grund gehabt haben, Ihnen diese Nachricht zu übermitteln?«

»Sicher hat er das.«

»Und er ließ ausrichten, Sie mögen sich keine Sorgen machen, nicht wahr?«

»Ja, so hieß es.«

»Und trotzdem machen Sie sich welche?«

»Ich will wissen, wo er ist.«

»Ich fürchte, Miss Calhoun, ich kann Ihnen da nicht helfen.«

»Bitte, Mr. Marshall«, sagte Linda, »lassen Sie mich Ihnen eine direkte Frage stellen: wissen Sie, wo er ist?«

Nur einen Augenblick zögerte der District Attorney, dann antwortete er: »Nein, Miss Calhoun, ich weiß es nicht.«

»Aber Sie glauben, es geht ihm gut?« beharrte Linda.

»Ich glaube, daß Sie sich keine Sorgen machen sollten, noch dazu ,wo er es Ihnen ausdrücklich bestellen ließ. Ich an Ihrer Stelle würde ihm vertrauen, egal, was andere Leute über ihn reden.« Marshall machte eine kurze Pause, dann fuhr er fort: »Und jetzt, Miss Calhoun, möchte ich Sie etwas fragen: haben Sie mich aus freien Stücken angerufen?«

»Nun ja, gewiß.«

»Ich meine damit, hat Ihnen jemand vorgeschlagen, mir diese Fragen zu stellen?«

Sie zögerte.

»Hat Ihr Anwalt, Mr. Perry Mason, Sie dazu bewogen, mich zu fragen, wo Latty sich aufhält?«

»Nun, ich... ich habe mir Sorgen gemacht und...«

»Das genügt. Verbindlichen Dank, Miss Calhoun«, sagte Marshall. »Ich war überzeugt, daß Mr. Mason hinter diesem Anruf steckt. Vielleicht hört er sogar mit.«

Linda stieß einen unterdrückten Schrei aus.

»Ja, hier bin ich«, rief Mason durch seinen Apparat. »Guten Morgen, Marshall.«

»Ich dachte es mir doch. Wenn ich etwas von Ihnen wissen will, Mason, dann frage ich Sie von Mann zu Mann und verstecke mich nicht hinter Weiberröcken.«

»Ich verstecke mich nicht, sondern prüfe lediglich Ihre Aussagen nach. Ich will nicht, daß sie mit Ihnen spricht, ohne daß ich dabei bin.«

»Nun, was gesprochen wurde, wissen Sie ja jetzt«, antwortete Marshall bissig.

»O ja, ich habe alles mitgehört. Ich habe auch verstanden, daß Sie soeben versicherten, Sie wüßten nicht, wo Latty ist.«

»Wenn Sie wollen, können Sie es sogar nochmal hören. Ich weiß nicht, wo Latty ist«, rief Marshall und donnerte den Hörer auf die Gabel.

»Jetzt bin ich erst recht in Sorge«, klagte Linda.

»Es tut mir leid, daß ich Ihnen nicht helfen kann«, meinte Mason. »Sie müssen sich eben mit dieser Situation abfinden.«

»Mit welcher Situation?«

»Nun ja, daß Latty nicht greifbar ist.«

»Draußen warten zwei Reporter«, meldete Crowders Sekretärin, die ins Zimmer getreten war. »Sie bestehen auf einem Interview mit Ihnen, Mr. Mason. Was soll ich tun?«

»Lassen Sie sie herein«, entschied Mason.

Crowder nickte, und die Sekretärin öffnete die Tür.

Zwei Reporter und ein Fotograf betraten das Büro.

»Mr. Mason, darf ich Ihnen ohne Umschweife eine Frage stellen? Haben Sie gerade mit Baldwin Marshall telefoniert?« fragte der Reporter.

»Ja.«

»Darf ich den Grund dieses Gesprächs erfahren?«

»Natürlich. Miss Calhoun ist ein wenig über die Abwesenheit ihres Verlobten George Latty besorgt. Sie glaubte, daß Marshall vielleicht wüßte, wo er steckt. Deshalb rief sie Mr. Marshall an und fragte ihn, und ich habe mitgehört.«

»Dann unterhielten Sie sich also nicht mit ihm?«

»O doch, ich habe auch mit ihm gesprochen.«

»Macht es Ihnen etwas aus, mir die Hauptpunkte Ihres Gespräches zu nennen?«

Mason zögerte.

»Haben Sie dem District Attorney angeboten, Lorraine Elmore wegen Totschlags verurteilen zu lassen, wenn er die Anklage reduziert?«

»Himmel, nein!« rief Mason. »Wie kommen Sie denn darauf?«

»Es geht ein Gerücht um, daß das der Fall wäre.«

»Ist es vielleicht sogar vom District Attorney angeregt worden?« fragte Mason lauernd.

»Keine Ahnung«, erwiderte der Reporter. »Sie wissen ja, wie es mit Gerüchten ist, Mr. Mason.«

»Zu Ihrer Information«, sagte Mason, und sein stahlharter Blick traf beide Journalisten, »in meinem Gespräch mit dem District Attorney wurde nichts dergleichen besprochen, und wir haben etwas Derartiges auch nicht im Sinn. Allein der Gedanke an diese Möglichkeit ist absurd. Der District Attorney hat Miss Calhoun und mir gegenüber versichert, daß er über den Aufenthaltsort von George Latty nicht Bescheid wüßte. Das war alles.«

»Weshalb ist denn dieser Latty so wichtig?« wollte der zweite Reporter wissen.

»Das kann ich Ihnen im Moment noch nicht sagen«, entgegnete Mason.

»Weshalb nicht?«

»Mir fehlen noch einige Informationen. Die Voruntersuchung ist für morgen früh um zehn Uhr angesetzt.«

»Werden Sie eine Vertagung beantragen?«

»Es ist immer schwierig, in die Zukunft zu blicken«, meinte Mason lächelnd. »Aber wie Sie sehen, ist Mr. Crowder hier, ich bin hier, und dank der Bemühungen von Baldwin Marshall wird auch Lorraine Elmore, die Beschuldigte, greifbar sein.«

»Bedeutet das, daß Sie die Voruntersuchung durchführen lassen?«

»Könnte sein. Dennoch würde ich gern vorher mit George Latty sprechen.«

»Weshalb? Ist er ein Zeuge?«

»Nicht für uns.«

»Also ein Zeuge der Anklage?«

»Über die Gegenseite kann ich natürlich keine Auskünfte erteilen, nicht wahr?«

»Hören Sie, Mr. Mason«, mischte sich der andere Reporter wieder ein, »hat Ihnen Marshall tatsächlich erklärt, er wüßte nicht, wo dieser Latty sich aufhält?«

»Ja, das sagte er.«

»Aber weshalb sollte Latty verschwunden sein?«

»Das kann ich Ihnen leider nicht erklären, meine Herren.«

»Mr. Mason, es kursieren zwei Versionen über das, was Sie mutmaßlich unternehmen werden: entweder Sie sind einverstanden, einen Schuldspruch wegen Totschlags anzuerkennen, oder aber Sie betreiben, daß die Beschuldigte sofort vor das Schwurgericht kommt. Welches ist nun der Fall?«

»Mich würde nur interessieren, woher diese Weisheiten stammen«, erwiderte Mason lächelnd.

»Im Büro des District Attorney wird offiziell erklärt, daß man von dieser Seite ein Angebot, Mrs. Elmore nur wegen Totschlags und nicht wegen Mordes vor Gericht zu bringen, ablehnen wird.«

»Behauptet Marshall etwa, daß Gespräche in dieser Richtung geführt wurden?« fragte Mason scharf.

»Er hat wörtlich erklärt, er würde einen solchen Vorschlag gar nicht in Betracht ziehen«, antwortete der Reporter.

»Bitte, fragen Sie ihn«, bat Mason, »ob ihm irgend jemand dieses Angebot gemacht habe. Sollte er behaupten, daß von Seiten der Verteidigung darüber gesprochen worden sei, dürfen Sie ihm bestellen, daß ich ihn offiziell einen Lügner nenne.«

Die Reporter begannen aufgeregt Notizen zu machen.

»Falls der District Attorney den Eindruck erweckt hat«, fuhr Mason fort, »daß jemand, der in Verbindung mit der Verteidigung steht, einen Schuldspruch auf Totschlag für Lorraine Elmore offeriert habe, um dadurch einen Mordprozeß gegen sie zu vermeiden, hat Mr. Marshall Tatsachen behauptet, die nicht stimmen.«

»Einen Augenblick mal«, sagte einer der Männer, »er hat eigentlich nur gesagt, er würde so ein Angebot nicht in Betracht ziehen. Daß ihm jemand ein solches gemacht hat, hat er nicht behauptet.«

»Sehr gut«, meinte Mason, »unter diesen Umständen können Sie beruhigt schreiben, daß die Verteidigung beabsichtigt, Lorraine Elmore von jedweder Anklage zu rehabilitieren.«

»Darf ich Sie in meinem Artikel zitieren, Mr. Mason«, erkundigte sich der Reporter.

»Kein Einwand«, entgegnete Mason, »aber vergessen Sie bitte nicht, daß Duncan Crowder den Fall auch mit übernommen hat.«

»Werden wir gewiß nicht«, versicherte ihm der Reporter. »Also dann bis morgen. Wir werden den Prozeß verfolgen.«

Mason lächelte. »Wir auch«, meinte er.

Als die Reporter gegangen waren, gab Drake Mason ein Zeichen, worauf dieser ihm ins Nebenzimmer folgte.

»Der District Attorney lügt«, sagte Drake.

»Wegen Latty?«

»Ja. Latty ist in Mexiko. Er ist in dem Hotel als George L. Carson registriert. Vor noch nicht einmal einer Stunde hat er mit Marshall telefoniert und sich lange mit ihm unterhalten.«

»Was tut er sonst?«

»Er lebt wie Gott in Frankreich. Gestern abend war er aus. Das Beste war gerade gut genug für ihn. Champagner ist momentan sein Lieblingsgetränk. Er hält sich für morgen zur Voruntersuchung bereit, kommt aber nur herüber, wenn der District Attorney nach ihm schickt. Er soll der Überraschungszeuge werden und hat offenbar eine Aussage auf Lager, die dir den Boden unter den Füßen wegziehen soll. Das hofft Marshall jedenfalls.«

»Dieser Marshall ist ein bemerkenswerter Kerl, nicht wahr, Paul?«

»Das kann man wohl sagen. Wirst du ihn vor Gericht einen Lügner nennen?« fragte Drake.

»Hat er denn gelogen?«

»Na höre mal, Perry. Er hat doch Linda gegenüber behauptet, er wüßte nicht, wo Latty sei, oder etwa nicht?«

»Er versicherte Linda nur, daß er ihr nicht sagen könne, wo Latty sei.«

»Na bitte.«

Mason schüttelte den Kopf. »Sieh mal, Paul«, belehrte er den Detektiv, »Linda war nicht schlau genug, ihn zu fragen, ob er wüßte, wo Latty vor einer halben Stunde oder vor einer Stunde war, oder einfach, wo er den ganzen Vormittag über gesteckt habe. Sie fragte nur, ob er nicht wüßte, wo Latty ist. Seine genauen Worte waren, nein, Miss Calhoun, ehrlich gesagt, ich weiß es nicht.«

»Weshalb hast du ihn daraufhin nicht festgenagelt?« wollte Drake wissen.

»Dadurch wäre er mir durch die Maschen geschlüpft«, antwortete Mason und lächelte.

»Das verstehe ich nicht.«

»Laß ihn doch in dem Glauben, er sei superschlau. Ich werde die Angelegenheit morgen offiziell vor Gericht zur Sprache bringen«, erklärte Mason. »Ich werde dem Gericht versichern, daß wir eine eindeutige Erklärung des District Attorney erhielten, er wüßte nicht, wo Latty ist. Daraufhin wird Marshall auf die Beine springen und losbrüllen, so etwas habe er niemals behauptet. Er habe lediglich zum Ausdruck gebracht, er wüßte nicht, wo Latty sich zum Zeitpunkt unseres Telefonats befunden habe.«

»Na und?«

»Wenn er damit fertig ist, beziehungsweise, wenn ich mit ihm fertig bin, wird er wie ein Trottel, ein Angeber und Lügner dastehen. Ich werde morgen sehr überheblich tun und mich ein bißchen durcheinander geben über das Tempo der Ereignisse und schließlich Marshall die Erklärungen überlassen.«

»Wirst du den gekränkten Märtyrer spielen oder bösartig werden?« fragte Drake.

»Kommt drauf an, was meiner Klientin am dienlichsten ist.«

»Ich habe so das Gefühl, Perry«, meinte Drake, »als ob ein bißchen Nachdruck nicht schaden könnte.«

»Ich werde es mir überlegen.«

»Du mußt Krach schlagen, Perry.«

Mason lächelte hintergründig und meinte: »Sieh mal, Paul, das ist eine Frage des Honorars. Wenn man sich erst ein paarmal dafür bezahlen ließ, daß man einen Riesenkrach schlägt, fällt es einem schwer, Zornesausbrüche ohne Geld zu inszenieren.«

Drake lächelte. »Ihr Rechtsanwälte!«

»Ihr Detektive!« konterte Mason. »Also, laß Latty nicht unbeaufsichtigt.«

»Der kann nicht einmal ungesehen auf die Toilette gehen, verlaß dich drauf«, antwortete Drake lächelnd.

14

Richter Horatio D. Manly nahm seinen Platz ein, blickte sich rasch in dem überfüllten Gerichtssaal um und sagte: »Hierdurch eröffne ich die Voruntersuchung zu dem Prozeß des Volkes von Kalifornien gegen Lorraine Elmore.«

»Die Anklagebehörde ist bereit, in die Verhandlung einzutreten«, gab Marshall bekannt.

»Die Beschuldigte ist bereit«, sagte Mason und legte beruhigend seine Hand auf Lorraine Elmores Schulter.

Richter Manly räusperte sich. »Bevor wir mit der Verhandlung beginnen, möchte ich darauf hinweisen, daß bereits eine ganze Reihe von Zeitungsveröffentlichungen bezüglich der Fakten und der beteiligten Personen in diesem Prozeß erschienen sind. Ich möchte die Zuschauer darauf hinweisen, daß es sich hier weder um ein Theaterstück noch um sonst ein Unterhaltungsprogramm handelt. Wir sind ein Gericht und dazu da, Recht zu sprechen. Die Zuschauer werden daher bereits jetzt ermahnt, sich dementsprechend zu verhalten, anderenfalls Schritte unternommen werden, um eine ordnungsgemäße Atmosphäre zu gewährleisten.«

Mason erhob sich und bat: »Ich möchte gern gehört werden, Euer Gnaden.«

»Mr. Mason?«

»Die Verteidigung versucht dringend, mit einem Mr. George Latty in Verbindung zu treten. Wir haben Grund zu der Annahme, daß die Anklage Mr. Latty entweder verborgen hält oder weiß, wo Mr. Latty sich befindet, obgleich der District Attorney mündlich versichert hat, daß er nicht wüßte, wo Latty ist.«

»Einen Augenblick mal!« rief Marshall und sprang auf. »Das weise ich zurück.«

»Stimmt es etwa nicht?« fragte Mason.

»Was Sie gesagt haben, ist nicht korrekt.«

»Ich war Ohrenzeuge eines Telefongespräches, Euer Gnaden«, fuhr Mason fort, »das gestern zwischen dem District Attorney und Miss Linda Calhoun geführt wurde und in dem Mr. Marshall der Nichte der Beschuldigten versicherte, er habe keine Ahnung, wo Latty sei. Ich bitte ihn, diese Erklärung öffentlich vor Gericht zu wiederholen.«

»Das stimmt einfach nicht«, fuhr Marshall auf. »Eine derartige Erklärung habe ich niemals abgegeben.«

»Nein?« fragte Mason erstaunt.

»Nein. Miss Calhoun fragte mich wörtlich: ›Wissen Sie, wo Latty ist‹, und ich antwortete, ›nein‹, denn ich konnte es auch nicht wissen. Schließlich telefonierte ich mit ihr und hatte selbstverständlich keine Ahnung, was Mr. Latty in diesem Augenblick tat oder wo er sich zu diesem Zeitpunkt gerade aufhielt.«

»Ach so«, meinte Mason, »zu diesem Zeitpunkt. Das haben Sie ihr aber nicht gesagt. Sie erklärten, Sie hätten nicht die leiseste Ahnung, wo er steckt.«

Marshall wandte sich an den Richter: »Ich habe das Gefühl, Euer Gnaden«, beschwerte er sich, »als ob der Verteidiger mich absichtlich falsch interpretiert.«

»Um zu verhindern«, fuhr Mason ungerührt fort, »daß wir uns nicht wieder mißverstehen, möchte ich Sie fragen, ob Sie wissen, wo Latty jetzt ist, oder wo er vor einer halben Stunde war. Vielleicht können Sie mir auch sagen, wo Miss Calhoun ihn erreichen kann. George Latty ist der Verlobte von Miss Calhoun; sie wollen heiraten«, fügte er erklärend zum Richter gewandt hinzu.

»Ich habe keine Veranlassung, Ihre Fragen zu beantworten. Ich brauche mich von Ihnen nicht ins Kreuzverhör nehmen zu lassen«, keifte Marshall. »Ich leite das Amt des District Attorney und kein Eheinstitut. Wenn Latty sich mit Linda Calhoun in Verbindung setzen will, kann er das natürlich tun.«

»Es sei denn, er wäre instruiert worden, es zu unterlassen«, versetzte Mason. »Und ebenfalls nur zu dem Zweck, Mißverständnisse zu vermeiden, frage ich die Anklage hiermit, ob sie George Latty nicht geraten hat, sich nicht mit Linda Calhoun in Verbindung zu setzen.«

»Das habe ich nicht getan!« schrie Marshall. »Im Gegenteil, ich habe Latty extra angewiesen, Verbindung mit Miss Calhoun aufzunehmen.«

Erstaunt zog Mason die Augenbrauen hoch. »Um ihr zu sagen, wo er sich aufhält?«

»Das habe ich nicht gesagt«, antwortete Marshall.

»Anscheinend muß ich mich deutlicher ausdrücken«, meinte Mason, »und Sie fragen, ob Sie George Latty nicht extra aufgetragen haben, Miss Calhoun seinen Aufenthaltsort nicht zu verraten.«

»Ich brauche Ihre Fragen nicht zu beantworten, und ich habe auch nicht vor, mich von Ihnen ins Kreuzverhör nehmen zu lassen«, wiederholte Marshall.

»Kurz gesagt«, faßte Mason zusammen, »glaube ich, daß das Gericht einen Eindruck von den Spitzfindigkeiten, den Zweideutigkeiten und den Ausflüchten des District Attorney im Hinblick auf Lattys Aufenthaltsort gewonnen hat. Daher bitte ich das Gericht, Mr. Marshall anzuweisen, George Lattys augenblicklichen Aufenthaltsort bekanntzugeben.«

Damit setzte sich Mason nieder.

»Haben Sie eine Ahnung, wo Mr. Latty ist?« fragte der Richter Marshall.

»Ich glaube, Euer Gnaden«, antwortete der District Attorney, »daß diese Frage unfair ist. Nur wenn die Verteidigung beabsichtigt, Latty als ihren Zeugen aufzurufen, bestünde ein Grund für dieses Ersuchen. Wir brauchen doch der Gegenseite unsere Informationen nicht bekanntzugeben, nur um eine Liebesgeschichte zwischen der Nichte der Beklagten und einem wichtigen Zeugen der Anklage in Ordnung zu bringen.«

Richter Manly blickte Mason an.

Würdig stand Mason wieder auf und sagte: »Euer Gnaden, wir wissen nicht, ob Latty als Zeuge der Verteidigung auftreten wird oder nicht. Wir hatten nämlich keine Gelegenheit, ihn zu verhören, seitdem uns verschiedene Dinge bekanntwurden. Es kann sehr gut der Fall eintreten, daß wir ihn als Zeugen brauchen.«

»Das ganze Geschrei über Lattys Verbleib«, rief Marshall, »dient nur dem Zweck, die Anklage zu diffamieren! Sie haben ja gar nicht vor, ihn als Zeugen zu nennen.«

»Ich wiederhole meine Frage trotzdem«, sagte der Richter zu Marshall: »Wissen Sie, wo Latty ist?«

»Selbstverständlich wissen wir das. Er ist ein Zeuge der Anklage, und wir haben ihn an einen Ort gebracht, wo er nicht beeinflußt werden kann.«

»Darf ich mir die Frage erlauben, was die Anklage mit dieser Bemerkung meint?« mischte Mason sich ein.

»Durch seine Verbindung zu der Nichte der Beschuldigten«, erwiderte Marshall patzig, »könnte es vielleicht einem ausgekochten und skrupellosen Anwalt gelingen, ihn dazu zu bringen, daß er seine Aussage ändert.«

»Wollen Sie damit sagen, daß Ihr Zeuge so wankelmütig ist, seine Aussage zu ändern, nur wenn er mit seiner Verlobten in Berührung kommt?«

»Sie wissen ganz genau, was ich meine!« brüllte Marshall. »Ich wollte damit sagen, daß Sie Druck auf ihn ausüben und ihn völlig durcheinanderbringen könnten.«

»Wenn der District Attorney hierdurch zugibt«, sagte Mason lächelnd, »daß er seinem eigenen Zeugen nicht zutraut, einem Verhör standzuhalten, dann bin ich gewillt, diese Erklärung entgegenzunehmen.«

»Das habe ich weder gesagt noch gemeint!« rief Marshall, und sein Gesicht überzog sich mit Zornesröte.

»Meine Herren! Meine Herren!« rief Richter Manly. »Das genügt. Die Parteien werden angewiesen, ihre Bemerkungen künftig an das Gericht zu richten. Und nun zu Ihnen, Mr. District Attorney: Gibt es einen Grund, weshalb Latty nicht mit seiner Verlobten in Verbindung treten kann oder weshalb die Verteidigung ihm keine Zeugenvorladung schicken sollte?«

»George Latty sitzt in meinem Büro«, antwortete Marshall, »und wartet darauf, in dieser Verhandlung als Zeuge der Anklage zu fungieren, als außerordentlich wichtiger Zeuge, möchte ich betonen.«

»Dann darf ich also annehmen, Euer Gnaden«, sagte Mason, »daß Miss Calhoun versichert werden kann, ihr Verlobter habe sich auf Anweisung der Anklagebehörde nicht mit ihr in Verbindung gesetzt.«

»Miss Calhoun steht mit dieser Verhandlung in keinerlei Verbindung«, tobte Marshall. »Ihr braucht überhaupt nichts versichert zu werden.«

»Habe ich Sie richtig verstanden«, fragte der Richter, »daß George Latty hier vor Gericht erscheinen wird, Mr. District Attorney?«

»Jawohl, und zwar innerhalb der nächsten Stunde«, antwortete Marshall, um Fassung bemüht.

»Also gut. Das erledigt, glaube ich, diese Frage«, meinte Richter Manly. »Der Zeuge wird vor Gericht erscheinen, und die Verteidigung hat dann Gelegenheit, ihn darüber zu verhören, wo er war oder aus welchem Grunde er sich nicht...«

»Aber das wäre höchst unerwünscht, Euer Gnaden«, unterbrach Marshall den Richter. »Latty ist schließlich nur ein Zeuge und steht sonst in keinem Zusammenhang mit dem Rechtsstreit.«

»Aber wir haben ein Recht dazu, das Vorurteil eines Zeugen zu beweisen«, schaltete sich Mason ein. »Ein Mann, der wie Latty so vollkommen unter der Kontrolle der Anklage steht, daß er sich nicht einmal mit seiner Verlobten in Verbindung setzte, nur um die Interessen der Anklagepartei zu gewährleisten, kann wahrhaftig nicht als fairer und unparteiischer Zeuge betrachtet werden. Die Verteidigung hat ganz gewiß ein Recht darauf, ihn wegen seiner Gründe für sein Verhalten zu verhören.«

»Das will ich meinen«, stimmte Richter Manly zu.

»Euer Gnaden«, sagte Marshall, »wir würden vorschlagen, diesen Punkt zu erörtern, wenn die Gelegenheit dazu gekommen ist.«

»Ja, es ist nicht nötig, jetzt schon darüber zu diskutieren«, entschied Richter Manly. »Das Gericht wird jeweils entscheiden, wenn ein Zeuge aufgerufen ist.«

»Ich nehme also an, daß die Anklage verspricht, ihn aufzurufen?« wollte Mason wissen.

»Wir sind nicht verpflichtet, unsere Zeugen der Verteidigung vorher zu benennen.«

»Sie haben aber dem Gericht bereits versichert«, beharrte Mason, »daß Sie Latty innerhalb der nächsten Stunde aufrufen werden.«

»Ich habe es vor.«

Mason lächelte und verbeugte sich vor dem Richter. »Wenn die Anklage diese Erklärung nur etwas früher abgegeben hätte, wäre uns eine Menge Zeit und vielleicht auch gegenseitige Beschuldigungen erspart geblieben.«

Jetzt war Marshall wirklich wütend. »Ich lasse mich nicht gern zwingen, meine Absichten vorher bekanntzugeben.«

»Nun, Sie haben es aber getan«, sagte Richter Manly ruhig, »rufen Sie also Ihren ersten Zeugen auf.«

Im ersten Augenblick schien es, als wolle Marshall weiter auf diesem Punkt herumreiten. Nach einer eiligen Flüsterkonferenz mit seinem Vertreter jedoch sagte er: »Ich rufe den Bezirksinspektor.«

Der Zeuge legte eine Grundrißzeichnung des Motels in Calexico, eine Straßenkarte der Umgebung vor, auf welcher die Stelle markiert war, wo man Lorraine Elmores Wagen gefunden hatte.

Auf Kreuzverhör wurde verzichtet.

Der Sheriff, als Zeuge aufgerufen, sagte aus, daß er den Wagen im Sande steckend gefunden habe und daß auf dem Vordersitz eine Kapsel gelegen hätte.

»Wissen Sie, was diese Kapsel enthielt?« fragte Marschall.

»Ja, jetzt weiß ich es.«

»Haben Sie sie bei sich?«

»Jawohl.«

»Bitte, zeigen Sie sie dem Gericht.«

Der Sheriff brachte eine kleine Flasche zum Vorschein, in der sich eine grüne Kapsel befand.

»Was enthält diese Kapsel?«

Crowder blickte Mason an. »Erheben wir Einspruch?« flüsterte er.

Mason schüttelte den Kopf.

»In der Kapsel ist Somniferal«, antwortete der Sheriff.

»Wissen Sie auch, was das ist?«

»Ja, Sir«, antwortete der Sheriff, »es ist ein sehr starkes Betäubungsmittel, das die besondere Eigenschaft hat, sowohl sehr rasch zu wirken, als auch sehr lange anzuhalten.«

»Hat Ihnen die Beschuldigte über diese Kapsel irgend etwas erzählt?« drang Marshall in den Zeugen.

»Sie verweigerte jegliche Aussage darüber und fügte hinzu, daß ihr Anwalt ihr diesen Rat gegeben hätte.«

»Haben Sie je den Behälter gefunden, aus dem diese Kapsel stammt?« fragte Marshall.

»Jawohl«, rief der Sheriff, »und zwar in der Handtasche der Beschuldigten.«

Crowder beobachtete Mason gespannt. Als er sah, daß der Anwalt keinerlei Anstalten traf, um Einspruch zu erheben, lehnte er sich näher an ihn heran und flüsterte: »Das ist doch eine Schlußfolgerung. Er kann doch nicht wissen, ob die Kapsel tatsächlich aus diesem Behältnis stammt.«

»Wegen solcher Kleinigkeiten legen nur Amateure Einspruch ein«, erwiderte Mason lächelnd. »Lassen Sie ihn ruhig weitermachen. Und beim Kreuzverhör schnappen Sie ihn sich. Dann muß er Ihnen erklären, woher er weiß, daß es derselbe Behälter war. Bringen Sie ihn dazu, daß er zugeben muß, sich auf Hörensagen verlassen zu haben. Fragen Sie ihn, ob er als Sheriff denn nicht wüßte, daß eine solche Aussage unzulässig ist. Und dann fragen Sie ihn, ob er diesen Teil seiner Aussage vorher mit dem District Attorney besprochen habe, ob

Marshall ihm nicht in etwa gesagt hätte: ›ich werde diese Frage stellen, und Sie antworten so schnell Sie können, bevor die Verteidigung Einspruch erheben kann. Es ist zwar Hörensagen-Beweismaterial, aber wir werden versuchen, damit durchzukommen‹. Zeigen Sie dem Gericht, daß er voreingenommen ist.«

»Moment, Moment«, tuschelte Crowder aufgeregt zurück, »wenn ich ihn ins Kreuzverhör nehme?«

»Natürlich Sie«, antwortete Mason leise. »Sie wollen doch den Fall mit übernehmen, oder nicht?«

»Natürlich, sehr gern sogar«, antwortete Crowder, »aber ich hatte nicht gehofft, daß Sie mich...«

»Wollen Sie oder wollen Sie nicht?«

»Himmel, ja! Ich... hier im Gericht ist eine junge Dame, die ich... nun ja, ehrlich gestanden, ich möchte sie gern beeindrucken.«

»Die Gelegenheit werden Sie bekommen«, versprach ihm Mason.

Richter Manly hatte die Diskussion zwischen den beiden Anwälten der Verteidigung bemerkt. »Die Frage, die dem Sheriff gestellt wurde, war, ob er das Behältnis, aus dem die Kapsel stammte, gefunden hat. Und er antwortete, die Kapsel stamme aus einer Flasche, die man in der Handtasche der Beschuldigten fand«, wiederholte er.

»Sind diese Kapseln rezeptpflichtig?« fragte Marshall.

»Jawohl.«

»Sprachen Sie mit dem Arzt, der sie verschrieben hat?«

»Ja.«

»Wo haben Sie ihn erreicht?«

»In Boston, Massachusetts.«

»Er ist also nicht als Zeuge hier?«

»Nein.«

»Hat er Ihnen erklärt, weshalb er ein Rezept für eine so ungewöhnlich große Menge dieser Kapseln ausgeschrieben hat?«

»Jawohl.«

»Im Augenblick habe ich keine weiteren Fragen. Sie können mit dem Kreuzverhör beginnen«, sagte Marshall und deutete eine Verbeugung vor Mason an, so als täte er der Verteidigung einen besonderen Gefallen.

Mason nickte Crowder zu. »Fangen Sie an, Duncan«, sagte er.

»Sie haben ausgesagt, Sheriff«, begann Crowder, »daß die Kapsel Somniferal enthielt.«

»Stimmt.«

»Woher wissen Sie das? Ist sie analysiert worden?«

»Ich hatte das Rezept.«

»Welches Rezept?«

»Mit dem die Kapsel erworben wurde.«
»Woher hatten Sie das Rezept?«
»Von dem Arzt, der es ausschrieb.«
»Das Original?«
»Natürlich nicht, das hat die Apotheke.«
»Ach so, dann hatten Sie also doch nicht das Rezept?«
»Jedenfalls nicht im Original.«
»Und die Kapsel wurde nicht analysiert?«
»Das war auch nicht nötig, denn sie war verschlossen.«
»Woher wissen Sie dann, daß diese Kapsel auf dieses Rezept ausgegeben wurde?«
»Weil auf der Flasche ein Etikett ist.«
»Und die Flasche wurde wo gefunden, sagten Sie?«
»In dem Motelzimmer, das die Beschuldigte benutzt hat.«
»Woher wissen Sie, Sheriff, daß die Kapsel aus derselben Flasche stammt?«
»Weil es die gleiche war wie die in der Flasche.«
»Woher wissen Sie das?«
»Nun, sie hatte dieselbe Farbe und sah genauso aus.«
»Sie wissen also, daß die Kapsel aus dieser Flasche stammt, weil ein Etikett auf ihr besagte, sie enthielte Somniferal. Und daß in der Kapsel Somniferal ist, folgern Sie, weil Sie überzeugt sind, die Kapsel stamme aus der Flasche, stimmt's? Oder anders herum: weil Sie annehmen, daß die Kapsel Somniferal enthält, folgern Sie, daß sie aus einer Flasche stammt, in der Sie Somniferal vermuten, und das auch nur, weil Ihnen jemand bei einem Ferngespräch erklärte, daß in der Flasche Somniferal ist?«
»Das ist keine faire Art, es auszudrücken«, brummte der Sheriff.
»Gut«, bot Crowder an, »drücken Sie es fairer aus.«
»Nun, ich sprach mit dem Arzt, der das Rezept ausstellte, und er sagte mir, was darauf stand. Ich prüfte nach...«
»Ja, ja«, unterbrach ihn Crowder, »weiter so, Sheriff, was haben Sie nachgeprüft?«
»Nun, ich habe den Inhalt der Flasche mit dem Rezept, das der Arzt ausstellte...«
Wieder unterbrach ihn Crowder: »Sie haben sich also nicht die Mühe gemacht, die Apotheke anzurufen, die dieses Rezept eingelöst hat, dem Apotheker die Nummer der Flasche durchgegeben und seine Version über den Inhalt erfahren?«
»Nein, das hielt ich nicht für nötig.«
»Ist Ihnen bekannt«, fragte Crowder, »daß Aussagen, die auf Hörensagen beruhen, vor Gericht nicht zulässig sind?«

»Selbstverständlich weiß ich das.«

»Und Ihnen ist nicht aufgefallen, daß ein großer Teil Ihrer Aussage auf Hörensagen beruht?«

»Es war der einzige Weg, diese Beweise zusammenzutragen. Natürlich hätten wir den Arzt aus Boston kommen lassen können. Aber er hätte auch nur bestätigen können, was sowieso einwandfrei auf der Hand liegt.«

»Woher wissen Sie nun tatsächlich, das die Kapsel aus derselben Flasche stammt?«

»Sie hat dieselbe Form, dieselbe Größe und dieselbe Farbe.«

»Gibt es irgend etwas in der Form und Farbe, das sie von jeder gewöhnlichen anderen dreigränigen Kapsel unterscheiden würde?«

»Die Farbe ist bezeichnend.«

»Sie ist grün, nicht wahr?«

»Ja.«

»Hat der Arzt aus Boston Ihnen gesagt, daß Somniferal grün ist und in Kapseln verkauft wird?«

»Nein.«

»Wer denn?«

Der Sheriff rutschte unbehaglich auf seinem Stuhl hin und her. »Ein Apotheker aus El Centro«, antwortete er schließlich.

»Ist er hier, um das zu bestätigen?«

»Nicht, daß ich wüßte.«

»Ich beantrage, Euer Gnaden«, wandte sich Crowder an das Gericht, »die Aussage des Sheriffs, soweit sie sich auf die Art und den Inhalt der Kapsel bezieht, aus dem Protokoll zu streichen, weil sich herausgestellt hat, daß die ganze Aussage auf Hörensagen und Schlußfolgerungen beruht.«

»Aber Euer Gnaden«, rief Marshall, »das sind doch alles nebensächliche, technische Einwände, die sich mein junger, belesener Freund ausgedacht hat.«

»Und ich glaube, daß der District Attorney mit dem Wort nebensächlich soeben etwas leichtfertig umgegangen ist«, meinte Crowder. »Tatsache ist, daß niemand weiß, was in der Kapsel ist. Die Anklage glaubt, es sei Somniferal, nur weil ein Arzt aus Boston telefonisch behauptete, Mrs. Elmore eine größere Dosis Somniferal verschrieben zu haben. Bisher ist kein Beweis erbracht worden, daß die gefundene Kapsel aus der gefundenen Flasche stammt.«

»Ihrem Antrag wird stattgegeben«, entschied Richter Manly.

»Aber Euer Gnaden«, sagte Marshall ärgerlich, »das trifft doch den Kern unserer Beweisführung. Wir wollen doch beweisen, daß der Ermordete einen mit Somniferal versetzten Whisky zu trinken bekam.

Und wir wollen beweisen, daß die Beschuldigte dieses Mittel in ihrem Besitz hatte.«

»Dann beweisen Sie es uns«, sagte Crowder, »und wir werden keinen Einspruch erheben. Aber mit ordnungsgemäßem Beweismaterial. Wir können nicht zulassen, daß die Beschuldigte von den Polizeibehörden nur durch Hörensagen und Vermutungen belastet wird.«

»Das Gericht hat bereits entschieden«, schaltete sich Richter Manly ein.

»Euer Gnaden«, protestierte Marshall weiter, »es handelt sich bisher doch nur um eine Voruntersuchung.«

»In der dieselben Bestimmungen hinsichtlich der Beweisführung gelten wie in einem Schwurgerichtsprozeß!« rief Crowder.

»Richtig«, bestätigte der Richter. Dann fügte er etwas freundlicher hinzu: »Vielleicht können Sie es später beweisen, Mr. District Attorney.«

»Nicht, ohne einen Zeugen aus Boston herfliegen zu lassen«, knurrte Marshall wütend.

»Die Verteidigung ist selbstverständlich bereit, einer Vertagung zuzustimmen«, meinte Crowder artig, »bis die Anklage ihre Zeugen beisammen hat. Auch wir würden dem betreffenden Arzt gern einige Fragen vorlegen, um zu erfahren, woher er wußte, was in der Flasche war und wie er sie telefonisch identifizieren konnte. Ich glaube nämlich, daß sich dabei herausstellen wird, daß der Arzt lediglich das Rezept schrieb, mit seiner Einlösung jedoch nichts zu tun hatte. Nur der Apotheker wird uns sagen können, was die Kapseln enthalten.«

»Gut, dann werde ich eben den Apotheker auch bestellen, wenn Sie das im Sinn haben«, schnaubte Marshall.

Crowder lächelte. »Ich will ja nichts weiter, als daß die Anklage ordentliche Beweise vorlegt und sich nicht auf Hörensagen stützt.«

»Rufen Sie jetzt Ihren nächsten Zeugen, Mr. District Attorney, und versuchen Sie, die Angelegenheit später zu klären«, sagte Richter Manly.

»Jawohl«, quetschte Marshall zornig zwischen den Zähnen hervor, als er sah, daß alle anwesenden Zeitungsreporter eifrig mitgeschrieben hatten. »Ich rufe den Polizeichef von Calexico, Hartwell Alvin.«

»Mr. Alvin, treten Sie vor und legen Sie den Eid ab«, befahl der Richter.

Alvin war ein großer, dünner Mann Mitte Fünfzig mit ausdruckslosen Augen, die hinter einem leichten Schleier verborgen zu sein schienen. Er trat vor, hielt die Hand zum Eid hoch und nahm dann seinen Platz ein. Er machte einen zerfahrenen Eindruck.

»Ihr Name ist Hartwell Alvin. Sie sind seit einigen Jahren der Polizeichef von Calexico, Kalifornien. Stimmt das?«

»Jawohl«, antwortete Alvin.

»Ich richte Ihre Aufmerksamkeit auf die Morgenstunden des Vierten dieses Monats und frage Sie, ob Sie zu diesem Zeitpunkt in das Palm Court Motel von Calexico gingen?«

»Jawohl.«

»Nachdem die Verteidigung auf jede Aussage, die auf Hörensagen beruht, Einspruch einlegt, werde ich Sie also nicht fragen, aus welchem Grunde Sie dort hinfuhren, denn alles, was Sie telefonisch erfuhren, wäre ja schon Hörensagen. Erzählen Sie uns also nur, was Sie bei Ihrer Ankunft vorfanden.«

»Ich fand im Zimmer 14 einen Toten.«

»Kannten Sie ihn?«

»Nein.«

»Wurde er später identifiziert?«

»Ja.«

»Stellte sich heraus, daß es sich um einen gewissen Montrose Dewitt aus Los Angeles handelte?« »Richtig.«

»Um welche Zeit betraten Sie das Zimmer?«

»Kurz nach sieben Uhr.«

»Was fanden Sie sonst noch?«

»Nun, ich sah zuerst die Leiche am Boden liegen. Das Zimmer war in Unordnung. Wir haben Fotos davon angefertigt. Einige Schubladen waren aufgezogen worden, ein Koffer und eine Tasche waren geöffnet. Eine noch viel größere Unordnung bemerkte ich im Zimmer 16. Dort waren die Schubladen teilweise herausgerissen, Gepäckstücke lagen geöffnet herum, und Kleidungsstücke und andere Dinge waren im ganzen Zimmer verstreut.«

»Haben Sie Fotos von beiden Zimmern gemacht?«

»Jawohl, das heißt, ich habe veranlaßt, die Räume in ihrem damaligen Zustand zu fotografieren.«

»Haben Sie Abzüge dieser Aufnahmen?«

»Jawohl.«

»Würden Sie sie mir bitte geben und jedesmal dazu sagen, was auf dem Foto ist?«

Es entstand eine Pause, während der der Zeuge dem Ankläger ein Foto nach dem anderen überreichte und jedesmal dazu erklärte, was auf dem Bild war, aus welcher Position es aufgenommen wurde und um welches Zimmer es sich handelte.

»Haben Sie das Gästeverzeichnis des Motels geprüft?« erkundigte sich Marshall.

»Jawohl. Zimmer 16 war von Lorraine Elmore, Zimmer 14 von Montrose Dewitt gemietet worden.«

»Waren Sie mit dem Sheriff zusammen, als ein Auto, das auf Lorraine Elmore zugelassen war, in der Wüste gefunden wurde?«

»Jawohl.«

»Haben Sie sich in der Nähe des Autos umgesehen?«

»Ja.«

»Fotografierten Sie es?«

»Ja.«

»Haben Sie auch diese Abzüge bei sich?«

»Jawohl, Sir.«

Wieder brachte Alvin ein halbes Dutzend Fotos zum Vorschein, die Lorraine Elmores Wagen zeigten.

»Fanden Sie in diesem Auto etwas?«

»Ja. Unter der Matte im Kofferraum lag ein Metalldorn, wie man ihn zum Zerkleinern von Eiswürfeln für Coctails benutzt.«

»Haben Sie ihn bei sich?«

»Ja«, antwortete der Zeuge und brachte ihn zum Vorschein.

Marshall beantragte, den Gegenstand als Beweisstück aufzunehmen.

»Ich zeige Ihnen jetzt eine Nummer, die in diesen Eispickel eingeprägt ist, und frage Sie, ob dieselbe Nummer auch eingeprägt war, als Sie den Eispickel fanden?«

»Jawohl, es ist dieselbe Gravur.«

»Fanden Sie sonst noch etwas?«

»Ich sah, wie der Sheriff eine grünliche Kapsel vom Vordersitz des Autos nahm.«

»Waren Sie auch anwesend, als der Sheriff eine Flasche mit einer Rezeptnummer fand?«

»Jawohl.«

»Wo wurde diese Flasche gefunden?«

»In einer kleinen Handtasche, die im Zimmer 16 des Palm Court Motels lag.«

»Kreuzverhör!« rief Marshall.

»Nehmen Sie ihn sich vor, Duncan«, flüsterte Mason. »Viel können Sie mit ihm nicht anfangen. Krallen Sie sich an einen Punkt, den Sie mit Nachdruck betonen können, dann lassen Sie ihn laufen.«

Duncan stand auf, lächelte den Polizeichef an und begann das Verhör: »Wie ich Ihrer Aussage entnehme und auch auf den Fotos sehen kann, war im Zimmer 16 alles ziemlich durchwühlt worden?«

»Das stimmt.«

»Irgend jemand hat sich also am Gepäck und an den Schubladen zu schaffen gemacht?«

»Ja.«
»Haben Sie den Raum auf Fingerabdrücke untersuchen lassen?«
»Selbstverständlich.«
»Fanden Sie welche?«
»Ja.«
»Weshalb haben Sie das nicht erwähnt, als Sie soeben von der Anklage vernommen wurden?«
»Der District Attorney hat mich nicht danach gefragt.«
»Weshalb wohl nicht?«
Marshall war bereits aufgesprungen. »Euer Gnaden«, rief er, »wir erheben Einspruch gegen ein so unsachgemäßes Kreuzverhör. Die Frage ist nicht ordnungsgemäß gestellt worden. Der Zeuge kann schließlich meine Gedanken nicht lesen.«
»Stattgegeben«, entschied Richter Manly.
Crowder lächelte. »Ich werde meine Frage anders formulieren. Besprachen Sie die Angelegenheit mit dem Ankläger?«
»Selbstverständlich.«
»Also bevor Sie hier als Zeuge auftraten?«
»Natürlich vorher.«
»Und Sie erörterten gemeinsam die Dinge, die Sie aussagen würden?«
»Ja.«
»Hat der Ankläger Ihnen bei dieser Besprechung nicht zu verstehen gegeben, daß Sie über Fingerabdrücke nichts auszusagen haben, es sei denn, daß Sie ausdrücklich danach gefragt werden?«
»Einspruch!« rief Marshall wütend. »Dieses Gespräch oder jedes andere, das dieser Zeuge mit der Anklagebehörde führte, hat mit der Verhandlung nichts zu tun. Ich bin schließlich hier nicht der Beschuldigte.«
»Aber wenn es den Anschein hat«, wandte Crowder freundlich ein, »daß dieser Zeuge hier seine Aussage absichtlich frisiert hat und bewußt gewisse Fakten verschweigt, und zwar auf Veranlassung der Anklage, würde es doch zeigen, daß er voreingenommen ist, Euer Gnaden. Und es ist absolut ordnungsgemäß, im Kreuzverhör die Voreingenommenheit eines Zeugen zu beweisen.«
»Richtig«, antwortete Richter Manly. »Einspruch wird abgeehnt.«
»Beantworten Sie bitte meine letzte Frage«, bat Crowder.
Marshall schien offenbar unschlüssig, ob er über diesen Punkt weiterstreiten sollte oder nicht. Er blieb noch einen Moment zögernd stehen, dann setzte er sich widerwillig.
»Ich sollte von den Fingerabdrücken nichts sagen, wenn ich nicht danach gefragt würde«, antwortete der Zeuge.

»Sagte Mr. Marshall auch, weshalb nicht?«

»Weil es die Tatsachen durcheinanderbringen würde.«

»Nun gut. Dann werde ich Sie jetzt bezüglich der Fingerabdrücke verhören. Was haben Sie gefunden?«

»Wir fanden Abdrücke von Lorraine Elmore, der Beschuldigten, und von Montrose Dewitt.«

»In beiden Zimmern?«

»Jawohl.«

»Fahren Sie fort. Sonst noch irgendwelche erkennbaren Fingerabdrücke?«

»Ja, vom Zimmermädchen und dann noch einige, die noch nicht identifiziert werden konnten.«

»Aber sie sind deutlich genug, daß man eine Identifizierung durchführen könnte, nicht wahr?«

»Ja, vorausgesetzt, wir finden die Leute, von denen sie stammen.«

»Haben Sie Fotos von diesen Abdrücken?«

»Jawohl.«

»Zeigen Sie sie mir bitte.«

»Hohes Gericht«, sagte Marshall betont ruhig, »die Verteidigung kann den Zeugen im Kreuzverhör fragen, was er festgestellt hat, aber sie hat kein Recht, Fotos von dem, was gefunden wurde, als Beweismaterial vorzulegen. Wenn die Verteidigung diese Fingerabdrücke als Beweisstücke aufzunehmen wünscht, muß sie vorher Mr. Alvin als ihren Zeugen aufrufen.«

»Das glaube ich nicht«, erwiderte Richter Manly. »Der Zeuge wurde gefragt, was er gefunden hat. Er hat die Zimmer fotografieren lassen, und diese Fotos wurden auch als Beweisstücke aufgenommen. Also, wenn Fotos auf Ihre Anordnung hin zurückgehalten worden sind, und das ist ja durch das Kreuzverhör nunmehr bewiesen, dann hat die Verteidigung sehr wohl das Recht, auch die Fotos der Fingerabdrücke als Beweisstücke vorzulegen.«

»Ich erhebe gegen die Behauptung Einspruch, daß sie absichtlich von mir zurückgehalten wurden, Euer Gnaden«, schnaubte Marshall.

»Erheben Sie nur«, antwortete der Richter, »aber es ist ein Teil des Beweismaterials. Ich kommentierte nichts weiter als eine bewiesene Tatsache.«

»Also weiter«, sagte Crowder gutgelaunt, nachdem die Fotos als Beweisstücke registriert worden waren. »Alles deutet darauf hin, daß irgend jemand die beiden Zimmer eilig durchsuchte, das Gepäck öffnete und die Schubladen herauszog, so, als suche er etwas, nicht wahr?«

»Jawohl.«

»Aber es hätte genauso ausgesehen, wenn jemand Beweismaterial, zum Beispiel die Rezeptflasche, hätte verstecken wollen, nicht wahr?«

»Nicht unbedingt. Wenn jemand etwas verstecken will, legt er es an eine bestimmte Stelle und reißt nicht sämtliche Gepäckstücke auf.«

»Dann werde ich anders fragen. Wenn jemand das Gepäck durchsucht hätte, um sich zu vergewissern, daß ein bestimmtes Objekt nicht darin war und daraufhin ein gleiches Objekt versteckt hätte, damit es die Untersuchungsbeamten finden müßten, dann hätte doch das Zimmer genauso ausgesehen, oder nicht?«

»Das stimmt«, gab der Zeuge zu. »Wenn man ein solches Durcheinander vorfindet, kann man nie mit Bestimmtheit sagen, ob etwas weggenommen oder hinzugefügt wurde.«

»Verbindlichen Dank für Ihre unparteiische Aussage«, meinte Crowder mit einer angedeuteten Verbeugung. »Ich bin Ihnen für Ihre Offenheit wirklich sehr dankbar und habe keine weiteren Fragen an Sie.«

»Es ist absolut überflüssig, daß der Verteidiger eine Rede hält«, brummte Marshall.

»Aber er hat dem Zeugen lediglich gedankt«, meinte Richter Manly und zwinkerte mit den Augen.

»Er hat kein Recht dazu!«

»Kann sein«, entgegnete Richter Manly, »aber wir verhandeln ja ohne Geschworene, und niemand hat dadurch einen Schaden erlitten. Und weil wir gerade dabei sind: auch das Gericht möchte dem Zeugen für seine absolute Ehrlichkeit während der Aussage danken. Sie können gehen.«

Alvin verließ den Zeugenstand.

»Rufen Sie Ronley Andover«, befahl Marshall.

Mason drehte sich um und blickte fragend auf Paul Drake, der mit den Schultern zuckte, um dadurch anzudeuten, daß auch er keine Ahnung davon gehabt habe, daß Andover als Zeuge auftreten würde.

Andover wurde vereidigt, nahm seinen Platz im Zeugenstand ein und gab dem Gerichtsstenographen seine Personalien.

»Hat man Ihnen die Leiche von Montrose Dewitt gezeigt«, fragte Marshall.

»Jawohl.«

»Kannten Sie den Mann?«

»Jawohl.«

»Unter welchem Namen?«

»Er nannte sich Weston Hale.«

»Wohnten Sie mit ihm zusammen?«

»Ja.«

»Ist Ihnen bekannt, ob dieser Mann, als er Los Angeles verließ, eine relativ hohe Summe Bargeld bei sich hatte?«

»Jawohl, Sir.«

»Wieviel?«

»Fünfzehntausend Dollar.«

»Kreuzverhör«, bot Marshall an.

»Den knöpfe ich mir vor, Duncan«, sagte Mason und stand auf.

»Woher wußten Sie, daß er fünfzehntausend Dollar bei sich hatte, Mr. Andover?«

»Weil ich sie ihm selbst gegeben habe.«

»Und woher hatten Sie das Geld?«

»Weston Hale schrieb einen Scheck auf meinen Namen aus, ich löste den Scheck ein und gab ihm das Geld dafür.«

»Wissen Sie, ob Weston Hale der richtige Name des Mannes oder nur ein angenommener war?«

»Ich glaube, er hieß wirklich so.«

»Haben Sie eine Ahnung, weshalb er sich Montrose Dewitt nannte?«

»Nein.«

»Wußten Sie, daß er ein eigenes Apartment und ein separates Bankkonto unter dem Namen Dewitt hatte?«

»Jetzt weiß ich es; damals noch nicht.«

»Sie gaben also Weston Hale das Geld?« forschte Mason weiter.

»Ja.«

»Wann?«

»Am Dritten.«

»Wo?«

»Er kam zu der Wohnung, die wir zusammen bewohnten.«

»Kam er hinauf?«

»Nein, er bat mich, hinunterzukommen und ihn zu treffen.«

»Und das taten Sie?«

»Ja, Sir.«

»Fuhr er seinen eigenen Wagen?«

»Nein, Sir, er saß im Fahrzeug der Beschuldigten.«

»Stieg er aus?«

»Nein, er hielt kurz, und ich überreichte ihm einfach das Kuvert mit dem Geld.«

Mason zog nachdenklich die Stirn in Falten. »Ich habe keine weiteren Fragen«, sagte er.

Der nächste Zeuge war der Arzt, der die Autopsie vorgenommen hatte. Er bestätigte, daß Dewitt Einstiche am Kopf sowie in der Brust hatte, und daß diese durch einen langen, dünnen Gegenstand, beispielsweise einem Eispickel entstanden waren.

Dann rief Marshall die Geschäftsführerin des Motels auf und bewies durch sie, daß jedes Zimmer mit einem derartigen Eiszerkleinerer ausgestattet war und daß der Eispickel, den man im Wagen von Mrs. Elmore gefunden hatte, mit dem aus Motelzimmer Nummer 16 identisch war.

Crowder blickte fragend auf Mason, doch dieser schüttelte den Kopf und sagte: »Kein Kreuzverhör. Sie haben Ihre Sache bisher prima gemacht, Duncan. Lassen Sie sie gehen.«

»Euer Gnaden«, verkündete Baldwin Marshall dramatisch, »mein nächster Zeuge wird George Keswick Latty sein. Nach Beendigung seiner Aussage kann ihn die Verteidigung nach Herzenslust ins Kreuzverhör nehmen.«

»Diese Bemerkung war überflüssig«, belehrte Richter Manly den District Attorney. »Wenn Mr. Latty Ihr nächster Zeuge ist, rufen Sie ihn auf, und enthalten Sie sich jeder ironischen Nebenbemerkung.«

»Jawohl, Euer Gnaden«, antwortete Marshall gekränkt. »Ich wollte damit nur zum Ausdruck bringen, daß die Anklage absolut keine Angst hat, diesen Zeugen der Verteidigung zum Kreuzverhör zur Verfügung zu stellen, wie vorher andeutungsweise behauptet wurde.«

»Deswegen besteht noch lange keine Notwendigkeit, den Weg der Objektivität zu verlassen«, antwortete Richter Manly. »Die Verteidigung hat das Recht, jeden Zeugen, den Sie aufrufen, ins Kreuzverhör zu nehmen, und«, fügte er hinzu, und sein Gesicht wurde rot, »im Hinblick auf Ihre Erklärung, sie könne ihn nach Herzenslust ausfragen, wird das Gericht Sie beim Wort nehmen und das Kreuzverhör praktisch unbegrenzt erlauben. Also rufen Sie jetzt Ihren Zeugen auf.«

»Mr. Latty«, rief Marshall und schien in keiner Weise über die Zurechtweisung des Gerichts besorgt zu sein.

Es entstand eine Pause, während der alle Zuschauer und Beteiligten erwartungsvoll auf die Tür des Gerichtssaals blickten.

Dann stand Latty, von einem Polizisten begleitet, in der Tür. Er hatte das Kinn erhoben; seine Pose war die eines Mannes, der sich vollkommen bewußt ist, welche dramatischen Möglichkeiten ihm diese Situation bot.

Langsam, immer noch mit erhobenem Kopf, ging er vor zum Zeugenstand, hob die rechte Hand zum Eid und setzte sich.

Seine Augen suchten Linda, und er lächelte sie an. Es war die Pose eines Königs, die er einem untergeordneten Günstling gewährt.

»Ihr Name ist George Keswick Latty«, begann Marshall. »Sie sind mit Linda Calhoun, der Nichte der Beschuldigten, verlobt und wollen sie heiraten. Stimmt das?«

»Ja, Sir.«
»Gut. Wo wohnen Sie?«
»Im Staate Massachusetts, in der Nähe von Boston.«
»Sie besuchen dort eine Universität?«
»Jawohl, Sir.«
»Wann fuhren Sie dort ab?«
»Am frühen Morgen des Dritten.«
»Mit dem Flugzeug?«
»Jawohl, Sir, ich flog nach Los Angeles.«
»Wen trafen Sie dort?«
»Linda Calhoun.«
»Besprachen Sie die Angelegenheit von Lorraine Elmore mit Ihrer Verlobten?«
»Jawohl.«
»Ich werde jetzt nicht fragen worüber Sie sich unterhielten«, meinte Marshall wichtigtuerisch, »weil das ja Hörensagen wäre, aber ich möchte wissen, ob Sie auf Grund dieser Unterhaltung mit Miss Calhoun irgend etwas unternahmen?«
»Jawohl. Wir fuhren noch am selben Vormittag zu Mr. Perry Mason.«
»Ich darf wohl annehmen, daß Sie zu diesem Zeitpunkt bereits wußten, daß sich Linda und ihre Tante gestritten hatten, weil...«
»Einen Moment, Euer Gnaden«, unterbrach Mason. »Wir erheben Einspruch gegen diese Frage, weil sie ganz offensichtlich suggestiv ist und auf Hörensagen beruht.«
»Stattgegeben.«
»Gut«, fuhr Marshall wütend fort, »wenn ich es so nicht beweisen kann, werde ich es eben durch die Umstände aufzeigen. Was taten Sie, als Sie Masons Büro verlassen hatten, Mr. Latty?«
»Ich mietete mir einen Wagen.«
»Warum? Was hatten Sie vor?«
»Ich beschattete Lorraine Elmore.«
»Erzählen Sie.«
»Nun, ich heftete mich an ihre Fersen. Nachdem sie einen Haufen Gepäck in ihrem Wagen verstaut hatte, fuhr sie, begleitet von Montrose Dewitt, nach Süden. Zunächst hielten sie in einer Seitenstraße und nahmen ein Kuvert in Empfang, und zwar von einem Mann, den ich inzwischen als Ronley Andover kennengelernt habe.«
»Weiter!«
»Ich folgte ihnen, bis sie ungefähr fünfzehn Kilometer vor der Grenze nach Arizona waren. Dort habe ich sie verloren.«
»Was unternahmen Sie dann?«

»Ich fuhr nach Arizona hinein.«

»Trafen Sie dort irgend jemand, den Sie kannten?«

»Jawohl, Perry Mason, dessen Sekretärin und Mr. Drake, den Detektiv.«

»Was geschah danach?«

»Von El Centro aus rief ich Linda an und erfuhr, daß die Beschuldigte im Palm Court Motel in Calexico wohnte.«

»Weiter!«

»Ich hatte vor, nach Los Angeles zurückzufahren, aber da das Palm Court Motel ja nur ungefähr fünfzehn Kilometer von El Centro entfernt war, beschloß ich, hinzufahren und die Situation zu prüfen.«

»Um welche Zeit kamen Sie in Calexico an?«

»Ich weiß es nicht mehr genau, aber es war kurz vor Mitternacht.«

»Und was taten Sie dann?«

»Ich fuhr ins Palm Court Motel und sah mir die Wagen auf dem Parkplatz an. Mrs. Elmores Auto stand vor Nummer 14. Ich fragte, ob ich ein Zimmer bekommen könnte und erhielt Nummer 12.«

»Wo liegt Zimmer 12 im Vergleich zu dem Zimmer, das Montrose Dewitt bewohnte?«

»Er hatte Nummer 14, meines war genau neben seinem.«

»Was taten Sie, nachdem Sie eingezogen waren?«

»Ich erforschte die Situation.«

»Was heißt das?«

»Nun, ich sah mir alles an.«

»Und was fanden Sie heraus?«

»Die Zimmer 12 und 14 waren so gebaut, daß sie gegebenenfalls auch als Doppelzimmer vermietet werden konnten. Sie waren nur durch eine Tür getrennt. Diese war verschlossen, aber irgend jemand hatte ein kleines Loch hineingebohrt. Man konnte dadurch recht gut in das angrenzende Zimmer sehen.«

»Konnte man auch hören, was im Nebenzimmer vor sich ging?«

»O ja, zwar nicht durch die Tür, aber wenn man sich in den Wandschrank stellte und das Ohr gegen die Wand legte, war es, als ob man sich im Nebenzimmer befände.«

»Und was taten Sie?«

»Zuerst beobachtete ich durch das kleine Loch, das in die Tür gebohrt war, Lorraine Elmore und Montrose Dewitt, die nebeneinander auf dem Bettrand saßen und sich unterhielten. Da ich nicht hören konnte, was sie sagten, stellte ich mich in den Kleiderschrank. Ich verstand fast jedes Wort.«

»Und was hörten Sie?«

»Zuerst unterhielten sie sich über persönliche Dinge.«

»Was heißt das?«

»Nun, sie... sie schmusten miteinander.«

»Gut«, sagte Marshall und lächelte breit, »hörten Sie, wie die beiden ihre Zukunftspläne schmiedeten?«

»Ja.«

»Und?«

»Mr. Dewitt sagte zu Mrs. Elmore, daß Linda nichts weiter wolle als das Geld ihrer Tante. Sie wolle sie nur dazu zwingen, ein Leben der Abgeschlossenheit ohne Freunde und Liebe zu führen. Linda sei egoistisch.«

»Weiter«, drängte Marshall.

»Dann wurde Tante Lorraine böse und sagte, er verkenne Linda völlig. Sie sei zwar ein bißchen impulsiv, aber was er über sie sage, stimme nicht. Es täte ihr leid, mit Linda gestritten zu haben, weshalb sie ihre Nichte auch angerufen und sie um Verzeihung gebeten habe. Sie habe Linda versprochen, sie am nächsten Vormittag zu besuchen. Bis dahin seien Dewitt und sie ja bereits verheiratet, und sie wolle unbedingt, daß er ihre Nichte auch kennenlernt.«

»Gut«, meinte Marshall. »Fahren Sie fort. Was geschah danach?«

»Daraufhin wurde Montrose Dewitt sehr wütend. Er sagte: ›Ich habe dir doch gesagt, du sollst sie nicht anrufen. Wir wollen unser eigenes Leben leben. Wenn wir diese gemeinsame Investition machen, können wir in einem Jahr Millionen damit verdienen, aber es darf niemand wissen.‹ Erst in zwölf Monaten, sagte Dewitt, dürfe Mrs. Elmore ihren Bekannten und Verwandten sagen, wo sie sei. Inzwischen wäre sie eine reiche Frau.«

»Berichten Sie bitte weiter«, bat Marshall.

»Lorraine Elmore schien anderer Meinung zu sein«, fuhr Latty fort. »Sie betonte, daß es ihr bisher auch recht gut gegangen sei. Sie wollte ihre Freunde und Verwandten nicht dem Gelde opfern, denn Geld bedeute schließlich nicht alles im Leben.«

»Und dann?«

»Daraufhin begann er, sich zu entschuldigen. Sie solle verzeihen, daß er die Nerven verloren habe. Er versuchte sie zu umgarnen, aber sie reagierte nicht ganz darauf.

Sie wiederholte immer wieder, sie könne nicht einsehen, weshalb sie ihre Angehörigen verlassen sollte, nur weil er und sie ein neues Leben beginnen wollten. Sie sprachen noch eine Weile, dann wünschten sie sich beide eine gute Nacht.«

»Ging Mrs. Elmore aus dem Zimmer?«

»Sie war auf dem Weg, als Dewitt draußen etwas zu bemerken schien. Er sprach von einem Auto. Auch Dewitt war inzwischen aufgestanden, und ich konnte nicht mehr genau hören, was sie sagten, aber er sprach immer wieder von einem Auto. Plötzlich ging das Licht aus, und ich hörte Mrs. Elmores Wagen starten. Ich rannte hinaus, sah aber nur noch, wie die beiden losfuhren.«

»Wer steuerte?«

»Sie.«

»Wer ist sie?«

»Nun, Lorraine Elmore.«

»Was taten Sie daraufhin?«

»Ich versuchte ihnen zu folgen. Als ich die Straße erreicht hatte, waren die beiden jedoch schon um die Ecke gebogen. Ich konnte mich nicht lange entscheiden. Ich bog also links ab, sah aber dann, daß ich einen Fehler gemacht hatte, denn vor mir war kein Wagen zu sehen. Ich wollte gerade wenden, mußte aber dann wegen eines Streifenwagens um den ganzen Block herumfahren. Inzwischen hatte ich sie vollends verloren. Nach einer Stunde erfolglosen Suchens kehrte ich ins Motel zurück.«

»Weiter!«

»Nun, ich war ziemlich ärgerlich. Ich hatte das Gefühl, völlig versagt zu haben. Ich war ziemlich am Boden. Ich wartete eine Viertelstunde oder zwanzig Minuten, ob sie zurückkämen, dann legte ich mich hin und schlief fast augenblicklich ein.«

»Wodurch wurden Sie geweckt?«

»Durch ein Stimmengewirr im Nebenzimmer.«

»Damit meinen Sie Nummer 14, das Zimmer, das Dewitt bewohnte?«

»Ja. Ich sprang aus dem Bett und eilte in den Wandschrank.«

»Und was hörten Sie?«

»Es war Dewitt. Er sagte, er sei so müde wie noch nie in seinem ganzen Leben. Dann meinte er: ›Jetzt haben wir's geschafft‹, oder so etwas Ähnliches. Danach hörte ich nur noch, wie ein Koffer auf die Erde gestellt wurde und kurz darauf einen schweren Aufschlag.«

»Was meinen Sie mit einem schweren Aufschlag«, wollte Marshall wissen.

»Es hörte sich an, als ob jemand zusammengebrochen wäre.«

»Was geschah dann?«

»Ich versuchte mir dieses Geräusch zu erklären. Zuerst glaubte ich, es könnte ein Koffer gewesen sein. Als ich immer noch am Überlegen war, hörte ich jemand herumgehen und glaubte, es wäre Dewitt.«

»Lassen Sie beiseite, was Sie glaubten«, ordnete Marshall an. »Sie hörten also einen Aufschlag und dann jemand herumlaufen?«

»Stimmt.«

»Was taten Sie daraufhin?«

»Ich lauschte weiter in der Hoffnung, daß noch mehr gesprochen werden würde.«

»Und?«

»Ich verließ den Schrank und stellte mich vor das kleine Loch in der Tür, weil jemand im Zimmer herumlief. Ich war sicher, daß diese Person früher oder später einmal in mein Blickfeld kommen mußte.«

»War das auch der Fall?«

»Nein. Gerade als ich zur Tür kam und durchblickte, ging das Licht aus, und alles wurde still.«

»Und dann?«

»Nun, Dewitt hatte doch gesagt, wie müde er sei. Ich glaubte also, er sei ins Bett gegangen und Lorraine Elmore in ihr Zimmer...«

»Sie sollen nicht aussagen, was Sie glaubten«, wiederholte Marshall. »Berichten Sie nur das, was Sie hörten, sahen oder taten.«

»Nun, ich legte mich wieder hin. Aber ich konnte nicht einschlafen. Nach einer Viertelstunde beschloß ich, nachzusehen, ob bei Mrs. Elmore noch Licht brannte. Also stand ich auf und begann mich anzuziehen.«

»Sie begannen sich anzuziehen?«

»Ja.«

»Und dann?«

»Ich hörte, wie im Nebenzimmer, also Zimmer 14, eine Tür zugeschlagen wurde.«

»Zugeschlagen?«

»Stimmt.«

»Und dann?«

»Ich rannte zur Tür und sah gerade noch die Rückstrahler eines Wagens, der vom Parkplatz hinaus auf die Straße fuhr.«

»Konnten Sie den Wagen erkennen?«

»Nein, denn ich konnte die Nummer nicht sehen.«

»Was glauben Sie, wessen Wagen das war?«

»Einspruch«, rief Crowder. »Die Frage verlangt nach einer Schlußfolgerung des Zeugen.«

»Stattgegeben«, entschied der Richter. »Der Zeuge hat ausgesagt, er habe das Fahrzeug nicht erkennen können. Was er glaubt, ist völlig unwichtig.«

»Na gut. Also, was taten Sie?« fragte Marshall weiter.

»Ich zog mich, so schnell ich konnte, fertig an, sprang in mein Auto und fuhr in die Stadt. Ich hatte aber auch diesmal keinen Erfolg. Wieder im Motel, versuchte ich zu schlafen, konnte es aber nicht. Gegen fünf oder halb sechs Uhr morgens stand ich auf, zog mich an und fuhr in ein Restaurant zum frühstücken. Als ich zum Motel zurückkam, war Perry Mason dort. Ich ging in mein Zimmer und rasierte mich. Kurz darauf hörte ich einen Schrei. Ich war nicht sicher, woher dieser Schrei gekommen war. Ich überlegte eine Weile, dann entschloß ich mich, der Sache auf den Grund zu gehen. Halb rasiert, im Unterhemd und Hosen, ging ich hinaus und erfuhr von dem Mord.«

Mit einer Verbeugung wandte sich Marshall an Mason: »Bitte, beginnen Sie mit Ihrem Kreuzverhör. Ich versichere Ihnen, daß von seiten der Anklage keinerlei Einspruch erhoben werden wird. Stellen Sie jede Frage, die Sie wollen.«

Richter Manly klopfte ungeduldig mit dem Bleistift auf sein Pult. »Herr Ankläger, das Gericht warnt Sie zum letztenmal. Ich wünsche keine Randbemerkungen, und es besteht auch kein Grund, daß Sie so tun, als täten Sie der Verteidigung einen persönlichen Gefallen, wenn Sie einen Ihrer Zeugen zum Kreuzverhör übergeben.«

»Ich habe ihr aber einen Gefallen getan, Euer Gnaden«, behauptete Marshall, »weil ich gegen keine Frage Einspruch erheben werde.«

»Beginnen Sie mit dem Kreuzverhör«, bat Richter Manly, ohne auf den District Attorney einzugehen.

Mason stand auf und blickte Latty durchdringend an.

Einen Augenblick hielt Latty Masons Blick aufsässig stand. Dann senkte er die Augen und rutschte nervös auf seinem Stuhl hin und her.

»Sie sind also mit Linda Calhoun verlobt?«

»Stimmt.«

»Wie lange schon?«

»Ein bißchen über fünf Monate.«

»Haben Sie schon einen Hochzeitstermin festgesetzt?«

»Wir warten, bis ich mit dem Studium fertig bin.«

»Wer finanziert Ihnen dieses Studium?«

Marshall sprang auf: »Euer Gnaden«, rief er, »das ist doch wirklich...«

»Setzen Sie sich«, schnauzte ihn der Richter an. »Sie haben eben noch behauptet, keinen Einspruch einzulegen. Also setzen Sie sich. Jeden Einspruch, den Sie anmelden, wird das Gericht ablehnen.«

»Aber diese Frage eben war doch ganz augenscheinlich nicht zulässig«, protestierte Marshall.

»Vielleicht zeigt sie aber auf, daß der Zeuge voreingenommen ist«, meinte Mason.

»Mir ist es völlig gleichgültig, was sie aufzeigt oder nicht«, donnerte der Richter. »Sie verhören den Zeugen nach Herzenslust, wie Sie es angeboten bekamen. Fahren Sie fort.«

»Meine Verlobte streckt mir das Geld vor, um meine Ausbildung zu bezahlen. Ich werde es ihr zurückgeben.«

»Dadurch, daß Sie sie heiraten?«

»Ich werde sie heiraten, jawohl.«

»In diesem Augenblick wird das Geld, das Sie verdienen, gemeinsamer Besitz.«

»Daran habe ich noch gar nicht gedacht«, gab Latty zu.

»Wann haben Sie Linda Calhoun das letztemal gesehen, bevor Sie hier ins Gericht kamen?«

»Am Dritten.«

»Das war das letztemal?«

»Ich ... nun, ich ... das war das letztemal, das ich mit ihr sprach.«

Mason wartete einen Augenblick. »Ich fragte Sie, wann Sie Miss Calhoun das letztemal gesehen haben!«

»Nun, ich sah sie flüchtig auf der Straße in Mexicali.«

»Wann?«

»Gestern.«

»Und Sie haben nicht mit ihr gesprochen?«

»Nein.«

»Wie weit waren Sie von ihr entfernt?«

»Einen halben Häuserblock.«

»Versuchten Sie, sie einzuholen?«

»Nein.«

»Sondern?«

»Ich ging in mein Hotel und rief sie an.«

»Verlangten Sie, sie zu sprechen?«

»Ja.«

»Das war unmittelbar, nachdem Sie sie auf der Straße sahen?«

»Ja.«

»Dann wußten Sie also, daß sie gar nicht in ihrem Hotel sein konnte?«

»Ja.«

»Was sagten Sie am Telefon?«

»Ich fragte nach Linda, und als man mir mitteilte, sie gäbe keine Antwort, bat ich, ihr zu übermitteln, daß sie sich keine Sorgen um mich machen sollte, daß es mir gut ginge.«

»Sie telefonierten, obwohl Sie genau wußten, daß sie nicht im Hotel war.«

»Sie konnte ja nicht gut an zwei Stellen gleichzeitig sein, nicht wahr?« antwortete Latty aufsässig.

»Warum haben Sie Linda nicht früher mitgeteilt, daß sie sich keine Sorgen zu machen brauche?«

»Weil ... nun, weil man mir aufgetragen hatte, niemand zu sagen, wo ich wohnte.«

»Wer hat Ihnen das aufgetragen?«

»Mr. Marshall.«

»Und Sie befolgten seine Befehle?«

»Ich würde eher sagen, ich ging auf seine Wünsche ein.«

»Und das, obwohl Sie wußten, daß Ihre Verlobte sich um Sie sorgte?«

»Ich sagte Ihnen doch gerade, daß ich Linda Nachricht zukommen ließ.«

»Aber erst, als Sie sicher waren, daß Sie nicht persönlich mit ihr zu sprechen brauchten.«

»Nun ... ja.«

»Aber während mehr als vierundzwanzig Stunden rührten Sie keinen Finger, um ihre Sorgen zu zerstreuen?«

»Nein.«

»Fuhren Sie nach Ihrer Besprechung mit dem District Attorney direkt nach Mexicali?«

»Nein, ich fuhr zunächst nach Tijuana.«

»Tijuana!« rief Mason offenbar sehr erstaunt aus. »Und wie lange blieben Sie dort?«

»Eine Nacht.«

»Und dann benutzten Sie den Bus nach Mexicali?«

»Nein.«

»Ach so, in einem Privatwagen?«

»Nein, mit einem gecharterten Flugzeug.«

»Wer brachte Sie dorthin?

»Mr. Marshall.«

»Erwähnte der District Attorney während des Fluges meinen Namen?«

»Euer Gnaden«, rief Marshall, »das geht nun wirklich zu weit! Das ist doch lächerlich! Was ich mit diesem Zeugen sprach, hat nichts mit unserer Verhandlung zu tun.«

»Abgelehnt«, schnaubte der Richter. »Fahren Sie ruhig fort, Mr. Mason. Fragen Sie, was Sie wollen, wenn Sie dadurch die Voreingenommenheit des Zeugen beweisen.«

»Bitte, Euer Gnaden«, mischte sich Marshall wieder ein, »diese Fragen können doch keine Voreingenommenheit aufzeigen. Sie beweisen lediglich, daß ich einige Vorsichtsmaßnahmen traf, damit die Verteidigung von meinen Plänen nichts erfuhr.«

»Wir wollen die Sache gar nicht diskutieren«, antwortete Richter Manly sachlich. »Das Gericht hat entschieden.« Er wandte sich an

Latty: »Die Frage lautete: Erwähnte Mr. Marshall den Namen von Mr. Mason?«

»Ja.«

»Mehr als einmal?« fragte Mason.

»Er sprach ziemlich lange über Sie.«

»Hat Ihnen der District Attorney erzählt, daß er durch Ihre Aussage die Verteidigung erheblich treffen wollte. Bat er Sie, mit niemand anderem vorher darüber zu reden?«

»Ich glaube, so war es, jawohl.«

»Der District Attorney besprach sich also über Ihre Aussage mit Ihnen?«

»Ja. Ich erzählte ihm, was ich alles gesehen hatte. Er bat mich wiederholt, nachzudenken, ob ich meine Geschichte nicht noch ausdehnen könnte.«

»Ach«, meinte Mason erstaunt, »er wollte, daß Sie Ihre Geschichte ausdehnen?«

»Nun, er ... das nicht unbedingt.«

»Aber eben haben Sie es doch behauptet«, erinnerte ihn Mason.

»Nun, das Wort ausdehnen, das habe ich nur benutzt.«

»Also gut«, meinte Mason, »reiten wir nicht auf dem Wort herum. Der District Attorney wollte jedoch, daß Sie Ihre Geschichte erweitern, nicht wahr?«

»Ja.«

»Und er gab Ihnen Geld dafür?«

Marshall war schon auf den Beinen. »Euer Gnaden«, schrie er, »das ist eine rein private Sache. Hierauf muß ich Einspruch einlegen. Das übersteigt ein ordnungsgemäßes Kreuzverhör bei weitem. Es ist eine infame Beleidigung, eine Lüge!«

»Sie erheben also Einspruch?« fragte Richter Manly ruhig.

»Oh ja, unbedingt!« rief Marshall.

»Abgelehnt«, meinte Manly ungerührt. »Setzen Sie sich wieder hin.«

»Beantworten Sie meine Frage«, wiederholte Mason, »hat Marshall Ihnen Geld gegeben?«

»Aber nicht dafür, daß ich meine Aussage erweitere.«

»Ob er Ihnen Geld gegeben hat?« donnerte Mason.

»Ja.«

»Sie waren völlig auf Linda angewiesen, was Ihre Finanzen betraf, nicht wahr?«

»Nun, ich hatte auch ein wenig Erspartes.«

»Erspartes?«

»Jawohl.«

»Wovon haben Sie das denn gespart?«
»Von meinem Taschengeld.«
»Und wer gab Ihnen das Taschengeld?«
»Linda. Das habe ich Ihnen schon einmal gesagt.«
»Wußte sie, daß Sie davon sparen konnten?«
»Nein.«
»Arbeitet Linda?«
»Ja.«
»Sie hat also als junges Mädchen auf verschiedene kleine Freuden verzichtet, nur um Ihnen zu ermöglichen, Rechtsanwalt zu werden?«
»Ja.«
»Trotzdem haben Sie einen Teil dieses Geldes veruntreut.«
»Was soll das heißen«, fuhr Latty auf, »veruntreut? Sie hat es mir freiwillig gegeben.«
»Aber zu einem bestimmten Zweck, oder?«
»Ich nehme es an.«
»Sie haben einen Teil dieses Geldes abgezweigt und vor Ihrer Verlobten geheimgehalten. Sie haben es auf einem Sparkonto eingezahlt, damit Sie es für einen anderen Zweck verbrauchen konnten.«
»Nein, nicht zu einem anderen Zweck.«
»Gab sie es Ihnen für Ihren Lebensunterhalt während der Studienzeit, ja oder nein?«
»Ja.«
»Haben Sie es dazu benutzt?«
»Ich hatte mehr, als ich tatsächlich verbrauchte.«
»Haben Sie ihr den Überschuß zurückgegeben?«
»Nein, das habe ich nicht. Ich habe selbst auch auf viele Dinge verzichtet, Mr. Mason.«
»Weshalb?«
»Um Linda zu helfen.«
»Um so mehr hätten Sie ihr das übrige Geld zurückgeben müssen.«
»Ich sage Ihnen doch, daß ich es auf ein Sparkonto trug.«
»Auf Ihren Namen.«
»Ja.«
»Weiter! Sie trafen mich am Abend des Dritten in Yuma, Arizona, nicht wahr?«
»Ja.«
»Und erzählten mir, Sie säßen auf dem trocknen.«
»Ja.«
»Gab ich Ihnen zwanzig Dollar?«
»Ja.«
»Sind Sie danach nicht sofort nach El Centro gefahren und haben

Linda angerufen und sie gebeten, Ihnen telegrafisch ebenfalls zwanzig Dollar zu überweisen, damit Sie nach Hause fahren konnten?«

»Ja, ich bat sie um Reisegeld.«

»Weshalb haben Sie nichts von den zwanzig Dollar erwähnt, die Sie von mir schon bekamen?«

»Nun, das war schließlich geliehen.«

»Ach, Sie haben vor, das Geld zurückzuzahlen?«

»Natürlich.«

»Sie wußten doch, daß ich es Ihnen gab, um Ihre Unkosten zu bestreiten.«

»Das ist nicht wahr! Sie haben es mir nicht zu diesem Zweck gegeben.«

»Nein?«

»Nein, Sir. Sie gaben es mir mit dem Auftrag, mir in Yuma ein Hotelzimmer zu nehmen.«

»Und warum taten Sie das nicht?«

»Ich hatte eben meine Meinung geändert.«

»Aber das Geld behielten Sie?«

»Ich betrachtete Ihre zwanzig Dollar eben als zweckgebunden. Deshalb habe ich Linda um Reisegeld gebeten.«

»Was haben Sie dann mit den zwanzig Dollar getan, die ich Ihnen gab?« fragte Mason. »Haben Sie sie an mein Büro geschickt und dazu geschrieben, es täte Ihnen leid, aber ...«

»Nein, natürlich nicht. Ich hatte das Geld bei mir.«

»Wie lange?«

»Ich ... ich kann es Ihnen jetzt zurückzahlen.«

»Darum habe ich Sie nicht gebeten. Ich will wissen, wie lange Sie das Geld behielten.«

»Ich habe es immer noch.«

»Sie haben es nicht ausgegeben?« fragte Mason erstaunt.

Der Zeuge zögerte, dann antwortete er: »Nein.«

»Sie haben doch in Tijuana im besten Hotel gewohnt.«

»Ja.«

»Wurden Ihre Kosten übernommen?«

»Ich habe selbst alles bezahlt.«

»Von dem Geld, das Linda Ihnen schickte?«

»Nein, Mr. Marshall hat es mir gegeben.«

»Sie haben sich Tijuana angesehen, nicht wahr?«

»Ja.«

»Haben Sie Wetten bei Pferderennen abgeschlossen?«

»Ich ... ja«, antwortete Latty zögernd.

»Mehr als einmal?«

»Ja.«

»Hat Ihnen denn der District Attorney auch Ihre Pferdewetten finanziert?«

»Er hat mir nicht gesagt, was ich mit dem Geld tun oder lassen soll.«

»Nein? Er gab Ihnen also nur eine bestimmte Summe.«

»Ja.«

»Wieviel?«

»Beim erstenmal einhundertundfünfzig Dollar.«

»Ach so, und beim zweitenmal?«

»Wieder einhundertundfünfzig.«

»Also insgesamt dreihundert Dollar. Sonst noch etwas?«

»Nun, er hat meine Ausgaben im Motel in Mexicali übernommen und den Geschäftsführer angewiesen, ihm die Rechnung zu schicken.«

»Dann ließen Sie also alles, was Sie im Hotel verzehrten, anschreiben?«

»Ja.«

»Und meine zwanzig Dollar haben Sie verwettet?«

»Nein, mit Ihrem Geld habe ich nicht gewettet.«

»Sondern mit dem vom District Attorney, nicht wahr?«

»Ich ... ich mußte doch irgend etwas tun«, verteidigte sich Latty empört. »Ich war von allen Freunden und Bekannten abgeschlossen. Man hatte mir verboten, mit irgend jemand in Verbindung zu treten.«

»Schon gut«, meinte Mason. »Kommen wir zurück auf den Zeitpunkt, als der District Attorney meinen Namen erwähnte. Was sagte er über mich?«

»Einspruch!« schrie Marshall. »Kein ordentliches Kreuzverhör. Kein Bestandteil der Verhandlung!«

»Abgelehnt«, antwortete Richter Manly böse.

»Er sagte, daß Sie ein berühmter Anwalt wären, daß er aber trotzdem keine Angst vor Ihnen habe und daß er ... nun, daß Sie es auf keinen Fall leicht haben würden hier unten, wo die Zeitungen auf seiner Seite sind. Sie würden schon noch ein paar Nüsse zum knacken bekommen.«

»Und Sie sollten ihm dabei helfen?«

»Er sagte, meine Aussage wäre eine große Hilfe.«

»Natürlich sollte ich nicht erfahren, was Sie aussagen würden, nicht wahr?«

»Ich sollte prinzipiell mit keinem reden.«

»Als Sie sich in Mexicali aufhielten«, sagte Mason, wieder das Thema wechselnd, »besuchten Sie einen Kuriositätenladen, nicht wahr?«

»Ja.«
»Und kauften Andenken?«
»Einige.«
»Für wen?«
»Für meine Freunde und auch für mich.«
»Sie kauften auch eine teure Kamera, nicht wahr?«
»Nun, ich habe ... ja.«
»Was wurde aus dieser Kamera?«
»Ich habe sie bei mir.«
»Hier?«
»In meinem Koffer.«
»Haben Sie dem District Attorney gesagt, daß Sie sie gekauft haben?«
»Nein.«
»Wieviel hat sie gekostet?«
»Zweihundertfünfzig Dollar.«
»Und das war noch ein Ausnahmepreis, wie?«
»Selbstverständlich. In Massachusetts kostet so etwas glatt das Doppelte.«
»Haben Sie die Kamera verzollt?«
»Brauchte ich ja nicht. Sie war schließlich gebraucht.«
»Woher stammte das Geld für die Kamera?« beharrte Mason.
»Von meinen Gewinnen beim Pferderennen.«
»Sieh mal einer an. Sie haben also gewonnen?«
»Ja. Sogar sehr viel.«
»Wieviel?«
»Kann ich auswendig nicht sagen.«
»Mehr als hundert Dollar?«
»Ja.«
»Mehr als fünfhundert?«
»Ja.«
»Ist Ihnen klar, daß Sie diese Gewinne Ihrer Steuerbehörde zu melden und die Steuer dafür abzuführen haben?«
»Nein, das brauche ich nicht. Ich habe es im Ausland gewonnen.«
»Das spielt keine Rolle«, belehrte ihn Mason.
Latty schüttelte widerwillig den Kopf.
»Sie haben es über die Grenze gebracht. Wo ist es jetzt?«
»Hier und da.«
»Was soll das bedeuten?«
»Nun, etwas davon habe ich bei mir.«
»Wie wär's, wenn wir es zählten, um festzustellen, wieviel Sie gewonnen haben?«

»Das geht Sie überhaupt nichts an!« schrie Latty. »Es ist mein Geld.«

Richter Manly klopfte mit dem Bleistift auf den Tisch: »Das Gericht ist der Meinung«, gab er bekannt, »daß die Verteidigung sehr wohl das Recht hat, herauszufinden, woher das Geld stammt und ob der Ankläger Ihnen Geld gab, um auf die Rennbahn zu gehen und zu wetten.«

»Er sagte, ich soll in die Stadt gehen und mich amüsieren.«

»Und gab Ihnen zu diesem Zweck Geld?«

»Er hat keine Verpflichtung damit verbunden, sondern sagte nur, ich würde wohl Geld brauchen.«

Richter Manly unterbrach das Kreuzverhör: »Meine Herren, es ist schon nach zwölf. Das Gericht wird sich bis vierzehn Uhr vertagen.«

»Darf ich noch einige Fragen stellen?« bat Mason.

»Bitte, aber fassen Sie sich kurz.«

»Welches Pferd gewann?«

»Es ... es waren mehrere Pferde.«

»Nennen Sie eines. Mit welchem gewannen Sie am meisten?«

»Es hieß Maharadscha.«

»Mit diesem Pferd gewannen Sie also genügend Geld, um die Kamera zu kaufen?«

»Ja.«

»Meine Herren«, schaltete sich Richter Manly wieder ein, »es ist bereits fünfzehn Minuten nach zwölf. Das Gericht unterbricht Ihr Kreuzverhör nicht gern, aber es sieht ganz danach aus, als ob es auch in den nächsten paar Minuten nicht zu beenden wäre. Das Gericht vertagt sich also bis vierzehn Uhr.«

Linda Calhoun versuchte durch die Menge, die zu den Ausgängen drängte, an George Latty heranzukommen. Aber Marshall ergriff ihn beim Arm und schob ihn einfach zu einer Seitentür hinaus. Linda stand perplex und völlig durcheinander da.

Einer der Zeitungsreporter machte rasch eine Aufnahme von ihr.

Mason wandte sich an Lorraine Elmore. »Schnell!« befahl er. »Ist es wahr, was er gesagt hat? Saßen Sie zusammen auf dem Bettrand? Haben Sie Ihr Telefonat mit Linda besprochen?«

Lorraine Elmore nickte. Tränen standen in ihren Augen.

»Dann sind Sie also mit Dewitt zurück ins Hotel gekommen?«

»Mr. Mason, Gott ist mein Zeuge«, antwortete sie weinend, »ich sage Ihnen die Wahrheit. Ich ... wie hätte ich denn zurückkommen können? Mein Wagen steckte im Sand fest.«

»Worüber haben Sie sonst noch gesprochen?« wollte Mason wissen.

Sie versuchte sich zu erinnern.

Mason bemerkte, wie Duncan Crowder sich um Linda Calhoun bemühte, schützend an ihre Seite getreten war und sein Bestes versuchte, ihr über die peinliche Situation hinwegzuhelfen.

»Ich habe Dewitt etwas über das Geld gesagt, daran erinnere ich mich.«

»Was?«

»Nun, als er eine Spazierfahrt unternehmen wollte und ... sehen Sie, ich hielt nichts davon, einen so großen Geldbetrag nachts im Auto mitzunehmen. Ich dachte, das sei gefährlich. Er lachte mich aus, aber ich bestand darauf, das Geld im Motel zu lassen. Ich wollte es verstecken. Montrose sagte, so ein gutes Versteck gibt es gar nicht, aber ich hatte mir in den Kopf gesetzt, das Geld unter die Sesselpolster zu stecken. Ich war überzeugt, das sei auf jeden Fall sicherer, als es im Auto herumzuschleppen.«

»Und was sagte Dewitt?« fragte Mason interessiert.

»Er gab mir schließlich recht.«

»Haben Sie sonst noch etwas mit ihm besprochen?«

»Im Augenblick fällt mir nichts mehr ein.«

»Aber Sie glauben, daß Latty die Wahrheit sagt? Sie glauben, daß er ...«

»Ja, Mr. Mason. Ach, es ist mir alles so peinlich. Ich schäme mich so sehr, am liebsten würde ich im Erdboden versinken.«

»Sie haben keinen Grund, sich zu schämen«, tröstete Mason sie. »Sie müssen während der Mittagspause im Gewahrsam bleiben.«

Sie nickte tränenüberströmt. »Aber Mr. Mason«, stammelte sie, »Montrose konnte einfach nicht ins Hotel zurückgegangen sein. Ich sah, wie er getötet wurde.«

»Die Geschichte mit den Schlafmitteln ist bisher noch nicht erwähnt worden«, sagte Mason. »Aber ich glaube, Mrs. Elmore, Sie müssen sich damit abfinden, daß es möglich ist, daß durch die starken Drogen Ihr Erinnerungsvermögen zeitweise gestört wurde. Wir werden das sorgfältigst nachprüfen, verlassen Sie sich auf mich. Machen Sie sich keine Sorgen. Wir haben Detektive angesetzt, und mit George Latty sind wir auch noch nicht fertig.«

»Dieser Mensch«, sagte sie verächtlich. »Was kann Linda nur an ihm finden.«

»Das ist mir auch unklar«, gab Mason zu. »Ich persönlich glaube, daß auch der Richter ihn verabscheut. Aber deshalb dürfen wir trotzdem seine Aussage nicht außer acht lassen. Die müssen wir entweder durch Gegenbeweise oder sonst irgendwie erschüttern. Aber machen Sie sich keine Sorgen, Mrs. Elmore. Ich sehe Sie um zwei Uhr wieder.«

15

Als sie in einem kleinen Restaurant, das in mexikanischem Stil eingerichtet war, ein Nebenzimmer bekommen hatten und zu Mittag aßen, berichtete Paul Drake Mason die letzten Neuigkeiten, die er während der Verhandlung von seinen Leuten erfahren hatte. »Wir haben uns wie Agenten von der Steuerbehörde benommen«, begann er, »herumgeschnüffelt, jeden Platz gefunden, wo der Bursche war, und sämtliche seiner Einkäufe nachgeprüft. Bis zur Stunde können wir beweisen, daß er achthundertzweiundsechzig Dollar und fünfundsiebzig Cents verbraten hat. Aber ich kann dir noch etwas sagen, Perry. Marshall ist entschlossen, eine Beleidigungsklage gegen dich anzustrengen, weil du angedeutet hast, er habe Latty zu bestechen versucht.«

»Laß ihn doch klagen, soviel wie er will«, antwortete Mason ungerührt. »Ich deute an, was ich will und schere mich den Teufel um ihn. Ich werde sogar noch weitergehen. Wenn jemand für einen Zeugen die Unkosten verauslagt, um ihn dadurch isolieren zu können, bitte sehr. Ihm aber Geld für Vergnügungen zuzustecken, na ja. Dieser Marshall ist ein wenig übereifrig, ein Draufgänger, dem es an der notwendigen Erfahrung bei Mordprozessen fehlt. Er muß noch eine Menge lernen.«

»Aber er ist der Liebling des ganzen Landkreises«, bemerkte Drake trocken. »Er ist ein begehrenswerter Junggeselle, ein ausgekochter Bursche, und alle Leute sind auf seiner Seite. Du hast dir schon einen festen Ruf geschaffen. Wenn du mal einen Fall verlieren würdest, machte es dir nichts aus. Aber wenn er einen Fall gegen den großen Perry Mason gewinnt, fühlt sich die ganze Gemeinde geschmeichelt.«

»Weiß ich«, antwortete Mason. »Wind zu machen, versteht er ja. Er hat seine Freunde von der Presse ganz schön eingespannt.«

»Was wirst du tun?« fragte Drake.

»Weiß ich noch nicht, auf jeden Fall weiterkämpfen.«

»Und gewinnen«, ergänzte Della Street.

»Sieh dir die ganze Sache mal vernünftig an, Paul«, fuhr Mason fort. »Eine Frau wie Lorraine Elmore, zwar verbittert und nervös, fährt nicht Tausende von Kilometern, nur um jemand wegen fünfzehntausend Dollar zu ermorden. Die Frau hat selber was sie braucht, und sie...«

»Das wird er ihr auch als Motiv nicht unterstellen«, unterbrach ihn Drake.

»Was?«

»Nun, das Geld.«

»Was dann?«

»Eifersucht, Enttäuschung, Verbitterung bis zur Kopflosigkeit.«

»Erzähl nur weiter«, bat Mason.

»Ich habe heute morgen etwas gehört, worüber ich schon die ganze Zeit nachdenke«, berichtete Drake. »Ich glaube, jetzt habe ich die Antwort. Eigentlich hätte ich früher drauf kommen müssen.«

»Auf was?«

»Diese Belle Freeman.«

»Was ist mit ihr?« fragte Mason.

»Sie hat mit Mrs. Elmore im Palm Court Motel telefoniert. Vielleicht hat sie ihr erzählt, daß Dewitt früher ihr Freund war, worauf die zutiefst getroffene Frau ihn in einem Anfall von eifersüchtiger Wut betäubte und dann mit dem Eispickel erstach.«

»Woher weißt du das mit Belle Freeman?« fragte Mason interessiert.

»Die Geschäftsführerin erzählte mir, daß Lorraine Elmore ein Ferngespräch aus Los Angeles erhielt.«

»Das war wahrscheinlich Linda Calhoun.«

»Habe ich zuerst auch gedacht«, meinte Drake, »aber sie war es nicht.«

»Ich weiß, daß der Distrikt Attorney Belle Freeman als Zeugin geladen hat«, sagte Mason. »Er hat sie hier aufgespürt, denn ihr neuer Freund wohnt in der Gegend. Ich war gespannt, was er durch sie beweisen wollte.«

Fast eine Minute lang schwieg Mason, dann sagte er: »Paul, erkundige dich nach diesem Pferd Maharadscha. Ich will wissen, wieviel es tatsächlich gebracht hat.«

»Eines ist sicher«, grübelte Drake, »Latty war nicht persönlich beim Rennen. Er muß seine Wetten durch einen Buchmacher abgeschlossen haben.«

»Konntest du ihn nicht aufstöbern?« fragte Mason.

Drake schüttelte den Kopf. »Das ist es ja, was mir Kopfzerbrechen macht, Perry. Latty war praktisch keine Minute allein, und trotzdem muß er mit einem Buchmacher verhandelt haben. Er kann es nur in dem Kameraladen oder in dem Kuriositätengeschäft getan haben. In beiden Läden hielt er sich eine ganze Weile auf.«

»Was ist mit Brent?« wollte Mason wissen.

»Ach, das alte Lied. Wieder diese dünnen Wände. Brent glaubte, daß Lorraine heiraten würde und daß ihr Mann vielleicht auf einem anderen Finanzberater bestehen und er also ausgebootet werden könnte. Es scheint, als habe er an Mrs. Elmore recht schön verdient. Tatsache ist, er hat gelauscht. Wahrscheinlich hat er gehört, wie die

Elmore dir die Sache mit dem Abenteuer in der Wüste erzählte. Marshall versucht nun, die Sache für sich auszuschlachten.«

»Das ist doch eine vertrauliche Mitteilung zwischen Mandant und Anwalt, oder nicht?« fragte Della.

»Kommt drauf an«, meinte Mason. »Es ist vertraulich, soweit es mich betrifft. Aber wenn jemand mithört, sieht es wieder anders aus. Ich werde dabei ein wenig auf den Buchstaben des Gesetzes herumreiten müssen.«

»Ist es denn eine Streitfrage?« erkundigte sich Della.

»Ich werde es dazu machen«, erwiderte Mason.

»So, und ich werde mich jetzt einmal über das Wunderpferdchen informieren«, meinte Drake und verschwand in die Halle.

Als er nach ein paar Minuten zurückkam, blickte er Mason erstaunt an.

»Neuigkeiten?« fragte der Anwalt.

»Ja.«

»Schieß los!«

»Das Pferd hat nicht gewonnen, sondern verloren.«

Ein breites Grinsen überzog Masons Gesicht. »Was sagt man dazu? Langsam bekommt die Sache Form.«

Dann schwieg er und dachte angestrengt nach.

Drake wollte ihn etwas fragen, aber Della deutete ihm an, ihren Chef jetzt nicht zu stören.

Abrupt stieß Mason seinen Stuhl vom Tisch zurück. »Kommt!« sagte er lächelnd, »es ist Zeit, ins Gericht zurückzugehen.«

16

Pünktlich um zwei Uhr betrat Richter Manly den Gerichtssaal und verkündete: »Das Gericht ist zusammengetreten. Wir werden die Vorverhandlung zu dem Prozeß des Volkes von Kalifornien gegen Lorraine Elmore fortsetzen. Mr. Latty war der letzte Zeuge. Treten Sie vor, Mr. Latty.«

Latty nahm seinen Platz wieder ein, und Richter Manly nickte Perry Mason zu.

»Wieviel Geld haben Sie seit dem Vierten dieses Monats effektiv ausgegeben, Mr. Latty?« begann der Anwalt.

»Kann ich nicht sagen.«

»Können Sie es schätzen?«

»Nein.«

»Über tausend Dollar?«

»Das glaube ich nicht.«

»Gut, ich will mich anders ausdrücken«, sagte Mason. »Wieviel Geld haben Sie seit dem Vierten dieses Monats eingenommen?«

»Nun, ich hatte Spesengeld von Mr. Marshall.«

»Wieviel?«

»Ungefähr dreihundert Dollar, alles in allem.«

»Was heißt ungefähr. Sie müssen doch wissen, wieviel Sie erhielten.«

»Warten Sie. Also ich hatte die dreihundert Dollar von Mr. Marshall und... nun, das ist alles.«

»Sie hatten doch noch Geld in der Tasche, als Sie in Tijuana über die Grenze gingen. Den Rest der zwanzig Dollar von mir, und die zwanzig, die Ihnen Linda schickte.«

»Nein, da hatte ich nichts mehr. Ich mußte ja den Mietwagen bezahlen. Ich borgte mir sogar noch etwas Geld.«

»Ach, Sie borgten sich Geld?« fragte Mason. »Von wem denn?«

»Von Mr. Marshall.«

»Verstehe. Sonst noch eine Einkommensquelle?«

»Nein.«

»Vergessen Sie Ihre Wetten nicht!«

»Ach ja, ich gewann beim Pferderennen.«

»Wieviel?«

»Weiß ich nicht.«

»Waren Sie persönlich auf der Rennbahn?«

»Nun... ich bin nicht sicher.«

»Sie müssen doch wissen, ob Sie dort waren oder ob Sie Ihre Wetten durch einen Buchmacher abgeschlossen haben.«

»Durch einen Buchmacher.«

»Und Sie haben keine Ahnung, wieviel Sie tatsächlich gewonnen haben?«

»Nein, es war jedenfalls eine ganze Menge.«

»Mehr als hundert Dollar?«

»O ja.«

»Mehr als fünfhundert?«

»Kann sein.«

»Tausend?«

»Glaube ich nicht.«

»Vielleicht sogar zweitausend, wie?« lockte Mason.

»Nein, mehr als zweitausend war es nicht.«

»Was haben Sie mit dem Geld gemacht?«

»Das meiste habe ich ausgegeben.«

»Und den Rest?«

Der Zeuge zögerte. »Ich habe noch etwas.«
»Sie haben vor, sofort nach Boston zurückzureisen, oder?«
»Ja, sowie meine Aussage beendet ist, nehme ich die nächste Maschine.«
»Haben Sie schon eine Flugkarte?«
»Ja.«
»Von welchem Geld haben Sie die bezahlt?«
»Linda schickte es mir.«
»Aber, Euer Gnaden«, rief Marschall, »das ist doch die Höhe! Diese Nebensächlichkeiten hier vorzubringen. Es ist doch völlig egal, ob...«
»Erheben Sie Einspruch?« erkundigte sich Richter Manly freundlich.
»Unbedingt, Euer Gnaden.«
»Abgelehnt.«
»Wann geht Ihre Maschine?« fragte Mason.
»Heute abend um halb zwölf.«
»Von Los Angeles?«
»Nein, von San Diego.«
»Wer hat Ihnen die Flugkarte besorgt?«
»Mr. Marshall hat ein Arrangement getroffen.«
»Der District Attorney hat Ihnen also nicht nur Geld geliehen, um sich eine günstige Aussage zu sichern, er hat auch versucht, Sie in seinem Interesse von Ihren Freunden zu isolieren, und jetzt möchte er Sie so schnell wie möglich aus dem Zuständigkeitsbereich dieses Gerichtes herausbringen.«
»Euer Gnaden! Ich muß wirklich protestieren und Einspruch erheben!« rief Marshall. »Ich halte das für eine Nichtachtung des Gerichts und weise diese Beleidigungen als unwahr zurück.«
»Ich glaube, ich werde diesem Einspruch stattgeben«, meinte Richter Manly. »Immerhin wird sich das Gericht seine eigene Meinung bilden und weist darauf hin, daß es an dem augenblicklichen finanziellen Status dieses Zeugen sehr interessiert ist. Es scheint, als habe er irgendwoher Geld bekommen.«
»Vom Pferderennen«, brauste Marshall auf. »Er war dem Gericht gegenüber vollkommen ehrlich.«
»Er scheint ein ungewöhnliches Glück gehabt zu haben«, meinte der Richter.
»Warum nicht«, polterte Marshall.
»Ihr Hauptgewinn stammte also von dem Pferd Maharadscha?« schaltete sich Mason wieder ein.
»Ja«, antwortete Latty.

»Sie erinnern sich aber nicht, wieviel Sie gewannen?«

»Eine ziemlich große Summe.«

»Und Sie sind sicher, daß es dieses Pferd war?«

Mason blickte den Zeugen durchdringend an. »George, weshalb sagen Sie nicht die Wahrheit? Sie haben das Geld überhaupt nicht beim Pferderennen gewonnen. Dieses Pferd hat nämlich verloren.«

»Verloren?« wiederholte Latty dumpf.

»Jawohl, verloren. Und jetzt sagen Sie uns die Wahrheit. Woher hatten Sie das Geld?«

»Ich... ich...«

»Sie konnten die Unterhaltung im Nebenzimmer des Palm Court Motels sehr deutlich mithören«, stellte Mason fest.

»Ja.«

»In dieser Unterhaltung, die Sie belauscht haben, wurde auch diskutiert, wo das Bargeld versteckt werden sollte. Mrs. Elmore hatte ungefähr fünfunddreißigtausend, Dewitt rund fünfzehntausend Dollar im Besitz.«

»Ich... ich habe ja nicht alles gehört«, beteuerte Latty.

»Aber genug, um zu erfahren, daß sie das Geld unter das Sesselpolster stecken würden. Ich glaube Ihnen gern, daß Sie versuchten, den beiden zu folgen, ihre Spur jedoch verloren. Dann kamen Sie zurück und verschafften sich Eingang zu Zimmer 14. Es war ein Leichtes für Sie, das Geld, runde fünfzigtausend Dollar, zu nehmen. Sie hatten nie Geld. Sie waren immer auf Ihre Freunde angewiesen und in der peinlichen Situation, jede Kleinigkeit von Ihrer Verlobten zu erbitten. Sie konnten der Versuchung einfach nicht widerstehen.«

»Euer Gnaden!« rief Marshall dazwischen. »Das ist absurd! Für eine derartige Behauptung fehlt jede Grundlage. Das ist keine Frage, das ist eine Beschuldigung. Ich erhebe Einspruch, weil es kein ordnungsgemäßes Kreuzverhör ist.«

»Abgelehnt«, sagte Richter Manly streng. »Und jetzt, junger Mann, möchte ich, daß Sie mir diese Frage beantworten«, wandte er sich an Latty. »Denken Sie daran, daß Sie unter Eid aussagen!«

»Ich habe nichts dergleichen getan«, antwortete Latty beleidigt.

»Also gut«, fuhr Mason fort. »Wo ist Ihr Gepäck?«

»Im Büro des District Attorneys.«

»Hätten Sie etwas dagegen, wenn wir es herbringen und öffnen würden?«

»Ganz gewiß. Ich sehe keinen Grund, meine persönlichen Dinge von anderen durchschnüffeln zu lassen.«

»Gibt es denn etwas, was Sie verstecken wollen?«

»Nein.«

»Na also«, sagte Mason und ging zwei Schritte auf Latty zu, der mit hochrotem Gesicht im Zeugenstuhl saß. »Ich werde die Koffer öffnen, und wenn ich mir dazu einen Durchsuchungsbefehl besorgen muß. Sie stehen unter Eid, Latty. Also, ist Geld darin oder nicht?«

»Natürlich ist Geld darinnen. Ich sagte Ihnen ja, ich habe etwas gewonnen.«

»Zwanzigtausend Dollar?«

»Ich... ich weiß nicht.«

»Sie wissen nicht, ob es zwanzig- oder dreißigtausend Dollar sind?«

»Nein.«

»Latty!« donnerte Mason, »Ich gebe Ihnen eine letzte Chance, die Wahrheit zu sagen. Waren Sie in Dewitts Motelzimmer? Bevor Sie die Frage beantworten, denken Sie daran, daß die Polizei Fingerabdrücke fand, die sie bisher noch nicht identifiziert hat. Man kann aber feststellen, wenn man...«

»Ich... ja, ja, ich hab's getan«, stammelte Latty.

»Es war also, wie ich annahm? Sie fanden das Geld?«

Latty nickte.

»Haben Sie Montrose Dewitt getötet?«

Latty hob den Blick, und seine Augen waren tränengefüllt. »Ich schwöre Ihnen, Mr. Mason, ich schwöre, daß ich darüber absolut nichts weiß. Bitte, glauben Sie mir, ich habe ihn nicht getötet. Die Versuchung mit dem Geld war zu groß. Ich hatte auch vor, Lorraine Elmore alles zurückzugeben. Aber Dewitt war ein Gangster.«

»Keine weiteren Fragen«, verkündete Mason und ging zu seinem Platz zurück.

Marshall betrachtete zunächst seinen weinenden Überraschungszeugen. Dann sah er das grimmige Gesicht Richter Manlys. »Euer Gnaden«, brachte er schließlich hervor, »damit haben wir nicht gerechnet. Ich... ich bitte das Gericht um eine Vertagung.«

»Die können Sie nur haben, wenn die Verteidigung damit einverstanden ist«, antwortete der Richter. »Diese Vorverhandlung sollte eigentlich mit einer Sitzung abgeschlossen sein. Zuerst aber möchte ich noch wissen, was Sie mit dem Zeugen Latty zu tun gedenken.«

»Ich... nun ja«, antwortete Marshall, »die Versuchung war wirklich sehr groß für ihn, aber ich glaube, ich werde ihn verhaften lassen müssen.«

»Das will ich wohl meinen«, sagte der Richter. Dann wandte er sich an Mason: »Was halten Sie von einer Vertagung?«

»Euer Gnaden«, antwortete Mason, »ich habe nicht vor, den Tiefschlag, den die Anklage soeben einstecken mußte, auszunutzen. Ich stimme einer Vertagung zu. Erlauben Sie mir nur noch eines klarzustellen. Wir wußten von der ersten Sekunde an, wo sich Mr. Latty aufhielt, und überwachten jeden seiner Schritte. Da er völlig mittellos nach Mexiko fuhr, war es natürlich klar, daß ich mich für seine Geldquellen zu interessieren begann. Dabei mußte ich zwangsläufig auf den Gedanken kommen, Latty hätte das Geld vom District Attorney. Es tut mir leid, Mr. Marshall beschuldigt zu haben, er hätte seinen eigenen Zeugen bestochen.«

»Das hat sich der Ankläger einzig und allein selbst zuzuschreiben«, meinte Richter Manly.

Marshall war jetzt völlig verwandelt. »Ich bedaure die ganze Situation außerordentlich. Darf ich um eine Vertagung bis morgen um zehn Uhr bitten?«

»Einverstanden«, sagte Mason, »aber ich würde vorschlagen, die Beschuldigte bis zur Fortsetzung der Verhandlung auf freien Fuß zu setzen.«

»Dagegen erhebe ich Einspruch!« rief Marshall.

»Ich glaube, dann werden wir doch von einer Vertagung absehen«, meinte Mason.

»Dann bitte ich um eine Unterbrechung von fünfzehn Minuten, um die Angelegenheit mit meinem Assistenten zu besprechen.«

»Das erscheint mir ein vernünftiger Vorschlag«, sagte Richter Manly. »Das Gericht wird sich also für eine Viertelstunde zurückziehen. Und was den Zeugen Latty betrifft, ordne ich an, daß er in Gewahrsam genommen wird. Das Gericht ist bisher in keiner Weise mit seinen Erklärungen zufriedengestellt. Wenn er im Zimmer war und das Geld stahl, hätte er genauso gut die Mordwaffe nehmen können.«

»Aber wie wäre sie dann in den Wagen der Beschuldigten gekommen?« fragte Marshall.

»Sie wurde dort versteckt«, antwortete der Richter. »Der Zeuge hat das Motel ein zweitesmal verlassen, und zwar, nachdem er das Geld bereits hatte. Woher wissen wir, wohin er fuhr? Wir haben nur seine Aussage.«

»Ich habe ihn nicht umgebracht!« rief Latty. »Wirklich, ich war es nicht!«

»Sie haben uns eine Menge Dinge erzählt, junger Mann. Das Gericht besteht darauf, daß Sie wegen schweren Einbruchdiebstahls in Haft genommen werden. Das Gericht zieht sich also für fünfzehn Minuten zurück.«

Als Richter Manly den Saal verlassen hatte, drückte Lorraine Elmore Perry Masons Arm.

Linda Calhoun kam vorgestürzt. Zuerst sah sie Latty an. Er schien mit sich zu kämpfen, dann drehte er sich um und rannte durch eine Seitentür hinaus, bis der Polizist ihm hinterherrief: »Bleiben Sie stehen, Latty, Sie sind verhaftet!«

Linda taumelte zu Crowder hinüber. »Ach Duncan, ich komme mir so entsetzlich, so fürchterlich lächerlich vor.«

»Weswegen?«

»Wegen dieses Kerls«, antwortete sie. »Ich habe mir das Geld vom Munde abgespart, damit er studieren konnte... Ich wußte, wie Tante Lorraine über ihn denkt und ich...«

Sie kämpfte mit den Tränen.

Lorraine Elmore küßte sie. »Beruhige dich, mein Liebling«, tröstete sie sie. »Alles wird wieder gut werden.«

Die Reporter eilten herbei, und Blitzlichter flammten auf. Als sie Mason um ein Interview baten, antwortete er: »Meine Herren, wir haben nur eine Viertelstunde Zeit, und ich muß mit meinen Mitarbeitern noch eine Menge besprechen.«

»Okay«, begann Paul Drake, als sie allein waren. »Was geschieht jetzt?«

»Jetzt fange ich langsam an, mir ein Bild zu machen«, antwortete Mason.

»Heißt das, daß du glaubst, Latty hat ihn getötet?«

»Quatsch! Latty war es nicht. Der hat überhaupt nicht den Nerv für so etwas.«

»Na gut, aber wie war es dann?«

»Dewitt muß einen Komplicen gehabt haben«, stellte Mason fest.

»Wie?«

»Ist doch sonnenklar. Er wollte verschwinden. Hale, alias Dewitt, arbeitete für eine Finanzgesellschaft, wo er Gelegenheit hatte, viele Gelder in die Hand zu bekommen. Ich glaube, daß er als Dewitt aufgetaucht ist, um Hale zu ermöglichen, Geld zu unterschlagen und ohne Spuren zu hinterlassen, verschwinden zu können. Irgend etwas muß seine Pläne durchkreuzt haben, und Hale stand sein zweites Ich, Dewitt, im Wege. Er stellte fest, daß er als Montrose Dewitt mit der Augenklappe auf Frauen wirkte und als Heiratsschwindler auch ein ganz schönes Stück Geld verdienen konnte. Und dann muß sich Hale als Montrose Dewitt einen Schnitzer erlaubt haben. Was lag näher, als Dewitt einfach von der Bildfläche verschwinden zu lassen? Natürlich nicht, ohne vorher noch ein letztesmal den Rahm abzuschöpfen.

Es sollte so aussehen, als sei Dewitt ermordet worden und hätte die fünfunddreißigtausend Dollar von Lorraine Elmore mit ins Jenseits genommen. Auf Weston Hale konnte ja nie ein Verdacht fallen, denn es gab in Wirklichkeit ja keinen toten Dewitt.«

Drake nickte.

»Also«, erklärte Mason weiter, »fuhr Hale mit Mrs. Elmore an eine vorher mit seinem Komplicen verabredete Stelle, wo dieser auf die beiden wartete...«

»Aber wie erklären Sie die fürchterlichen Schläge, die er erhielt?« fragte Lorraine Elmore mit tränenerstickter Stimme. »Ich sah es. Ich habe sie auch gehört.«

»Das ist es ja«, erläuterte Mason. »Das war ein Teil des Planes. Er wurde mit einer zusammengerollten und schwarz angestrichenen Zeitung geschlagen. Ein alter Ganoventrick. Sieht genau wie ein Totschläger aus.«

»Und dann?« fragte Drake interessiert.

»Es ging alles wie am Schnürchen. Der Komplice fuhr hinter Ihnen, Mrs. Elmore, her, bis Sie im Sand steckenblieben. Dann kehrte er um und nahm Dewitt beziehungsweise Weston Hale mit ins Motel. Dort wollten sie das Geld holen und verschwinden. Aber dann ist etwas passiert.«

»Was denn, zum Teufel?« platzte Drake heraus.

»Aber das liegt doch auf der Hand. Der Komplice dachte sich, wenn Dewitt schon offiziell tot ist, kann die Polizei genau so gut auch seine Leiche finden, und er hätte das Geld für sich allein.«

»Aber das hatte doch Latty bereits genommen«, erinnerte ihn Drake.

»Natürlich, aber damit konnte er ja nicht rechnen«, antwortete Mason.

»Fein, jetzt brauchen wir nur noch den Komplicen. Wer ist es denn?« wollte Drake wissen.

»Jemand, mit dem Dewitt befreundet war und mit dem er Geschäfte machte.«

»Sie meinen Belle Freeman?« fuhr Linda dazwischen.

In diesem Augenblick öffnete sich die Tür, und Richter Manly betrat wieder den Gerichtssaal.

»Hat sich die Anklagebehörde jetzt entschlossen, ob wir mit der Verhandlung fortfahren oder ob eine Vertagung bis morgen beschlossen wird, und die Beschuldigte in diesem Fall gegen schriftliche Erklärung freigelassen wird?« fragte er, nachdem jeder seinen Platz eingenommen hatte.

»Euer Gnaden«, antwortete Marshall, »damit können wir uns leider nicht einverstanden erklären, so sehr wir auch eine Vertagung wünschen. Die Beschuldigte muß in Haft bleiben.«

»Ich kann die Verteidigung verstehen«, sagte Richter Manly. »Nur weil die Anklage mit ihrem Überraschungszeugen Pech hatte, soll die

Beschuldigte weitere vierundzwanzig Stunden in Gewahrsam bleiben. Wenn Sie mit ihrer Freilassung nicht einverstanden sind, fahren Sie bitte mit Ihrer Verhandlung fort.«

»Vielleicht könnte ich noch ein paar Fragen an einen Zeugen stellen«, meldete sich Mason. »Dadurch wäre es vielleicht möglich, Euer Gnaden, den Fall soweit zu klären, daß eine Vertagung nicht mehr erforderlich wird.«

»Welchen Zeugen«, fragte Richter Manly.

»Ronley Andover.«

Der Richter blickte fragend auf den Ankläger.

»Kein Einspruch, selbstverständlich nicht«, sagte Marshall beflissen.

Richter Manly nickte Andover zu. »Nehmen Sie Ihren Platz auf dem Zeugenstuhl wieder ein. Sie sind bereits vereidigt, Mr. Andover.«

Andovers Gesicht zeigte größte Überraschung, als er nach vorn kam.

Mason ging auf ihn zu und sah ihm in die Augen. »Mr. Andover«, sagte er, »wo waren Sie am Abend des Dritten?«

»In Los Angeles. Das wissen Sie doch. Ich lag mit Grippe im Bett.«

»Und Sie haben Los Angeles in der besagten Nacht auch nicht verlassen?«

»Natürlich nicht.«

»Wie kommt es dann«, fuhr Mason fort, »daß Ihre Fingerabdrücke im Palm Court Motel sind?«

»Das ist unmöglich«, fuhr Andover hoch.

Mason wandte sich an den Sheriff: »Ich möchte Sie bitten, diesem Mann die Fingerabdrücke abzunehmen.«

Der Sheriff blickte fragend zu Marshall hinüber.

»Wir erheben Einspruch«, sagte der District Attorney. »Das scheint mir ein Versuch zu sein, dem Zeugen Angst einzujagen.«

»Normalerweise würde ich Ihrem Einspruch stattgeben«, meinte Richter Manly. »Aber in diesem Fall, Herr Ankläger, bin ich geneigt... Sheriff, nehmen Sie dem Mann die Fingerabdrücke ab.«

»Moment mal!« schrie Andover. »Dazu habt ihr kein Recht! Ich bin schließlich als Zeuge hier und nicht als Angeklagter.«

»Haben Sie etwas dagegen, wenn wir Ihre Fingerabdrücke abnehmen?« erkundigte sich Mason.

»Sehr viel sogar.«

»Und warum?«

Andover sah aus wie ein gefangenes Tier. Plötzlich sprang er von seinem Stuhl auf und schrie: »Ich bleibe nicht mehr hier und lasse mich beleidigen! Ich kenne meine Rechte!«

»Einen Augenblick mal«, fuhr Richter Manly dazwischen. »Sheriff, nehmen Sie den Mann in Gewahrsam, wenn er versucht, den Gerichtssaal zu verlassen. Mir scheint, als seien die Fingerabdrücke wirklich wichtig.«

Plötzlich stieß Andover den Sheriff beiseite und rannte an ihm vorbei zum Ausgang.

»Sie sind verhaftet! Halt, oder ich schieße!« brüllte der Sheriff.

Aber Andover hatte bereits die Tür hinter sich zugeschlagen.

Im Gerichtssaal entstand Tumult. Die Zuschauer reckten die Hälse, um zu sehen, was vor sich ging.

Mason warf einen Seitenblick auf den Richter.

»Und jetzt wird das Gericht auf eigene Anordnung den Fall vertagen«, verkündete Manly. »Es wird angeordnet, die Beschuldigte gegen schriftliche Erklärung auf freien Fuß zu setzen, es sei denn, der Ankläger legt die Anklage nieder.«

Marshall zögerte einen Augenblick, dann gestikulierte er mit den Händen und sagte: »Also gut, die Anklage wird niedergelegt.«

Ohne ein weiteres Wort, weder zur Beschuldigten noch zu Perry Mason, stolzierte er aus dem Gerichtssaal.

17

In Duncan Crowders Büro hatten sich Mason, Della Street, Paul Drake, Lorraine Elmore, Crowder und Linda Calhoun versammelt.

»Nun«, meinte Crowder, »der kleine David aus Calexico hatte Pech, und Goliath Mason ist noch unter uns.«

»Das habe ich einem verflixt guten Assistenten zu verdanken«, antwortete Mason lächelnd.

Crowder machte ein kleine Verbeugung.

»Laß mich versuchen, die Geschichte zu rekonstruieren«, schaltete sich Paul Drake ein. »Also Andover war der Komplice. Er fuhr an den Platz, den er vorher mit Dewitt für den Überfall ausgesucht hatte. Er hielt Dewitt die Waffe vor, befahl ihm auszusteigen und schlug ihn mit einer zusammengerollten Zeitung nieder. Dann kam er zurück und zwang Mrs. Elmore, zu einer Stelle zu fahren, wo sie unweigerlich im Sand steckenbleiben mußte.

Danach holte er Dewitt wieder ab und fuhr mit ihm ins Motel zurück. Sie wollten das Geld holen und dann verschwinden.«

»Ja, genauso war es, das heißt, beinahe so«, bestätigte Mason. »Aber als Andover den Wagen durchsuchte, fand er die große Flasche mit den Betäubungsmitteln. Das brachte ihn auf eine Idee.

Hastig warf er das Zeug in eine Whiskyflasche, wartete, bis es sich aufgelöst hatte und gab Dewitt im Dunkeln einen Schluck davon zu trinken. Als sie beim Motel angekommen waren, war Dewitt schon so schlapp, daß er gar nicht mehr wußte, was los war. Höchstwahrscheinlich ist er gleich, als sie das Zimmer erreicht hatten, eingeschlafen. Andover wußte, daß er eine Frau in der Wüste zurückgelassen hatte, der man unbedingt den Mord in die Schuhe schieben würde. Um nie wieder Ärger mit Dewitt zu bekommen und das Geld allein kassieren zu können, nahm er den Eispickel und stach auf ihn ein.

Dann fuhr er zu Mrs. Elmores Wagen zurück, und zwar nahm er diesmal die Straße nach Holtville und fuhr südlich, bis er an die Stelle kam. Er versteckte den Eispickel in ihrem Wagen und legte eine Kapsel auf den Vordersitz. Mrs. Elmore war in der Zwischenzeit bereits zu Fuß zur Hauptstraße zurückgegangen.

Nach getaner Arbeit fuhr Andover nach Los Angeles zurück und benutzte einen Zwiebelextrakt oder etwas Ähnliches, gegen das er allergisch war, legte sich ins Bett und gab vor, schwere Grippe zu haben. Zum Glück übersieht ein Amateurverbrecher immer einige wichtige Punkte. Er vergaß, Fingerabdrücke im Motel hinterlassen zu haben. Als ihm das klar wurde, wußte er, daß er in der Falle saß.«

»Aber weshalb hat er Mrs. Elmores Zimmer auch auf den Kopf gestellt?« fragte Paul Drake. »Ach so, warte mal, ich verstehe schon«, fuhr er hastig fort. »Als er das Geld nicht an der besprochenen Stelle unter dem Sesselkissen in Dewitts Zimmer fand, suchte er verzweifelt auch bei Mrs. Elmore weiter.«

Mason nickte. »Er hatte ja den Zimmerschlüssel aus ihrer Handtasche. Das war sicherlich auch vorausgeplant. Denn als die beiden, Andover und Dewitt, die ganze Sache ausheckten, konnten sie ja noch nicht wissen, daß Mrs. Elmore darauf bestehen würde, das Geld nicht mitzunehmen, sondern es im Motel zu verstecken. Inzwischen war es den beiden egal geworden, denn was spielte es für sie schon für eine Rolle, ob sie das Geld aus der Handtasche oder unter einem Sesselpolster wegnahmen.«

»Wie Sie das nur wieder herausgebracht haben, Chef«, staunte Della. »Wie konnten Sie darauf kommen, daß Andover Dewitts Komplice war?«

»Es war sehr, sehr einfach«, antwortete Mason. »Ich habe diesen Punkt nur zunächst völlig übersehen, und es wird auch eine Weile dauern, bis ich mir das verziehen habe.«

»Wieso?«

»In dem Moment, wo ich mir darüber klar wurde, was tatsächlich geschehen ist«, erklärte Mason, »wußte ich, daß Dewitt einen Komplicen hatte.«

Della Street nickte.

»Ich begann also, alle Möglichkeiten in Betracht zu ziehen. Und plötzlich lag es klar auf der Hand, daß es nur Andover sein konnte.«

»Warum?«

»Weil Andover von Dewitt die fünfzehntausend Dollar erhalten hatte, die der Köder dafür sein sollten, daß Lorraine ihre fünfunddreißigtausend dazu legt. Er stand an der Ecke und überreichte Dewitt das Kuvert, als Lorraine mit dem Wagen bei seinem Haus vorbeifuhr. Diesen Treffpunkt hatte Dewitt mit ihm vereinbart.«

»Erzählen Sie weiter«, bat Della, »ich verstehe es nämlich immer noch nicht.«

»Erinnern Sie sich, daß Andover behauptete, Dewitt nur als Weston Hale zu kennen? Er wußte angeblich nichts von Hales künstlichem Auge, nicht wahr? Als er Hale das Geld überreichte, spielte der gerade seine Rolle als Montrose Dewitt und trug seine schwarze Augenklappe. Hätte Andover die Wahrheit gesagt, hätte er aussagen müssen, wie erstaunt er darüber war, seinen Freund mit einer Augenklappe vorzufinden.«

Drake schnippte mit den Fingern. »Na klar, stimmt ja.«

»Jetzt ist auch bei mir der Groschen gefallen«, meinte Della. »Aber ich wäre trotzdem dankbar, wenn einer der Herren mir erklären könnte, weshalb Howland Brent nach Las Vegas fuhr und zum Spieler wurde.«

»Das ist mir selber rätselhaft«, gestand Mason.

Einen Augenblick schwiegen alle Anwesenden, dann sagte Lorraine Elmore: »Das kann ich Ihnen erklären. Ich möchte Sie jedoch bitten, es für sich zu behalten, denn ich bin überzeugt, daß Howland aus der Sache gelernt hat und so etwas nicht wieder vorkommen wird. Tatsache ist, daß Howland Brent verschiedene sehr dringende private, finanzielle Verpflichtungen hatte. In den nächsten paar Wochen erwartete er eigenes Geld. Da er wußte, daß ich verreisen wollte und einige Beträge besaß, die er inzwischen benutzen konnte, borgte er sich ohne mein Wissen Geld. Als er dann merkte, daß ich kurz vor der Hochzeit stand, wußte er sofort, daß mein Mann natürlich sehen wollte, wieviel Geld ich habe, wo es war, wie es angelegt wurde, und Brent fürchtete, daß sein Unterschleif herauskommen könnte. Der Mann war völlig verzweifelt. Er flog her und versuchte mit mir zu sprechen. Er wollte mir alles beichten, mich um Verzeihung bitten und mich ersuchen, ihm das Geld zu lassen, bis er seines bekam.

Als er sah, daß ich wegen Mordes angeklagt war, stand er vor der

Tatsache, daß die Polizei sich auch noch um ihn kümmern würde. Es gab für ihn nur eine Alternative. Er setzte alles auf eine Karte und versuchte, die Summe durch Spielen aufzutreiben. Er schwor sich, niemals wieder in seinem Leben zu spielen, wenn er die benötigte Summe gewinnen sollte. Hätte er verloren, wollte er sich das Leben nehmen.«

»Das erklärt alles«, meinte Drake. »Der Bursche hat mir nämlich wirklich Kopfzerbrechen gemacht.

»Ende gut, alles gut«, sagte Duncan Crowder heiter. »Ich habe bei der ganzen Sache wohl am besten abgeschnitten, denn mit diesem Fall haben Sie mir Tür und Tor geöffnet, Mr Mason.«

»Ich habe Ihnen zu danken«, meinte Mason höflich.

»Sei nicht so bescheiden, Perry«, sagte Drake. »Du hast ihm ganz schön geholfen.«

»Mußte ich doch. Duncan hat mir erzählt, daß im Gerichtssaal eine junge Dame säße, die er beeindrucken wollte und...«

Della Street stieß Mason so hart gegen das Schienbein, daß er schmerzerfüllt das Gesicht verzog.

Linda Calhouns Gesicht überzog sich mit Röte.

»Nun, auf mich hat er jedenfalls einen großen Eindruck gemacht«, versuchte Della lachend die Situation zu retten.

Das Läuten des Telefons gab Crowder Gelegenheit, sich abzuwenden und seine Verwirrung zu verbergen. Als das Gespräch beendet war, wandte er sich an Mason. »Das war die Presse. Die Leute wollen in meinem Büro ein Bild von uns aufnehmen. Ich glaube, das geht in Ordnung, oder?«

Mason nickte. »Alles, was Sie tun, geht in Ordnung, Duncan«, antwortete er. »Alles.«